5.–

HEYNE BÜCHER

D1876555

SCIENCE FICTION

Herausgegeben
von Wolfgang Jeschke

Ein Verzeichnis weiterer Bände dieser Serie finden Sie am Schluß des Bandes.

DAVID GERROLD

MISSION FARPOINT

Raumschiff ›Enterprise‹
Die nächste Generation

Science Fiction Roman

Deutsche Erstausgabe

WILHELM HEYNE VERLAG
MÜNCHEN

HEYNE SCIENCE FICTION & FANTASY
Band 06/4589

Titel der amerikanischen Originalausgabe
ENCOUNTER AT FARPOINT
Deutsche Übersetzung von Andreas Brandhorst
Das Umschlagbild schuf Oliviero Berni

6. Auflage

Redaktion: Rainer Michael Rahn

Printed in Germany 1994
Umschlaggestaltung: Atelier Ingrid Schütz, München
Gesamtherstellung: Ebner Ulm

ISBN 3-453-03456-2

PROLOG

Als Captain Jean-Luc Picard die *Enterprise* zum erstenmal sah, beeindruckte ihn ihre anmutige Eleganz. Es schien *richtig* zu sein, daß ein so großes und mächtiges Gebilde auch ästhetischen Ansprüchen genügte. Er hielt es für durchaus angebracht, daß Raumschiffe sowohl Stärke als auch Kunst demonstrierten.

Als Captain Jean-Luc Picard die *Enterprise* zum drittenmal sah, beobachtete er sie aus einer anderen Perspektive, und dabei fiel ihm der besondere Scherz des Konstrukteurs auf. Ein dünnes, fast unmerkliches Lächeln zeigte sich in seiner normalerweise unbewegten und steinernen Miene. Raumschiffe galten immer als ›weiblich‹ – doch die *Enterprise* wirkte weiblicher als alle anderen. Aus irgendeinem Grund gefiel ihm diese Vorstellung. Er nahm sich vor, sich später nach dem Grund zu fragen und eingehender darüber nachzudenken. Seit Celestes Tod hatte er kaum mehr Überlegungen in Hinsicht auf irgendwelche Beziehungen angestellt.

Als Captain Jean-Luc Picard die *Enterprise* zum siebtenmal sah, kam er mit dem Auftrag, das Kommando über sie zu übernehmen.

Die Tradition verlangte, daß der neue Captain eines Schiffes mit einem Shuttle eintraf, so daß man ihn mit einem Pfeifensignal an Bord begrüßen konnte. Dieser Brauch war fast hundert Jahre alt und reichte bis in jene Zeit zurück, als der legendäre Admiral James T. Kirk mit der ersten *Enterprise* aufgebrochen war. (Kaum jemand erinnerte sich daran, daß Kirk damals nur deshalb ein Shuttle benutzt hatte, weil der Bordtransporter eine Fehlfunktion aufwies.)

Picard war nicht abergläubisch, aber es handelte sich um die *Enterprise*, und er empfand es als angemessen, eine Tradition fortzusetzen, die mit dem ersten Raumschiff dieses Namens begonnen hatte.

Als Jean-Luc Picard zum erstenmal durch die Korridore der neuen *Enterprise* wanderte, erweckte alles um ihn herum den Eindruck von absoluter Neuheit. Es schien, als sei das Schiff noch nicht zum Leben erwacht, als stelle es kaum mehr als eine Vision dar. Er wußte, daß sich dieses Gefühl innerhalb kurzer Zeit verflüchtigen würde, aber er spürte ein vages Unbehagen.

Ein Androide begrüßte ihn an Bord.

»Data?« fragte er, als gebe es irgendwelche Zweifel. Die Haut des Kunstwesens schimmerte in einem goldfarbenen Ton, und es hatte den Anschein, als glühten die gelben Augen von innen heraus. Das Haar war glatt nach hinten gekämmt, auf eine nicht sehr attraktive Art und Weise.

Der Androide bestätigte seinen Namen mit einem knappen Nicken und salutierte.

Picard zögerte und erwiderte den Gruß dann. Es gab einige Starfleet-Offiziere, die nicht viel von solchen Förmlichkeiten hielten. Manche erachteten sie als anachronistisch in Hinblick auf eine Raumflotte, der keine unmittelbaren militärischen Aufgaben zukamen. Andere wiederum sahen darin einen Tribut an die vielen Jahrhunderte der Raumfahrt, ein traditionelles Erbe der maritimen Entdeckungsreisenden, die einst die irdischen Meere und Ozeane erforscht hatten. Picard akzeptierte das Ritual, obgleich er nicht alle Dinge schätzte, die darin zum Ausdruck kamen.

Dieser Augenblick – die erste Minute an Bord eines Schiffes – war nie angenehm. Picard sah sich um, musterte die Ehrenwache, die einige Schritte entfernt steifbeinig Haltung angenommen hatte, und entschied, die angespannte Atmosphäre ein wenig aufzulockern. Er streckte Data die Hand entgegen. »Es freut mich sehr, Sie kennenzulernen. Ich habe mich mit Ihrer Akte befaßt und fand sie recht interessant.«

»Danke, Sir.«

Die Hand des Androiden fühlte sich sonderbar kühl an – viel zu kalt, um mit der eines Menschen verwechselt werden zu können. Seltsam, dachte Picard und beschloß, Data später zu bitten, ihm über seinen persönlichen Hintergrund Auskunft zu geben.

»Zur Brücke geht es hier entlang, Sir.«

»Danke. Darf ich Sie etwas fragen, Commander?«

»Sir?«

»Ihr Name klingt ungewöhnlich. Data...«

»Ich habe mich selbst dafür entschieden, Sir. Ich liebe es, Informationen zu sammeln. Tatsächlich *bin* ich geballtes Wissen. Mein Körper ist nichts weiter als ein Behälter für Daten, und mein Wesen wird von der Summe dessen bestimmt, was in den Speicherbänken der hiesigen Computer enthalten ist. Gibt es eine bessere Bezeichnung für mich, um meine Funktion zu beschreiben?« Das freundliche Lächeln Datas schien irgendwie fehl am Platze zu sein.

Picard nickte. Es ergab einen gewissen Sinn.

Als Captain Jean-Luc Picard zum erstenmal die Brükke des Raumschiffs *Enterprise* betrat, überraschte es ihn, wie *leer* sie aussah. Der Unterschied zur alten *Stargazer* war enorm.

Nur drei Offiziere hielten sich in der Kommandozentrale auf, und dadurch wirkte sie unterbesetzt. Sie standen auf und drehten sich um, als der Captain hereinkam. Picard erkannte Worf, den Klingonen; er war auch kaum zu übersehen. Die anderen würde er in Kürze kennenlernen.

Er trat von der hufeisenförmigen Erhebung im rückwärtigen Bereich der Brücke herunter, näherte sich dem Befehlsstand und spürte dabei erwartungsvolle Blicke auf sich ruhen. Jean-Luc Picard nahm im Sessel des Captains Platz und fragte sich, ob er sich dort wohl fühlte. Die Antwort lautete: ja.

»Computer?«

»Ja?«

»Kannst du mich identifizieren?«

»Die Analyse des Stimmusters deutet darauf hin, daß Sie Captain Jean-Luc Picard sind. Sie haben die Anweisung, heute den Befehl über das Raumschiff *Enterprise*, NCC-1701-D, zu übernehmen.«

»Hiermit beanspruche ich das Kommando.«

»Registriert«, erwiderte der Computer.

»Schalte das elektronische Logbuch ein.«

»Aufzeichnung läuft.«

Picard räusperte sich. »Sternzeit 41150.7. Logbuch des Captains. Erster Eintrag: Dies sind die Ziele des Raumschiffs *Enterprise*. Unsere Aufgabe besteht darin, neue Welten zu erforschen, neues Leben und fremde Zivilisationen, dorthin vorzustoßen, wo vor uns noch kein Mensch gewesen ist. Ende.«

Picard sah die Offiziere an. Ihre Gesichter strahlten, und plötzlich applaudierten sie ihm.

Picard reagierte mit einer gewissen Verlegenheit und hob die Hand. »Warten Sie damit, bis es einen wirklichen Grund dafür gibt.«

Dann zog er sich in sein Büro zurück.

Erfreut stellte er fest, daß sein Aquarium bereits installiert worden war. Die Löwenfische waren sein einziges Laster. Er liebte es, ihnen zuzusehen. Picard setzte sich hinter den Schreibtisch und schob sein persönliches Speichermodul in das entsprechende Lesegerät. Auf diese Weise erhielt der Captain Zugang zu den nur für ihn bestimmten Dateien des Hauptcomputers.

»Ich habe einige Nachrichten für Sie, Sir«, erklang die leise Sprachprozessorenstimme des Computers.

Picard blickte auf den dunklen Schirm. Die meisten Botschaften gratulierten ihm zu seinem neuen Kommando. Zwei von ihnen wiesen die Insignien Starfleets auf. Eine davon bestätigte seine ursprüngliche Order, und die andere war mit einem speziellen Code geschützt und ließ sich erst dechiffrieren, wenn die *Enter-*

prise den Flug nach Farpoint Station angetreten hatte. Darüber hinaus wurde ihm ein Gruß von Admiral Hidalgo übermittelt.

Jean-Luc neigte nicht dazu, an sich selbst zu zweifeln, aber... das Raumschiff *Enterprise* war der Stolz der ganzen Flotte. Und ihr Captain trug eine ganz besondere Verantwortung. Demjenigen, den man zu ihrem Kommandanten ernannte, wurde große Ehre zuteil.

Aber das war noch nicht alles.

Picard erinnerte sich an eine apokryphe Geschichte, die in diesem Zusammenhang in Starfleet kursierte. Man erzählte sich, James T. Kirk habe einmal behauptet, das Kommando über die *Enterprise* käme einem Liebesakt im Scheinwerferlicht gleich – jede einzelne Bewegung werde aufmerksam beobachtet. Die Worte klangen wirklich so, als könnten sie von Kirk stammen, aber andererseits... Man schrieb dem legendären Admiral derart viel zu, daß es keine Möglichkeit mehr gab, zwischen Tatsachen und bewundernden Ausschmükkungen zu unterscheiden. Mit einem Anflug von Erheiterung dachte Picard daran, daß selbst beiden Vulkaniern, die solchen Wert auf emotionsfreie Logik legten, entsprechende Gerüchte im Umlauf waren.

Doch es gab einen anderen Grund für die dumpfe Besorgnis Picards.

Er wußte, daß er nun den Höhepunkt seiner Karriere erreicht hatte, den Posten, den er sich schon seit zwanzig Jahren wünschte. Er fragte sich, ob er imstande war, den damit einhergehenden Anforderungen gerecht zu werden – oder aber versagte. Er erinnerte sich an einige andere Kommandanten, die mit großer Verantwortung betraut worden waren – fähige Männer und Frauen, ausgestattet mit Mitgefühl und ausgeprägtem Beurteilungsvermögen, Menschen, in denen man Garanten für Erfolg sah – und die trotzdem das in sie gesetzte Vertrauen enttäuschten. Picard hatte sich eingehend mit ihren Akten befaßt, um den Grund dafür zu ermitteln, nach Parallelen in ihren beruflichen Laufbahnen zu suchen – in der Hoffnung, dadurch seine eigenen Schwächen zu entdecken.

Er fand dabei nur die Möglichkeit der *Hybris* – eines ganz besonderen Hochmuts, der vor dem Fall kam. Hinter jedem Scheitern stand als Ursache das blinde Vertrauen des Captains in die eigenen Fähigkeiten, die unerschütterliche Überzeugung, in jeder Hinsicht *rechtmäßig* zu handeln. Die Konsequenzen blieben nicht aus: Die betreffenden Kommandanten wurden engstirnig, stur und büßten einen großen Teil ihrer Flexibilität ein.

Picard schüttelte den Kopf. Seit einiger Zeit empfand er diesen Gedanken immer mehr als Belastung. Er seufzte leise, beugte sich vor und rief mit einem Tastendruck die Botschaft Admiral Hidalgos ab.

»Ich habe Ihnen bereits meinen Glückwunsch ausgesprochen, Jean-Luc. Jetzt sollte ich vielleicht einen mütterlichen Rat hinzufügen.«

Picard lächelte, als er diese Worte vernahm. Seit seinem vierzehnten Geburtstag hatte er weder väterliche noch mütterliche Ratschläge bekommen.

Die Frau auf dem Schirm bedachte ihn mit einem wohlwollenden Blick und fuhr fort: »Ich kenne Sie, Jean-Luc. Wahrscheinlich sitzen Sie jetzt an Ihrem Schreibtisch und grübeln darüber, ob Sie die Bürde der Verantwortung tragen können, die das Kommando über die *Enterprise* mit sich bringt. Vertrauen Sie mir: Ich bin sicher, Sie werden damit fertig.« Hidalgos breites Gesicht erhellte sich bei diesen Worten, und sie nickte zuversichtlich. Trotz ihres Alters war die Frau noch immer recht attraktiv.

»Ich weiß, was in Ihnen vor sich geht, Jean-Luc. Und deshalb ist mir auch klar, daß Sie sich zu viele Sorgen machen. Sie glauben, Raumschiffkommandanten sollten nicht an sich selbst zweifeln. Vielleicht glauben Sie sogar, ein schlechter Captain zu sein. Nun, ich möchte Ihnen etwas erklären, Jean-Luc. Sie stellen sich nicht etwa selbst in Frage. Ganz im Gegenteil: Sie bestätigen sich. Immer wieder prüfen Sie Ihre Entscheidungen und versuchen festzustellen, ob Sie etwas übersehen haben, ob es irgendwelche wichtigen Faktoren gibt, die eine neue Situationsbewertung erforderlich machen.

Und gerade aus diesem Grund wählten wir Sie aus. Besser gesagt: Sie boten sich von selbst für die Stellung an, die Sie nun bekleiden. Sie sind außerordentlich gründlich und wollen ganz sicher sein, daß Ihnen kein Fehler unterläuft. Deshalb hatten Sie als Starfleet-Offizier solchen Erfolg. Und deshalb geben wir Ihnen das beste Raumschiff der ganzen Flotte.

Und auch die beste Mannschaft. Sie können stolz sein auf die Mitglieder Ihrer Besatzung. Sie alle haben sich mehrfach ausgezeichnet. Nutzen Sie ihre Fähigkeiten. Vertrauen Sie ihnen. Fordern Sie sie heraus und geben Sie ihnen die Möglichkeit, sich zu beweisen. Bestimmt wird Sie niemand enttäuschen.

Oh, und noch etwas«, fügte die ältere Frau hinzu. »Vermutlich fragen Sie sich jetzt, woher ich weiß, was Ihnen durch den Kopf geht.«

Picard verzog das Gesicht. Vielleicht trafen die Gerüchte zu, die behaupteten, Admiral Hidalgo sei telepathisch begabt.

»Das hat nichts mit Magie zu tun, Jean-Luc. *Jeder* Captain macht eine solche Phase durch, wenn man ihn einem neuen Schiff zuweist. Ich habe solche Botschaften schon vielen Kommandanten übermittelt.« Sie lächelte. »Und jetzt verrate ich Ihnen das Geheimnis, wie man selbst die schwierigsten Situationen meistert. Gehen Sie immer vom Schlimmsten aus. Und sorgen Sie dafür, daß es nicht dazu kommt.

Meine besten Wünsche begleiten Sie, Jean-Luc. Ich bin sicher, Sie verstehen es, alle Probleme zu lösen.«

Picard schaltete das Lesegerät ab, lehnte sich in seinem Sessel zurück und lachte schallend.

KAPITEL 1

Jean-Luc Picard gab es rasch auf zu zählen, wie oft er die Brücke der *Enterprise* bereits betreten hatte. Mit jedem neuen Aufenthalt in der Kommandozentrale wuchs seine liebevolle Begeisterung für das Schiff. Der Anblick, den es bot, die Geräusche, der besondere Geruch, das leise Murmeln der Offiziere und die gelegentlich erklingende Stimme des Bordcomputers – all diese Dinge vermittelten ihm einen unmittelbaren Eindruck vom *Wohlbefinden* des Raumschiffes.

Derzeit vernahm er Laute der Zufriedenheit.

Das riesige Schiff der Galaxis-Klasse unterschied sich völlig von dem Explorer seines ersten Kommandos, der *Stargazer,* mit dem ihn noch immer melancholische Erinnerungen verbanden. Es war sogar noch wesentlich größer und leistungsfähiger als jene Einheit der Constitution-Klasse, die zum erstenmal die Bezeichnung NCC-1701 und den Namen *Enterprise* getragen hatte.

Picards aufmerksamer Blick glitt durch die Brücke, und eine Zeitlang beobachtete er die Offiziere. Sie arbeiteten routiniert und offenbarten dabei eine Sicherheit, die Admiral Hidalgos Angaben zu bestätigen schien. Lieutenant Natasha Yar sah auf ihre Konsole und runzelte die Stirn. Sowohl die Waffenkontrolle als auch die Taktische Station gehörten zu der etwas höher installierten hufeisenförmigen Kontrolleinheit hinter dem Sessel des Captains.

Tasha war eine der in körperlicher Hinsicht perfektesten jungen Frauen, die Picard jemals gesehen hatte. Man konnte sie nicht direkt als schön bezeichnen – zumindest fehlte ihr die Anmut, an die sich Jean-Luc Picard von Celeste her erinnerte. Andererseits: In dieser Hinsicht konnte es kaum jemand mit Celeste aufnehmen. Trotzdem bot Tasha einen beeindruckenden Anblick; ihre hellgrünen Augen standen in einem angenehmen Kontrast zu dem kurzen, blonden Haarschopf.

Der große klingonische Lieutenant Worf saß an der Funktionsstation weiter vorn. Er war sehr stolz auf seine klingonische Abstammung, und Picard hatte bereits bemerkt, daß es ihm nach wie vor schwerfiel, seine natürliche Aggression unter Kontrolle zu halten. Offenbar hielt sich Worf noch immer in erster Linie für einen *Soldaten*.

Picard lächelte bei diesem Gedanken. Worf mußte noch eine Menge lernen. Es gab ein Starfleet-Sprichwort, das lautete: »Jedes militärische Unternehmen ist von vorneherein zum Scheitern verurteilt.« Mit anderen Worten: In einem solchen Fall verletzte der Captain seine Pflicht als Friedensbewahrer. In diesem Zusammenhang existierte auch noch ein anderes geflügeltes Wort: »Selbst die größte Armee bleibt immer nur die zweitbeste.« Auch in der Mitte des vierundzwanzigsten Jahrhunderts kam es immer noch zu Kontroversen über militärische Bereitschaft.

Die Besatzung der *Enterprise* war wesentlich größer als die der meisten anderen Raumschiffe in der Flotte: rund achthundert Personen, wenn man auch die Wissenschaftler und Techniker der verschiedenen Bereiche berücksichtigte. Für die Überwachung der diversen Schiffsfunktionen wurden jedoch kaum mehr Leute benötigt als bei den alten Constitution-Einheiten. Darüber hinaus hielten sich noch etwa zweihundert weitere Personen an Bord auf, die nicht direkt zur Mannschaft gezählt werden konnten: Ehefrauen und -männer, auch Kinder. Starfleet sah für die Raumschiffe der Galaxis-Klasse Reisen vor, die zehn bis fünfzehn Jahre dauern mochten, und deshalb war es nur angebracht, auch die Familienangehörigen mitzunehmen. Picard war zum erstenmal mit einer solchen Situation konfrontiert, und die Vorstellung, daß sich seine Verantwortung auch auf

Zivilisten erstreckte, insbesondere auf Kinder, behagte ihm nicht sonderlich.

Gerade über diesen Punkt hätte er gern mit seinem Ersten Offizier gesprochen – doch der entsprechende Sessel war noch unbesetzt. Die restlichen Besatzungsmitglieder zur Vervollständigung der Crew warteten in Farpoint Station auf sie: Zu ihnen gehörten auch der Bordarzt und die neue Nummer Eins.

Picard hatte sich schon mehrfach mit dem Bericht über seinen Ersten Offizier beschäftigt und versucht, ein Bild von ihm zu gewinnen. Commander William T. Riker, zweiunddreißig Jahre alt, zuvor stellvertretender Kommandant der *Hood* und nun zur *Enterprise* versetzt. Sein dienstliches Führungszeugnis war nahezu tadellos, und außerdem hatte er es schon recht früh geschafft, in eine ziemlich hohe Position aufzusteigen – was nicht nur auf Ehrgeiz hindeutete, sondern auch Kompetenz. Allerdings hielt Picard die bisherige Karriere Rikers für *zu* perfekt. Offenbar hatte er es nie mit den Konsequenzen eines Fehlers zu tun bekommen. Vielleicht wußte er nicht einmal, was Versagen bedeutete. Picard fragte sich, ob Riker auch mit ausgesprochen kritischen Situationen fertig werden konnte – oder unter solchen Umständen sowohl die Nerven als auch das Selbstvertrauen verlor. Trotz all der Simulationen, Tests und psychologischen Analysen stellte sich erst im Ernstfall heraus, ob jemand fähig war, Verantwortung zu übernehmen.

Nun, das wird sich bald herausstellen, dachte Picard. *Wenn wir Farpoint Station erreichen.* Voller Stolz entsann sich Jean-Luc an seine besondere Gabe im Umgang mit Menschen. Er glaubte, sie gründete sich auf seine Bereitschaft, anderen Leuten zuzuhören und ihren Standpunkt zu verstehen. Er beschloß, Riker freundlich zu empfangen.

Farpoint Station – eine weitere Variable in einer Gleichung, für die es noch keine Lösung gab. Ein Rätsel.

Der Planet Deneb IV befand sich an der Peripherie des erforschten Raumbereichs. Als sich die erste Erkundungsgruppe auf die Oberfläche der öden Welt beamte, fand sie die Bandi, ein uraltes und kleines Volk, das in der einzigen Stadt lebte, die ihnen noch geblieben war. Die Bandi betrieben zwar keine Raumfahrt, aber sie verfügten über eine komplexe Technologie, die ihnen ein luxuriöses Dasein erlaubte und sie in die Lage versetzte, sich ganz auf Kunst und Wissenschaft zu konzentrieren. Das Kontaktteam hatte nur wenig über die Zivilisation der Bandi in Erfahrung gebracht, berichtete jedoch von einem erstaunlichen Reichtum an geothermischer Energie. Was die Grundlagen ihrer Technologie anging, erwiesen sich die Bewohner des Planeten als recht zurückhaltend. Ihr Oberhaupt, der alte *Groppler* Zorn, war fasziniert vom Starfleet-Konzept und den großen Raumschiffen, die durch die unendlichen Weiten des Alls reisten. Er hatte der Landegruppe viele Fragen gestellt und ihr anschließend etwas Erstaunliches versprochen: Wenn Starfleet einen regelmäßigen Handelsaustausch ermöglichte, würden die Bandi auf ihrer Heimatwelt einen modernen Raumhafen mit allen dazugehörigen Einrichtungen bauen.

Das lag inzwischen sechzehn Monate zurück. Die letzte Meldung besagte, daß Farpoint Station, eine hochmoderne Starbase, die denen der Föderation in nichts nachstand, fertig war und den ersten interstellaren Raumschiffen ihre Dienste anbot. Selbst die besten Analytiker Starfleets wußten nicht, wie die Bandi eine solche Leistung vollbracht hatten.

Picards Order lautete schlicht: *Finden Sie es heraus.*

Wie war so etwas möglich? Wie konnte eine allem Anschein nach nonindustrielle Kultur, die ein ruhiges und idyllisch anmutendes Leben führte, die weit und breit beste und modernste Starbase errichten? Starfleet würde nicht zögern, sie zu benutzen, aber zunächst ging es den Verantwortlichen darum, das Geheimnis zu lüften.

Das mochte einen längeren Aufenthalt in Farpoint Station bedeuten. Die letzte Ermittlungsgruppe hatte ebenfalls aufgeben müssen und war mit leeren Händen zurückgekehrt. Und auch die Bemühungen des offiziellen Kontaktteams blieben ergebnislos – obwohl es über Monate hinweg versuchte, Aufschluß zu gewinnen. Von Picard erwartete man, daß er innerhalb eines überschaubaren Zeitraums Antworten präsentierte.

»Schwierig«, murmelte Jean-Luc leise.

»Bitte, Sir?«

Picard hob den Kopf.

Data, sein Zweiter Offizier, sah ihn an, und in seinen gelben Augen glühte Neugier.

»Starfleets Anweisungen. Ich habe laut gedacht. Ich glaube, man gab uns einen recht schwierigen Auftrag. Finden Sie nicht auch, Data?«

»Wieso, Sir? Wir brauchen doch nur das Rätsel von Farpoint Station zu lösen.«

Lieutenant Commander Deanna Troi, die links von Picard saß, beugte sich vor, richtete ihre Aufmerksamkeit auf Data und lächelte sanft. »So einfach ist das.« Die Stimme der Beraterin klang melodisch, und ein leichter Akzent ließ sich nicht überhören. Als eine halbe Betazoidin besaß sie die Fähigkeit, telepathisch mit Betazoiden zu kommunizieren. Doch was andere Völker betraf, konnte sie mit Hilfe ihrer spirituellen Gaben nur starke Gefühle empfangen. Bei manchen Spezies versagten ihre Talente. Federation-Basic hatte sie von ihrem Vater gelernt, und ihr Tonfall wurde allgemein als sehr angenehm empfunden. Schon recht früh erkannte sie, daß sich andere Leute ihr mitteilen wollten und *zuhörten*, wenn sie etwas zu sagen hatte. Das war einer der Gründe für ihre Entscheidung, ausgerechnet diesen Beruf auszuüben. Als persönliche Ratgeberin des Captains fungierte sie unter anderem als Übersetzerin,

Anlaufstelle für Sorgen allgemeiner Art und als Vermittlerin zwischen dem Kommandanten, seiner Crew, den übrigen Besatzungsmitgliedern und allen Lebensformen denen sie während einer Mission begegnen mochten.

Picard lächelte, als er ihre Bemerkung hörte. »Ja, Data. Vielleicht halten Sie die ganze Sache nur für ein Puzzle, das zusammengesetzt werden muß. Ich hingegen sehe darin auch ein logistisches, strategisches und diplomatisches Problem. Fest steht, daß ein fremdes Volk jene Starbase erbaut hat, Data. Wie soll ich einerseits eine für beide Seiten vorteilhafte Übereinkunft in Hinblick auf die Nutzung des Raumhafens als Zwischenlandestation für unsere Schiffe erzielen – und andererseits herumschnüffeln, um herauszufinden, wie und warum die Basis errichtet wurde? Dabei laufen wir Gefahr, die Bewohner Farpoints vor den Kopf zu stoßen.«

Data runzelte die Stirn. »Anfrage, Sir. Was bedeutet ›herumschnüffeln?‹«

Picard zwinkerte überrascht. »Data, ich dachte, Sie seien als eine Art Enzyklopädie für menschliches Wissen programmiert. Wie ist es möglich, daß Sie das Wort *herumschnüffeln* nicht kennen?«

Der Androide zögerte kurz, und Picard stellte sich vor, wie das Kunstwesen Informationen aus den internen Speicherbänken abrief. »Möglichkeiten. Eine Art des menschlichen Verhaltens, für deren Emulation ich nicht vorgesehen bin. Oder ein Jargon-Begriff, der nicht zu meinem Grundprogramm gehört. Vielleicht handelt es sich um eine archaische Form von...« Data brach verwundert ab.

»Der Ausdruck bedeutet ›spionieren, auskundschaften‹«, erklärte Picard.

»Oh!« machte Data und sah erfreut auf. »Etwas insgeheim in Erfahrung bringen, verstohlen erforschen, durchs Schlüsselloch sehen...«

»So in der Art«, sagte Picard und hob die Hand, um den Vortrag Datas zu beenden.

Troi lächelte und versuchte, wieder ernst zu werden.

»Bespitzeln, belauschen, stibitzen«, fuhr Data voller Enthusiasmus fort. »Abhören, ein wachsames Auge haben, kontrollieren, auf die Finger sehen, beschatten...« Data unterbrach sich erneut, als er den verärgerten Blick des Captains bemerkte. »Jetzt verstehe ich, Sir. Vielen Dank.«

Picard setzte zu einer Erwiderung an, um dem Androiden zu erklären, daß Starfleet ihn nicht etwa nur deswegen konstruiert hatte, damit er die Funktion eines Wörterbuchs für Synonyme wahrnahm, doch bevor er auch nur einen Laut von sich geben konnte, hörte er, wie Troi neben ihm aufstöhnte.

Sie erzitterte plötzlich und wäre fest aus dem Sessel gerutscht. »Captain...«

Picard drehte sich rasch zu ihr um. Troi krümmte sich zusammen, so als erlitte sie körperliche Schmerzen. Sie schien irgend etwas wahrzunehmen, was sich jenseits seines Erfahrungshorizonts verbarg – mentales Feuer, das ihre Gedanken versengte. »Captain!« brachte sie mühsam hervor. »Ich spüre eine... *mächtige* Präsenz...«

»Wo?« fragte Picard knapp.

Troi schnitt eine Grimasse und schüttelte den Kopf, konnte offenbar keine Antwort geben. Die ihr entgegenwogende psychische Flut ließ abrupt nach, als die Sirenen heulten. Die Betazoidin lehnte sich mit einem erleichterten Seufzen zurück; die anderen Offiziere auf der Brücke kontrollierten ihre Konsolen und starrten verwundert auf die Anzeigen der Instrumente. Data trat an die wissenschaftliche Station heran und veränderte die Justierungen einiger Geräte.

Worf runzelte die Stirn. »Die Detektoren registrieren etwas Seltsames, Sir.«

Zum zweitenmal erfolgte der Brückenalarm, und das laute Hupen übertönte die Stimme des Klingonen.

Gleichzeitig flackerte die Darstellung auf dem großen Wandschirm. Picard hielt unwillkürlich den Atem an, als er ein funkelndes Gitter sah, das sich über den ganzen Raumbereich vor ihnen erstreckte. Einerseits wirkte es geradezu gewaltig, andererseits auch so zart wie eine Spinnenwebe. Verblüfft beobachtete der Captain die geometrischen Formen.

Data sah von seiner Konsole auf, und in seinem Gesicht zeigte sich nur ein Hauch von Unruhe: Menschliche Besorgnis blieb Androiden weitgehend fremd. »Es scheint sich um ein festes Objekt zu handeln, Captain. Vielleicht haben wir es auch mit einem enorm starken Kraftfeld zu tun. In jedem Fall halte ich es für besser, eine Kollision zu vermeiden...«

Picard nickte und wandte sich an Lieutenant Torres. Der Offizier saß am Navigationspult neben Worf. »Gehen Sie auf Alarmstufe Gelb. Und schalten Sie den verdammten Lärm ab.«

Torres' Finger huschten über die Tasten, und das auf- und abschwellende Heulen der Sirenen verklang. »Alarmstufe Gelb, Sir.«

»Schilde und Deflektoren stabil, Sir«, meldete Worf. Tasha Yar aktivierte das Kommunikationsmodul ihrer Konsole, gab einen bestimmten Code ein und beobachtete den vorderen Turbolift.

Picard warf noch einmal einen Blick auf den Wandschirm. Das gleißende Gitter wuchs in die Breite, als die *Enterprise* näher herankam. Der Captain traf eine schnelle Entscheidung, drehte den Kopf und sagte wie beiläufig: »Geschwindigkeit auf null.«

»Aye, Sir«, bestätigte Torres.

Die schimmernden Energiegitter schienen so nahe zu sein, daß man nur die Hand auszustrecken brauchte, um sie zu berühren – obgleich die *Enterprise* noch eine knappe Lichtminute von der Barriere entfernt war.

»Wir sind jetzt stationär, Sir...«

Plötzlich knisterte das weiße Feuer eines Blitzes über

die Brücke. Direkt neben Picard gleißte grelles Licht aus einer Strukturlücke im Raum-Zeit-Gefüge. Aus einem Reflex heraus wichen die Offiziere zurück und schirmten die Augen ab.

Die Energiesäule zitterte – und verwandelte sich abrupt in eine menschliche Gestalt, die dicht vor Picards Kommandosessel stehenblieb. Für einige Sekundenbruchteile flimmerten ihre Konturen, doch dann verfestigten sie sich.

Ein humanoides Wesen.

Picard zwinkerte und konnte kaum glauben, was sich seinen Blicken darbot. Er sah einen Mann, der ein elisabethanisches Kostüm trug, ausgestattet mit den Metallteilen einer Zeremonienrüstung. Die Kleidung war in schwarzen, weißen und silbernen Tönen gehalten und entsprach bis ins letzte Detail der traditionellen Aufmachung: spitzenbesetzte Krausen am Hals und den Ärmeln, ein eng sitzendes Wams, Kniehose, hohe Stiefel. Die Gestalt hatte sich einen kurzen Umhang über die linke Schulter geworfen, und am Gürtel baumelte ein Paradeschwert. Picard sah kurzes Haar und einen spitz zulaufenden Vollbart. Unter dem linken Arm hielt das Wesen einen Helm.

Unmittelbar nach der Rematerialisierung richtete der Mann seine Aufmerksamkeit auf Picard und deutete eine Verbeugung an. Genau in diesem Augenblick öffnete sich die Tür des Turbolifts, und die Sicherheitsbeamten, die Tasha zur Brücke beordert hatte, traten vor. Der Fremde drehte sich ruhig um und nickte – woraufhin sich dicht vor dem Liftzugang eine kleinere Version des Energiegitters bildete und die verblüfften Wächter zurückschleuderte. Kurz darauf schloß sich die Tür wieder.

Der Elisabethaner warf Picard einen spöttischen Blick zu und verneigte sich erneut. Aber die Stimme des Fremden klang alles andere als freundlich, als er sagte: »Euch wird hiermit mitgeteilt, daß Eure Rasse schon zu weit in die Galaxis vorgedrungen ist. Ihr werdet aufgefordert, unverzüglich in Euer Heimatsystem zurückzukehren.«

Picard neigte skeptisch den Kopf zur Seite. Sorgfältig überlegte er sich seine Worte und beschloß, Zeit zu gewinnen, um festzustellen, mit wem sie es zu tun hatten. »Das klingt ganz wie ein Befehl«, erwiderte er ruhig. »Wer sind Sie, und was gibt Ihnen das Recht, uns derartige Anweisungen zu geben?«

»Um Begriffe aus Eurem beschränkten Vokabular zu verwenden: Wir nennen uns *Q*. Sprecht mich ruhig mit diesem Namen an. Es spielt eigentlich keine Rolle.« Er gestikulierte vage und deutete auf sein ausgefallenes Kostüm. »Versucht, in mir den Kommandanten eines anderen Raumschiffes zu sehen. Dann fällt es Euch vielleicht leichter, mich zu verstehen.« Seine Stimme war noch schärfer, als er hinzufügte: »Kehrt dorthin zurück, woher Ihr kamt.«

»Sie haben meine andere Frage noch nicht beantwortet. Was gibt Ihnen das Recht, uns einen solchen Befehl zu erteilen?«

In einem Anflug von Ärger verzog *Q* das Gesicht. »Wir sind mächtiger als Ihr. Über Jahrtausende hinweg entwickelten wir uns zu einer überlegenen Spezies, die Ihr nicht in Frage stellen solltet. Im Vergleich zu uns seid ihr *Menschen* noch immer Wilde. Wir lassen nicht zu, daß ihr plündernd und raubend durch die Galaxis zieht.«

Lieutenant Torres hatte sich vorsichtig in seinem Sessel umgedreht, und Tasha Yar warf ihm einen kurzen Blick zu. Mit der einen Hand tastete er nach dem kleinen Phaser am Gürtel. Bevor Yar eingreifen konnte, hob er die Waffe und zielte damit auf *Q*. Der Fremde achtete kaum auf ihn, nickte nur knapp. Blaue Funken umstoben den jungen Mann, und sein erschrockener Schrei brach abrupt ab. Er verlor das Gleichgewicht, und als er auf den Boden fiel, ertönte ein dumpfes Knistern. Picard stand ruckartig auf.

»Rührt Euch nicht von der Stelle!« warnte Q.

Picard ignorierte ihn und versuchte, die Beherrschung zu wahren, als er sich neben Lieutenant Torres niederkniete. Der Offizier erweckte den Eindruck, als sei er von einem Augenblick zum anderen tiefgefroren. Troi kam heran, ging auf der anderen Seite in die Hocke und überprüfte Puls- und Herzschlag des Erstarrten. Grauer Kondensdampf löste sich in trägen Schlieren von Torres' Leib. Troi sah erschrocken auf, als sie die Kälte des steinharten Körpers spürte.

»Data, geben Sie der Krankenstation Bescheid!« sagte Picard.

Der Androide streckte die Hand nach der linken Kontrollfläche vor dem Sessel des Captains aus, berührte einige Sensorfelder und setzte sich mit der medizinischen Abteilung in Verbindung. Unterdessen beendete Troi die kurze Untersuchung des reglosen Lieutenants. »Ich kann es kaum glauben. Kältestarre. Er lebt noch, aber seine Körperfunktionen sind drastisch reduziert.«

Picard griff nach dem Phaser, hielt ihn vorsichtshalber mit dem Kolben voran und zeigte ihn Q. »Er hätte Sie nicht verletzt!« Er deutete auf die Bedienungselemente. »Sehen Sie? Die Waffe ist auf Betäubung justiert.«

»Auf Betäubung?« Der Fremde hob die Augen und lächelte ironisch. »Manche Lebensformen ertragen keinen Nervenschock und gehen daran zugrunde, Captain. Hat Euer Offizier in Hinsicht auf meinen Metabolismus einen ausführlichen Systemcheck durchgeführt, bevor er beschloß, Gebrauch von dem Phaser zu machen? Außerdem: Selbst wenn ich nur damit hätte rechnen müssen, betäubt zu werden... Würdet Ihr Euch ohne weiteres in die Gefangenschaft eines barbarischen Volkes begeben? Ich habe nur gehandelt, um mich zu schützen. Und jetzt... *Wenn Ihr nicht unverzüglich um-*

kehrt, könnte ich mich dazu gezwungen sehen, Euch alle zu töten!«

»*Die Enterprise* wird erst dann wieder Fahrt aufnehmen, wenn wir Gelegenheit hatten, diesen Mann zu behandeln.«

Q musterte Picards entschlossene Züge, bemerkte seinen herausfordernden Blick und lachte amüsiert. »Natürlich. Typisch für Euch.« Unbeeindruckt zog er ein aus Damast bestehendes Taschentuch hervor. »Nun, wie Ihr wollt.«

Nur wenige Sekunden später traf das medizinische Team ein. Diesmal entstand kein Erggitter, das die Männer daran hinderte, den Turbolift zu verlassen. Dr. Asenzi, der Assistent des Bordarztes, sah erst *Q* an und dann Picard. Als der Captain auf Torres deutete, kam er hastig näher. Die Krankenpfleger folgten ihm mit einer Gravbahre und ihren Erste-Hilfe-Instrumenten. Aszenzi hielt einen Scanner über den tiefgefrorenen Körper und informierte seine Kollegen mit leiser und dumpf klingender Stimme von den angezeigten Werten. Schließlich nickte er den Pflegern zu. Sie legten den starren Leib vorsichtig auf die Liege und wandten sich dem vorderen Turbolift zu.

»Lebt er noch?« fragte Picard.

»Er ist im Kyroschlaf«, entgegnete Asenzi. »Damit werden wir schon fertig.« Doch irgend etwas in seinem Blick und der Ausdrucksweise gab dem Captain zu verstehen: *Vielleicht aber auch nicht.* Er folgte der Med-Gruppe in den Turbolift; hinter ihm schloß sich die Tür mit einem leisen Zischen.

Picard wandte sich *Q* zu. Der Fremde hatte nicht weiter auf Asenzi und seine Begleiter geachtet und prüfte statt dessen den Sitz seines ausgefallenen Kostüms. »Auf diese Weise beweisen Sie Ihre moralische Überlegenheit?« fragte der Captain.

»Ganz im Gegenteil. Es handelt sich um einen Beweis für meine physische Überlegenheit.« Plötzlich runzelte

Q die Stirn und blickte sich auf der Brücke um, so als sehe er sie jetzt zum erstenmal. »Wie ich feststelle, entspricht meine Aufmachung nicht mehr der aktuellen Mode. Ach, bei Euch Menschen vergehen die Jahrhunderte so schnell, Captain. Vielleicht ist das hier angebrachter.« Der Fremde hob kurz die Hand.

Erneut krachte eine energetische Entladung, und es blitzte so hell auf, daß man selbst dann geblendet werden konnte, wenn man die Lider geschlossen hatte. Als Picard wieder in der Lage war, die Konturen seiner Umgebung wahrzunehmen, hatte sich *Q* verändert. Er trug nun keinen Vollbart mehr, und das elisabethanische Kostüm war einer aus den achtziger Jahren des zwanzigsten Jahrhunderts stammenden Uniform der US-Marine gewichen. Auf der linken Brustseite bildeten Medaillen und Auszeichnungen drei schmale Reihen, und die Abzeichen an Ärmeln und Mütze entsprachen dem Rang eines Captains.

»Eigentlich geht es um Patriotismus«, sagte *Q* scharf. »Kehren Sie zu Ihrer Heimatwelt zurück und machen Sie der kommunistischen Aggression ein Ende. *Dafür* werden Ihre Männer gebracht.«

»*Was?* Wovon sprechen Sie überhaupt?«

»Das Reich des Bösen, Captain – der Kampf um Freiheit. Die Notwendigkeit, die Demokratie vor allen Gefahren zu schützen.«

Picard schüttelte verwundert den Kopf. *Q's* Worte schienen überhaupt keinen Sinn zu ergeben. »Sie sind noch immer in der falschen Zeit! Jenen Unsinn haben wir schon vor Jahrhunderten überwunden!«

»Aber Sie können nicht leugnen, Captain, daß Sie nach wie vor eine Rasse gefährlicher Wilder sind.«

»Dem widerspreche ich mit aller Entschiedenheit«, erwiderte Picard. »Ihre Vorwürfe treffen auf die Menschen zu, die solche Uniformen trugen. Vor *vierhundert* Jahren...«

Der Marine-*Q* trat näher an Picard heran und unterbrach ihn schroff. »Damals wurden Millionen von Menschen niedergemetzelt, weil Sie sich um die Aufteilung der Rohstoffe Ihres so kleinen und unbedeutenden Planeten stritten. Und vierhundert Jahre vorher brachten Sie sich im Verlauf von angeblich religiösen Kontroversen gegenseitig um. Seitdem gab es keine Anzeichen dafür, daß sich die Gattung Homo sapiens verändert hat...«

»Schon gegen Ende des zwanzigsten Jahrhunderts begannen wir damit, rasche Fortschritte zu machen«, sagte Picard. »Wir gingen gegen Hunger und Elend vor, gegen Armut und Analphabetentum. Wir beendeten Seuchen und gaben allen Menschen genug zu essen. Wir lehrten Nationen, die katastrophalen Folgen des Krieges zu überwinden. Wir waren Kinder, die allmählich erwachsen wurden. Vielleicht ließen unsere Bemühungen zu wünschen übrig, aber wir brachten die Bereitschaft mit, aus unseren Fehlern zu lernen. Wir *entwickelten uns weiter*. Und zwar ziemlich schnell. Und das ist auch heute noch der Fall.«

Ein höhnisches Lächeln umspielte *Q's* Lippen. »Ach, tatsächlich? Sehen wir uns doch einmal Ihre sogenannten raschen Fortschritte an.« Erneut hob er kurz die Hand. Diesmal zuckte Picard nicht zusammen, als er das dumpfe Donnern der Entladung vernahm und unmittelbar darauf von einem grellen Blitz geblendet wurde. Es war nichts weiter als ein Trick, dachte er – ein Spektakel, um das Publikum zu beeindrucken, um ihn, den Captain, zu verwirren. Und darauf fiel er nicht herein.

Diesmal vertauschte *Q* die Aufmachung eines amerikanischen Marine-Offiziers gegen die dunkle Uniform, wie sie während der schrecklichen Kriege in der Mitte des einundzwanzigsten Jahrhunderts verwendet worden war. Der Fremde zeigte sich ihnen jetzt als ein Söldner der Vierten Welt. Der Alptraum eines jeden Historikers: grausame und erbarmungslose Kämpfer, die keine Gefühle hatten, weder Furcht noch Mitleid empfanden, sich von nichts aufhalten ließen. Das glatte, säuberlich rasierte Gesicht wich der häßlichen, bärtigen Grimasse einer menschlichen Maschine. Man gebe ihr sowohl ein Ziel als auch den Befehl, es zu erobern oder zu vernichten – und der Soldat kehrte erst nach Durchführung des Auftrages zurück.

»Rascher Fortschritt, Captain«, spottete *Q*, und seine Stimme klang nicht ganz so deutlich und scharf wie zuvor. »Halten Sie es vielleicht für eine begrüßenswerte Weiterentwicklung, die Soldaten der Menschheit mit Hilfe von Drogen in Marionetten zu verwandeln?«

»Was ist mit Ihrem Volk? Haben Sie nie Fehler gemacht, nie aus ihnen gelernt?«

Worfs Konsole summte, und der Klingone beugte sich kurz vor. »Operator«, meldete er sich. Eine leise Stimme richtete einige Worte an ihn, und daraufhin erhellte sich sein dunkles Gesicht. Mit einem zufriedenen Lächeln wandte er sich zu Picard um und nickte. »Sir, Dr. Asenzi meint, Lieutenant Torres ginge es schon wieder besser.«

Q hörte das erleichterte Seufzen der Brückenoffiziere. »Sorge um das Schicksal eines Kameraden. Wie rührend.«

Worf warf dem verächtlichen Fremden einen zornigen Blick zu und sah dann Picard an. »Eine persönliche Anfrage, Sir. Darf ich die Brücke von ihm säubern?« Er meinte *Q*.

Picard schüttelte den Kopf – obwohl ihm nichts lieber gewesen wäre, als dem Klingonen eine positive Antwort zu geben. Worf setzte zu einer neuerlichen Bemerkung an, aber der Captain brachte ihn mit einem scharfen Blick zum Schweigen. Es war bereits ein Mann verletzt worden, und Picard hielt es für besser, jedes Risiko zu vermeiden – bis er ganz genau wußte, mit wem sie es zu tun hatten. Hinter ihm verließ Tasha die hufeisenförmige Kontrollstation und kam die kurze Rampe herunter.

»Lieutenant Worf hat recht, Sir. Als Leiterin der Sicherheitsabteilung kann ich nicht einfach tatenlos zusehen, wie...«

»Doch, das können Sie, Lieutenant«, unterbrach Picard die junge Frau.

Er sah, wie es in Tashas Augen blitzte und sie zu einem Einwand ansetzte. Der Captain wußte, was in ihr vor sich ging. An ihrer Stelle hätte er vermutlich ebenfalls protestiert. Alle ihre Instinkte drängten sie dazu, auf direkte und unmittelbare Weise gegen den Eindringling zu kämpfen – obgleich inzwischen kein Zweifel mehr daran bestand, daß *Q* weitaus mehr war, als er zu sein schien. Picard verstand sie nur zu gut – doch einem Raumschiffkommandanten kamen völlig andere Pflichten zu. Ein Captain mußte in erster Linie kühlen Kopf bewahren.

Tasha senkte den Blick. »Ja, Sir.« Picard hatte natürlich recht. Zunächst kam es darauf an abzuwarten, wie sich die Dinge entwickelten. Widerstrebend hörte sie auf die Stimme der Vernunft.

Der Söldner *Q* lächelte, griff nach einem dünnen Schlauch, der an seiner Uniform befestigt war, hielt ihn unter die Nase und atmete tief ein. »Ah, das tut gut.« Offenbar wirkte die Droge sofort. *Q* straffte seine Gestalt und musterte Picard mit unverhohlenem Sarkasmus. »Als die Menschen später in den Raum vorstießen, fanden sie dort neue Feinde, die es zu bekämpfen galt. Und um die Waffen nicht ruhen zu lassen, verbündeten sie sich mit anderen Völkern...« Der Fremde deutete auf Worf und Troi. »Auf diese Weise konnten sie weitere Kriege beginnen und ganze Welten vernichten. Es ist immer wieder die gleiche alte Geschichte.«

Picard versuchte, den Ärger zurückzuhalten, der in ihm emporzusteigen begann. Was bildete sich dieser aufgeblasene Kerl überhaupt ein? Wer gab ihm das

Recht, wie ein Halbgott aufzutreten und über die Menschen zu urteilen? *Q's* Gebaren deutete nicht gerade auf moralische Überlegenheit hin. Picard trat auf den Fremden zu und starrte ihn empört an. »*Nein.* Nein. Sie wissen nicht, wovon Sie reden. Sie haben nicht die geringste Ahnung, wer wir sind. Die gefährlichste ›gleiche alte Geschichte‹ ist die, mit der Sie uns konfrontieren. *Selbstgerechte* Lebensformen, die nicht zu lernen bereit sind, denen es nur darauf ankommt, das anzuklagen und zu verurteilen, was sie nicht verstehen können.«

Q neigte den Kopf zur Seite, bedachte Picard mit einem durchdringenden Blick und lachte. »Eine interessante Vorstellung. *Anklagen und verurteilen?*« Er wandte sich kurz vom Captain ab, dachte nach und drehte sich wieder um. »Und falls sich herausstellen sollte, daß wir die Menschen weitaus besser verstehen, als Sie glauben?«

»Wir fürchten uns nicht vor der Wahrheit.«

»Vor der Wahrheit? Fabelhaft, Captain. Einfach fabelhaft! Sie haben wirklich außergewöhnliche Ideen.« Der Fremde lächelte herablassend. »Nun, ich verlasse Sie jetzt. Aber glauben Sie nur nicht, damit sei alles vorbei. Zunächst müssen noch einige Vorbereitungen getroffen werden. Und wenn wir uns das nächste Mal begegnen, werde ich Ihren Vorschlag aufgreifen.« *Q* salutierte knapp, auf die Art und Weise eines Soldaten aus dem einundzwanzigten Jahrhundert. Dann trugen ihn Donner und Blitz fort.

KAPITEL 2

Das blendende Licht verblaßte, doch es dauerte noch einige Sekunden, bis die Brückenoffiziere begriffen, daß der Fremde tatsächlich fort war. Mit einer Mischung aus Verwirrung und Erleichterung sahen sie sich um.

In Picards Magengrube krampfte sich etwas zusammen. Die erste Krise bahnte sich viel zu schnell an. Er war noch nicht vorbereitet. Der Erste Offizier fehlte, und er hatte noch keine Gelegenheit erhalten, seine Mannschaft zu trainieren und sich an sie zu gewöhnen. Er empfand es als unfair, doch er wußte auch, daß der Weltraum keine menschliche Gerechtigkeit kannte.

Mit der einen Hand tastete Picard nach seiner Halsschlagader. Der Puls raste. Furcht? Aufregung? Es spielte keine Rolle. Er erinnerte sich daran, auf was es nun ankam. Er mußte *unter allen Umständen* einen beherrschten und gefaßten Eindruck erwecken. In ihrem Captain sah die Besatzung eines Raumschiffs vor allen Dingen einen Ruhepol, jemanden, der nicht die Nerven verlor und immer die richtigen Entscheidungen traf. *Na schön*, dachte er. *Laß dir nichts anmerken. Bleib kühl.*

Gelassen sah er sich auf der Brücke um. »Alles in Ordnung?« Die Offiziere nickten. »Gut.« Er nahm im Kommandosessel Platz und wandte sich an Data. »Haben die Instrumente irgend etwas registriert?«

Der Androide schüttelte den Kopf. »Keine Anzeige der Brückensensoren. Entweder war der Fremde gar nicht hier, oder er hat sich irgendwie abgeschirmt. Da wir wohl kaum einer optischen Täuschung erlegen sind, nehme ich an, daß es dem Eindringling gelang, unsere Geräte wenigstens zeitweise zu blockieren. Dritte Möglichkeit: Vielleicht war das Wesen nicht physisch präsent. Es könnte sich um eine quasimaterielle Projektion gehandelt haben. Allerdings hätten die Sensoren in diesem Fall irgend etwas feststellen müssen. Vierte Möglichkeit: Vielleicht benutzte das Wesen einen telepathischen Fokus, der von den Brückensensoren nicht geortet werden konnte. Fünfte Möglichkeit: Vielleicht...«

Picard hob die Hand. »Danke, Data.« Wie üblich beschränkte sich Data nicht etwa darauf, eine bestimmte Frage einfach zu beantworten; sondern sie nahm die Frage zum Anlaß, einen langen Vortrag zu halten, der die Geduld der menschlichen Zuhörer auf eine harte Probe stellte.

»Mit allem Respekt, Sir.« Worf stand auf. »Meiner Ansicht nach besteht unsere einzige Chance darin, gegen den Fremden zu kämpfen.«

Tasha verließ die hufeisenförmige Kontrollstation und blieb neben dem Klingonen stehen. »Dem kann ich nur beipflichten. Entweder Kampf – oder Flucht.«

Picard nickte und sah Troi an. »Haben Sie irgend etwas gespürt, Commander?«

Sie schüttelte den Kopf. »*Q's* Bewußtsein war zu mächtig, Sir.« Sie zögerte kurz und fügte dann hinzu: »Ich empfehle, weitere Kontakte zu vermeiden.«

»Interessant«, brummte Picard. »Sehr interessant.«

Er dachte über die Bemerkungen seiner Offiziere nach und versuchte, die Situation einzuschätzen. Ihnen waren keineswegs die Hände gebunden. Sie konnten handeln, und vielleicht gelang es ihnen sogar, *Q* zu überraschen. Picard hatte eine ganz bestimmte Möglichkeit im Sinn...

Nach einer Weile sah er auf. »Na schön. Von diesem Augenblick an werden alle Abteilungen des Schiffes auf eine Benutzung des Interkomsystems verzichten. Wir müssen verhindern, uns durch irgendwelche Signale zu verraten. Der Informationsaustausch zwischen den einzelnen Stationen findet mit Hilfe von Kurieren statt. Nur mein persönlicher Komkanal bleibt weiterhin geöffnet. Es wird sich bald herausstellen, ob wir dem

Fremden auf diese Weise ein Schnippchen schlagen können. Lieutenant Worf, der Maschinenraum soll Vorbereitungen für Maximalbeschleunigung treffen. Mal sehen, was ein Raumschiff der Galaxis-Klasse drauf hat.«

»Aye, Sir.«

Worf hielt sofort auf den vorderen Turbolift zu, und Picard sah Data an. »Anfrage, Data. Welche Konsequenzen könnten sich ergeben, wenn wir bei hoher Warpgeschwindigkeit in Gefechtskonfiguration gehen?«

»Bitte, Sir?« Data wirkte verblüfft.

»Sie haben mich verstanden. Es ist theoretisch möglich. Ich möchte wissen, ob so etwas schon einmal durchgeführt wurde – oder ob wir die ersten sind, die es versuchen.«

Voller Unbehagen senkte der Androide den Kopf und dachte über die Frage nach. Als er den Inhalt seiner internen Speicherbänke sondierte, schien er wieder zu einem emotionslosen Analytiker zu werden. Nach einigen Sekunden straffte er seine Gestalt. »Das entsprechende Manöver ist selbst bei geringer Warpgeschwindigkeit riskant, Sir.«

»Theoretische Elaboration«, sagte der Captain. »Wahrscheinlichkeitsangabe.«

Data führte eine weitere kurze Berechnung durch und zuckte andeutungsweise mit den Schultern. »Es *ist* möglich, Sir. Aber selbst der geringste Fehler könnte zu einer Katastrophe führen. Aus diesem Grund bin ich nicht in der Lage, entsprechende Wahrscheinlichkeiten zu nennen.«

»Ich verstehe. Danke, Data.« Noch einmal dachte Picard über seine Idee nach. Eine gefährliche Sache – weitaus gefährlicher, als ihm lieb war. Er fragte sich, ob er das Recht hatte, das Leben der Zivilisten an Bord zu riskieren. Andererseits: Q würde wohl kaum Rücksicht auf die Angehörigen der Besatzungsmitglieder nehmen...

Die erste schwierige Entscheidung, die Picard an Bord der *Enterprise* treffen mußte. Es hing alles davon ab, welche Prioritäten er setzte.

Der Captain seufzte, als er die Vor- und Nachteile des Plans gegeneinander abwog. Er wußte, daß er dabei zu keinem zufriedenstellenden Ergebnis kommen konnte, denn es existierte ein unüberbrückbarer Widerspruch zwischen Logik und Gefühl. In rein rationaler Hinsicht wußte er genau, worauf es jetzt ankam. Doch was den emotionalen Faktor seines Wesens betraf...

Picard faßte einen Beschluß. *Hört mir gut zu!*« sagte er laut. Die Offiziere drehten sich um und sahen ihn gespannt an. Er wartete, bis es still geworden war und er im Zentrum der allgemeinen Aufmerksamkeit stand. »Schicken Sie Kuriere aus und fordern Sie alle Abteilungen auf, sich auf Höchstbeschleunigung vorzubereiten. Triebwerks*maximum* – Sie wissen sicher, was das bedeutet. Die Aggregate werden dabei weit über die normalen Sicherheitsgrenzen hinaus belastet. Unsere Hoffnung besteht darin, die fremde Lebensform zu überraschen, die dort draußen auf der Lauer liegt. Wir müssen schneller sein als *Q*.« Picard zögerte kurz, und seine Stimme klang düster, als er hinzufügte: »Andernfalls bliebe uns nichts anderes übrig, als uns zu fügen und zur Erde zurückzukehren.«

Lieutenant Worf konnte sich beeilen, ohne zu laufen. Der Klingone ging mit weit ausholenden Schritten und war damit wesentlich schneller als ein Mensch. Er betrat den Maschinenraum der *Enterprise*, blieb stehen und sah sich nach dem diensthabenden Offizier um.

In der Mitte des zwei Stockwerke hohen Saals erhob sich der gewaltige Wandlerkern, reichte vom Boden bis zur Decke. Wenn die Brücke das Hirn des Raumschiffes darstellte, so war dies das Herz. Von oben wurde gewöhnliche Materie in den leise summenden Konverter eingeführt, und von unten kam Antimaterie hinzu. Die Dilithiumkristalle – eine wunderbare Gabe der Natur, die Warpgeschwindigkeit ermöglichte – sorgten anschließend dafür, daß sich die Atomkerne in reine Energie verwandelten.

Trotz der klingonischen Fortschritte in bezug auf die Technik des interstellaren Antriebs brachte Worf den Triebwerken Starfleets noch immer großen Respekt entgegen. Sie waren weitaus leistungsfähiger als alle ähnlichen Aggregate, die in der Allianz verwendet wurden. Vor fünfundzwanzig Jahren, bei den Verhandlungen zwischen dem Imperium der Klingonen und der Föderation, die schließlich zu einem Bündnis geführt hatten, stellten sie einen der entscheidenden Punkte dar. Klingonische Strategen spekulierten häufig darüber, was geschehen wäre, wenn sich die beiden großen Machtblöcke nicht zusammengeschlossen hätten. Tatsächlich handelte es sich dabei um ein taktisches Spiel, das sich auf Klinzhai großer Beliebtheit erfreute. Für gewöhnlich neigte man zu der Annahme, daß die Allianz *beiden* Seiten Vorteile brachte, sowohl der Föderation als auch dem Imperium. Dennoch dachte Worf oft daran, was aus dem Reich der Klingonen geworden sein mochte, wenn es in der Lage gewesen wäre, vor zweieinhalb Jahrzehnten von solchen Triebwerken Gebrauch zu machen – eine interessante, wenn auch nicht ganz zulässige Überlegung.

Chefingenieur Argyle trat ruhig auf ihn zu. »Kann ich Ihnen helfen, Lieutenant?«

»Ich bringe Ihnen eine Anweisung des Captains: Treffen Sie Vorbereitung für Höchstbeschleunigung.«

Argyle runzelte überrascht die Stirn. *»Maximum?«*

»Genau. Sobald der Captain das Zeichen gibt.«

Der Chefingenieur verzog kummervoll das Gesicht. Er mochte es nicht, wenn jemand seine Maschinen in

Gefahr brachte. »Ich hoffe, er hat einen verdammt guten Grund.«

»Wir sind einer fremden Macht begegnet und wissen noch nicht genau, was es mit ihr auf sich hat. Der Captain möchte sie auf die Probe stellen.«

»Mhm. Ich schätze, er will in erster Linie herausfinden, was *wir* auf dem Kasten haben.« Argyle sah die Techniker an den Konsolen an. »Nun gut. Alarmbereitschaft für Maschinenraum. Wandler hochfahren. Wir brauchen Energie, um von einem Augenblick zum anderen auf Warpmaximum zu gehen.«

Einige Männer drehten sich erstaunt um und starrten den Chefingenieur betroffen an. Argyles Gesicht blieb ruhig und unbewegt. Die abrupte Beschleunigung auf Höchstgeschwindigkeit belastete das Raumschiff und alle Aggregate an Bord, war jedoch nicht unmöglich. Die Besatzungsmitglieder kannten solche Manöver von den Übungen und Simulationen her, hatte in dieser Beziehung sogar schon bei einem Probeflug konkrete Erfahrungen sammeln können.

Dennoch galt so etwas als nicht besonders ratsam, denn es bestand das Risiko einer Phasenverschiebung. Argyle wußte, daß er sich auf seine Leute verlassen konnte, und deshalb machte er sich in diesem Zusammenhang kaum Sorgen. Als weitaus beunruhigender empfand er die Situation, die ihnen eine derartige Entscheidung aufzwang. »Die Schubaktivierung erfolgt auf Befehl des Captains. Blake, ich möchte maximale Ladestärke in den Reservezellen.«

Worf lächelte dünn und kehrte zur Hauptbrücke zurück. Als sich die Tür des Maschinenraums hinter ihm schloß, hörte er, wie das dumpfe Brummen des Materie-Antimaterie-Wandlers zu einem fast schrillen Kreischen wurde.

Picard stand hinter Data am Navigationspult, blickte auf den großen Wandschirm und beobachtete das seltsame Gittermuster. Ganz gleich, welchen Einstellwinkel sie für die Erfassungskameras wählten – die Barriere versperrte ihnen überall den Weg. Nur hinter der *Enterprise* war alles frei. Picard konzentrierte seine Hoffnungen auf etwas, das seine sportlichen Vorfahren als ›Endspurt‹ bezeichnet hätten.

Worf trat aus dem vorderen Turbolift und eilte im Laufschritt in Richtung Funktionsstation. »Der Maschinenraum ist bereit, Sir.«

»Danke, Worf. Data?«

»Alle Anzeigen grün, Captain.«

Picard nahm wieder in seinem Kommandosessel Platz. »Umkehrkurs, hundertachtzig Strich zwei. Bereitschaft.« Er ließ seinen Blick kurz über die Brücke schweifen und beobachtete die Offiziere, die nun auf die entscheidende Anweisung warteten. Der Captain holte tief Luft, betätigte eine Taste in der linken Armlehne und aktivierte damit seinen persönlichen Komkanal. *Los geht's!*« Die Hauptbrücke erzitterte, als das Warptriebwerk vollen Schub gab.

Für den Bruchteil einer Sekunde glaubte Picard, die enorme Beschleunigung zu spüren, als die *Enterprise* einen Satz nach vorn machte. Natürlich bildete er sich das nur ein. Ohne die Neutralisatoren, die die Pseudogravitation des Trägheitsmoments absorbierten, wäre er aus dem Sessel gerissen und an der rückwärtigen Wand zerquetscht worden. Trotzdem: Wie auch alle anderen Raumschiffkommandanten stellte sich Picard vor, die enormen Kräfte zu fühlen, die nun freigesetzt wurden.

Die *Enterprise* raste los – wie ein wildes Pferd, das Data mit seinen Navigationszügeln unter Kontrolle hielt. Und dann... *neigte sich das Schiff jäh nach links!* Es jagte gefährlich dicht an dem bizarren Energiegitter vorbei, sauste durch die rückwärtige Lücke, erreichte den freien Raum und beschleunigte weiter, eingehüllt in ein multidimensionales Warpfeld.

Data rührte sich nicht von der Stelle, und seine Fingerkuppen ruhten sicher auf den Kontrollen der Schalteinheit. Die *Enterprise* wurde noch schneller, und die Ergbarriere blieb hinter ihr zurück. Plötzlich sah Picard, wie das Gitter erbebte, sich abrupt zusammenzog und zu einer schimmernden Kugel wurde, die gleich darauf die Verfolgung begann.

Der Captain achtete nicht auf das immer lauter werdende Heulen des Antriebs und nahm die Berichte seiner Offiziere entgegen. »Warp neun Komma zwei«, sagte Worf und schnitt eine Grimasse. Es behagte ihm überhaupt nicht, einem Kampf auszuweichen – aber er schätzte die Bedeutung des ›strategischen Rückzugs‹. Insbesondere dann, wenn man damit Stärke *und* Klugheit bewies. Gab es bei den Menschen nicht ein Sprichwort, das derartige Situationen treffend beschrieb? »Wer es vorzieht, einen Kampf zu meiden, braucht nicht aus dem Leben zu scheiden.« Oder hieß es: »...braucht sich nicht für den Tod zu entscheiden?« Wie dem auch sei: Die Philosophie der Menschen hatte durchaus etwas für sich.

»Kurs drei fünf eins Strich eins eins«, meldete Data und sah kurz vom Navigationspult auf.

»Kurs halten.«

Tasha saß hinter Picard an der hufeisenförmigen Kontrollstation, von der aus man die Waffen bedienen und taktische Analysen vornehmen konnte. »Der Gegner verfolgt uns, Sir. Er kommt mit hoher Geschwindigkeit näher.«

Worf beugte sich zu seinen Instrumenten vor. »Wir haben jetzt Warp neun Komma drei erreicht, Sir.«

»Danke. Geben Sie mir Bescheid, wenn wir in die rote Zone gelangen.«

»Das ist jetzt der Fall, Sir: Warp neun Komma drei fünf.«

»Vielen Dank, Lieutenant. Teilen Sie dem Maschinenraum mit, daß wir weiterhin volle Energie benötigen.«

»Aye, Sir.«

»Beschleunigung fortsetzen«, sagte Picard ruhig. Er richtete seine Aufmerksamkeit auf Troi und deutete ein Lächeln an. »Counselor, unter den gegebenen Umständen würde ich gern erfahren, mit was für einer Lebensform wir es zu tun haben. Konnten Sie irgend etwas in Erfahrung bringen?«

Die Betazoidin neigte den Kopf, und das dunkle Haar beschattete ihr Gesicht, als sie nachdachte und versuchte, ihre emotionale Reaktion auf die vorherige Präsenz des Fremden zu bewerten. »Es... es fühlte sich wie etwas an, das sich völlig von dem unterscheidet, was wir unter dem Begriff ›Lebensform‹ verstehen.«

Picard runzelte die Stirn. »Bitte erklären Sie das.«

»Offenbar handelt es sich um eine *sehr* hoch entwickelte Entität. Oder...« Troi überlegte einige Sekunden lang und nickte dann. »Oder sie ist vollkommen *anders!*«

Worf drehte sich um. »Sir, wir sind jetzt auf Warp neun Komma vier«, warf der Klingone ein.

»Der Gegner schließt weiterhin zu uns auf«, meldete Tasha.

»Seine Geschwindigkeit beträgt Warp neun Komma sechs, Sir«, fügte Data leise hinzu.

»Sind Sie sicher?« Picard bedauerte seine Worte, kaum hatte er sie ausgesprochen.

Data wandte den Blick nicht von seiner Konsole ab. Er wußte, daß rhetorische Fragen eine menschliche Angewohnheit darstellten. »Selbstverständlich, Sir. Der Gegner befindet sich jetzt innerhalb der Reichweite unserer visuellen Erfassung. Soll ich auf Vergrößerung schalten?«

»Ja.«

Das Bild an der bugwärtigen Brückenwand flackerte kurz, und der blinkende Punkt in der Mitte wuchs schlagartig zu einer rotierenden Kugel heran. Picard beobachtete den seltsamen Glanz des fremden Objekts.

Nervös sah Tasha auf die Anzeigen ihrer Instrumente. »Geschwindigkeit des Gegners beträgt jetzt Warp neun Komma *sieben*, Sir.«

Picard beugte sich in seinem Sessel vor, hielt den Blick weiterhin auf die Projektionsfläche gerichtet und betätigte eine Taste der in die Armlehne integrierten Schalteinheit. »Maschinenraum?«

Sofort antwortete ihm Argyles Stimme. »Sir... wenn wir nicht vorsichtig sind, fliegt uns der Wandler um die Ohren...«

»Zum Teufel mit der Vorsicht, Chefingenieur. Wir brauchen mehr Energie.« Picard unterbrach die Verbindung wieder. »Alarmstufe *Gelb.*«

Data berührte einen Sensorpunkt, und unmittelbar darauf ertönte das rhythmische Hupen des Alarms. Picard wandte sich an Tasha. »Photonentorpedos laden. Feuerbereitschaft.« Er bemerkte den besorgten Blick Tois, schenkte ihm aber keine Beachtung.

»Torpedos fertig, Sir.«

Plötzlich erbebte das Schiff. Das Brückendeck erzitterte so heftig, daß sich einige Offiziere an ihren Konsolen festhalten mußten, um nicht aus den Sesseln zu fallen. Gleich darauf vernahm der Captain ein dumpfes Donnern – wie von einem gewaltigen Ungeheuer, das bisher auf dem Grund eines dunklen Ozeans geschlafen hatte und in seiner Ruhe gestört worden war.

Troi sah sich rasch um, fühlte die erschrockene Besorgnis der Gefährten als eine schmerzhafte Vibration inmitten ihrer Gedanken. Dann stabilisierte sich die Lage des Schiffes wieder; hier und dort war ein erleichtertes Seufzen zu hören.

Worf führte rasch einige Schaltungen durch. An der Akademie hatte er Konstruktion und Technik von Raumschiffen im Nebenfach studiert, jedoch nie damit gerechnet, eine solche Reaktion selbst zu erleben. Im Jargon bezeichnete man sie als *primordiales Zittern,* und hervorgerufen wurde es von einer strukturellen Überlastung. Ein schlimmes Zeichen: Es deutete auf eine erste Phasenverschiebung im Wandler hin, und wenn die Synchronisatoren ausfielen, konnte das Triebwerk explodieren.

»Gegner auf Warp neun Komma acht, Sir«, meldete Tasha. Ihre Stimme klang ein wenig gepreßt.

Worf warf einen raschen Blick auf die Anzeigen seiner Konsole. »Unsere Geschwindigkeit ist bei Warp neun Komma fünf stabil.«

»Anmerkung«, sagte Data ruhig. »Wir könnten ebenfalls auf Warp neun Komma acht beschleunigen, wenn wir die volle Antriebskapazität ausnutzen. Aber das wäre ein extremes Risiko, Sir.«

»Gegner auf Warp neun Komma *neun*.«

Picard zögerte kurz und überlegte erneut, welche Möglichkeiten sich ihnen boten. Schon nach wenigen Sekunden kam er zu dem Schluß, daß ihnen praktisch gar keine Wahl blieb. Seit er den Startbefehl gegeben hatte, steuerte alles auf die Entscheidung zu, die er jetzt treffen mußte. Er durfte den Konsequenzen nicht ausweichen. Schließlich stand er auf und hob den Kopf. »*Hört gut zu.* Anweisung an alle Bordstationen. Vorbereitung auf Notmanöver für Gefechtskonfiguration.«

Tasha starrte Picard erschrocken an. Gleichzeitig richtete Troi ihren Blick auf die Leiterin der Sicherheitsabteilung und spürte ihre Furcht. Die Konstruktion des Raumschiffs ermöglichte ein Abkoppeln der Diskussektion, die den Flug als eigenständige Einheit fortsetzen konnte, wenn auch nur mit Hilfe des Impulsantriebs. Die andere Hälfte – der Rumpf mit den beiden Triebwerksgondeln und den Warpgeneratoren – verfügte nicht nur über eine zweite Brücke, sondern auch schwere Phaserkanonen und Katapulte für Photonentorpedos.

Nach der Konzeption Starfleets diente die Diskussektion in erster Linie als Refugium für Zivilisten, während der Rumpf als Verteidigungsmodul geplant war. Bei der Erforschung des Weltraums kam es immer wieder zu gefährlichen Zwischenfällen, doch bisher hatten es nur wenige Kommandanten für nötig gehalten, das Schiff zu teilen, den Diskus fortzuschicken und die Rumpfsektion auf den Kampf vorzubereiten. Wenn ein Captain eine derartige Entscheidung traf, glaubte er ganz offensichtlich, es mit einer außerordentlich ernsten Situation zu tun zu haben.

Picard forderte Worf mit einem Wink auf, die Station des Operators zu verlassen. »Sie übernehmen den Befehl über die Hauptbrücke, Commander.«

»Sir?« Der junge Klingone sprang auf und war so entrüstet, daß er für einige Sekunden den Respekt seinem Vorgesetzten gegenüber vergaß. »Ich bin Klingone, Sir. Ich werde nicht fliehen, während meinem Captain möglicherweise ein Kampf bevorsteht...«

»Ich nehme Ihren Einwand hiermit zur Kenntnis«, sagte Picard knapp. Seine Stimme klang betont kühl. »Aber Sie sind nicht nur Klingone, sondern auch Starfleet-Offizier, Lieutenant, und ich habe Ihnen gerade einen Befehl gegeben.«

Worf zögerte und überlegte, ob er erneut protestieren sollte. Dann aber nickte er, als Disziplin und Gehorsam die Oberhand gewannen. »Aye, Sir.« Sein finsteres Gesicht machte deutlich, was er von einer solchen Anweisung hielt.

Picard betätigte eine Taste des rechten Kontrollfeldes. »Logbuch des Captains«, sagte er leise. »Sternzeit 41153.73. Das Kommando wird jetzt der Kampfbrücke übertragen.« Er winkte Data zu. »Geben Sie das entsprechende Zeichen.«

Der Androide kam der Aufforderung sofort nach, und unmittelbar darauf ertönte das traditionelle Hornsignal. Es wiederholte sich mehrmals, während die Offiziere der Dienstcrew den Turbolift betraten, um die Kampfbrücke aufzusuchen. Gleichzeitig öffneten sich die Türen der beiden anderen Aufzüge, und die Ersatzmannschaft traf ein.

Widerstrebend trat Worf an den Kommandosessel heran und blickte düster darauf herab, bevor er Platz nahm. »Vorbereitung für Gefechtskonfiguration«, sagte er fest. »Befehl des Captains abwarten.« *Wenn ein Klingone Kommandant dieses Raumschiffes wäre,* fuhr es ihm durch den Sinn, *würden wir nicht fliehen.* Aber er war Starfleet-Offizier und... Nun, der Captain mochte nicht immer recht haben, doch er blieb der Captain.

Innerhalb weniger Sekunden fiel die Transportkapsel des Turbolifts der Kampfbrücke entgegen. Picard blickte gedankenverloren auf die Lichter der Richtungsanzeige und ging noch einmal seinen Plan durch. Es bedeutete ein großes Risiko, die Diskussektion während hoher Warpgeschwindigkeit abzukoppeln, aber ihr Vorsprung zum Q-Schiff (oder was das gleißende Objekt sonst darstellen mochte) war so groß, daß das Rumpfsegment der *Enterprise* rechtzeitig umkehren und den Gegner aufhalten konnte. Es kam in erster Linie darauf an, daß die Zivilisten und ein großer Teil der Besatzung die Möglichkeit erhielten, sich in Sicherheit zu bringen.

Kurz darauf hielt die Kabine an, und die beiden Türhälften schoben sich mit einem verhaltenen Fauchen auseinander. Vor Picard erstreckte sich die funktionell eingerichtete Kampfbrücke. Der Captain näherte sich dem Kommandosessel, und seine Begleiter nahmen rasch an den anderen Konsolen Platz. Data aktivierte das Navigationspult und beobachtete die Anzeigen, während Picard das elektronische Logbuch einschaltete und einen weiteren Eintrag sprach, mit dem er seine Strategie erläuterte.

»Gegner schließt weiter zu uns auf, Sir. Seine Geschwindigkeit ist bei Warp neun Komma neun stabil.«

»Interessant«, brummte Picard. »Ganz gleich, um

was für eine Art von Raumschiff es sich handeln mag: Es ist den gleichen Warp-Beschränkungen unterworfen wie die *Enterprise*. Vielleicht ist *Q* nicht ganz so mächtig, wie er vorgibt.« Picard nickte Tasha zu. »Lieutenant, die vorbereiteten Photonentorpedos müssen so abgeschossen werden, daß sie dicht genug vor dem Gegner explodieren, um ihn im Moment des Abkoppelns zu blenden. Lösen Sie die Katapulte erst auf mein Zeichen hin aus.«

»Verstanden, Sir.«

Picard öffnete einen internen Kommunikationskanal. »Lieutenant Worf, hier spricht der Captain.«

»Ja, Sir?« klang die Stimme des Klingonen aus dem Lautsprecher.

»Nach erfolgter Trennung reduzieren wir die Geschwindigkeit ein wenig, damit sich ein genügend großer Abstand zwischen den beiden Segmenten bildet.«

»Verstanden, Sir.«

»Countdown beginnen.« Picard holte tief Luft, beobachtete die schillernde Kugel auf dem Bildschirm und sagte dann fest: »Photonentorpedos los!«

Die Geschosse rasten aus den heckwärtigen Katapultröhren der *Enterprise* und blitzten kurz auf, bevor sie in der Dunkelheit des Alls verschwanden.

Tasha konnte mit dem Waffensystem ausgezeichnet umgehen, aber das Timing stimmte nur dann, wenn das fremde Schiff tatsächlich mit Höchstgeschwindigkeit flog. Wenn nicht – wenn es weiter beschleunigen konnte – explodierten die Torpedos weit dahinter, und dann verloren sie den Überraschungsvorteil, den die Diskussektion brauchte, um sich abzusetzen. Picard hoffte, daß seine frühere Vermutung in bezug auf die Technik der Fremden den Tatsachen entsprach.

»Countdown läuft«, meldete Data. »Sechs, fünf, vier, drei, zwei, eins, *Trennung*.«

Im hinteren Bereich des Diskussegments, dort, wo es auf den emporgeneigten, gekrümmten Hals des Rumpfes stieß, bildete sich ein Spalt. Die massiven Kupplungsmechanismen schwangen zur Seite und wichen in ihre Gehäuse zurück. Dampf zischte ins Vakuum des Weltraums, als die Verbindung gelöst wurde.

»Captains Logbuch. Sternzeit 41153.75: Trennung ist gerade erfolgt. Wir werden uns nun dem Feind stellen.«

»Viel Glück, Sir«, knurrte Worf, als er auf dem Wandschirm beobachtete, wie der Rumpf zurückblieb.

Der große Diskus entfernte sich rasch von der kobraförmigen Antriebssektion. Nach kurzer Zeit schlossen sich die Gehäuseplatten über den Kupplungsklammern. Im luftleeren Raum war das dumpfe Pochen nicht zu hören, wohl aber in den Kammern und Korridoren des Schiffes. Worf prüfte die Distanz und ordnete dann an, das Impulstriebwerk mit Energie zu beschikken. Der plötzliche Schub vergrößerte die Entfernung schlagartig und gab dem Rumpf genügend Manövrierfreiheit. Als der Diskus das Warpfeld der *Enterprise* verließ, schien das Gefechtsmodul einfach zu verschwinden. Innerhalb eines Sekundenbruchteils war es Lichtwochen entfernt, ebenso wie der Verfolger.

Genau darauf hatte Picard gehofft – auf eine Chance für die Diskussektion, die Weite des Alls als Tarnmantel zu benutzen und Kurs auf Farpoint Station zu nehmen.

»Abkopplung erfolgreich durchgeführt, Sir«, berichtete Data ruhig.

Picard seufzte erleichtert und stellte erst dabei fest, daß er den Atem angehalten hatte. »Grâce à Dieu. Wo ist der Gegner?«

Der Androide führte einige Schaltungen durch, und daraufhin glitzerte das fremde Schiff wieder in der Mitte des Bildschirms. Dicht davor schimmerte noch immer jener grelle Glanz, der von den explodierten Photonentorpedos stammte. Picard schlug sich triumphierend auf den Oberschenkel.

»Es hat geklappt. Und jetzt: Kursumkehr.«

Das Warpfeld der *Enterprise* gewann eine andere Ausrichtung, und der Rumpf drehte sich und flog dem Verfolger entgegen. Picards Aufmerksamkeit galt nach wie vor dem Wandschirm, und er stellte fest, daß die Photonentorpedos offenbar keine Auswirkungen auf das Q-Schiff hatten. Selbst die Energie der Geschosse, die in unmittelbarer Nähe detoniert waren, schien einfach zu verpuffen. Der Verfolger setzte seine Geschwindigkeit nicht herab.

Die beiden Raumschiffe waren jetzt auf Kollisionskurs.

Picard beobachtete die Darstellung noch einige Sekunden lang, und dann sagte er ruhig: »Position halten.«

Data hob überrascht den Kopf und erwiderte dann so gelassen wie möglich: »Aye, Sir.«

»Aber dann ist der Gegner innerhalb weniger Minuten heran...«, begann Troi.

»Ich weiß, Counsellor.«

»Wollen Sie kämpfen, Captain?« fragte Tasha. »Wenn es uns gelingt, das fremde Schiff zumindest zu beschädigen...«

Picard deutete auf den Schirm und schnaubte leise. »Lieutenant Yar, wollen Sie allen Ernstes gegen eine Lebensform antreten, die bereits eine erhebliche militärische Überlegenheit demonstriert hat?« Er sah sie scharf an und wartete. »Wenn Sie glauben, wir hätten eine Chance... Ich bin gern bereit, mir Ihre Vorschläge anzuhören.«

Lieutenant Yar errötete und senkte den Kopf, mied den herausfordernden Blick des Captains. Picard hatte natürlich recht. Und deshalb fühlte sich die junge Frau verlegen.

Tasha Yar wußte, worin ihr größter Fehler bestand: Sie reagierte übereilt. Einerseits war sie aus diesem Grund eine gute Leiterin der Sicherheitsabteilung, doch andererseits fiel es ihr schwer, mit Situationen fertig zu werden, bei denen die Sicherheit des Schiffes an zweiter Stelle stand. Diplomatische und strategische Erwägungen waren ihr noch immer fremd.

Sie war in einer Renegatenkolonie aufgewachsen, in einer gesetzlosen und in höchstem Maße gefährlichen Umgebung. Dabei hatte sie schon frühzeitig die Kunst des Überlebens lernen müssen. Die Erfahrungen ihrer Jugend ließen sich mit wenigen Worten beschreiben: Handle zuerst und versuche, eine gegebene Situation zu beherrschen, bevor du beginnst, sie zu analysieren. Bis zu ihrem Studium an der Starfleet-Akademie agierte sie in der sicheren Überzeugung, daß Zögern den Tod zur Folge haben mochte. Die Konfrontation mit den humanitären Prinzipien, die als Grundlage für alle Entscheidungen Starfleets dienten, führten bei ihr zunächst zu einem Schock. Inzwischen aber wußte sie, wie wichtig es war, zuzuhören und zu lernen...

Starfleets Lehrsätze berührten etwas in ihr. Jene philosophische Basis beeindruckte nicht etwa die Person, die sie zu sein vorgab, blieb auch ohne Einfluß auf die Rolle, die sie für ihre Gefährten spielte. Sogar die Tasha, die sie so gern sein wollte, blieb gleichgültig. Die Reaktion betraf den Kern ihres Ichs, ihr geheimes Selbst, das sie bisher mit niemandem geteilt hatte.

Die Politik Starfleets basierte auf einem Axiom, das lautete: *Leben ist heilig. Überall.*

Zuerst hatte Tasha dieser Einstellung nicht vertraut, zumindest nicht zu Anfang. Sie brachte der Maxime sowohl Argwohn als auch verächtlichen Spott entgegen. Bei den von Starfleet veranstalteten Philosophiekursen, bei denen es um Fragen der Ethik und Moral ging, wurden häufig kontroverse Diskussionen geführt. Doch nach einer Weile begriff die junge Frau, daß es dabei um all die Dinge ging, von denen sie seit vielen Jahren träumte.

Das Leben ist vielseitig und läßt sich in keine festgelegten Schemata pressen. Es gibt Dutzende von Alternativen zu der Lebensweise, die wir kennen. Wir können es besser machen.

Jeder von uns ist der Gemeinschaft verpflichtet und hat das Potential, über sich selbst hinauszuwachsen. Und das ist unsere Bestimmung: aus den Fehlern der Vergangenheit zu lernen und eine bessere Zukunft zu gestalten.

Allmählich dämmerte es Tasha, daß Starfleet die gleichen Ziele anstrebte wie sie selbst. Diese Erkenntnis kam einer Offenbarung gleich. Kinder mußten nicht mehr verhungern, Menschen nicht mehr in Armut leben. Analphabetismus war keine Fügung des Schicksals. Die Bedingungen, unter denen Tasha aufwuchs, stellten eine schreckliche Ausnahme dar, nicht die Regel.

Dies war das Leben, von dem sie immer geträumt hatte, und es war dort, in greifbarer Nähe – eine Chance, die sie nur wahrzunehmen brauchte. Tasha machte Gebrauch davon, indem sie schlicht und einfach erklärte: »Für eine bessere Zukunft müssen sich die Menschen ändern; was liegt näher, als selbst den Anfang zu machen?«

Diese Entscheidung führte zu einem radikalen Wandel im Wesen der jungen Frau.

Manchmal aber, unter besonderen Umständen, reagierte sie noch immer nach ihren alten Instinkten. »Ich... ich hätte gründlicher nachdenken sollen, bevor ich das Wort an Sie richtete, Sir«, antwortete sie betroffen und atmete tief durch. »Nun, Captain, ich halte es für angebracht, den Gegner von der Diskussektion abzulenken.«

Picard nickte zustimmend. »Das klingt schon besser, Lieutenant.«

»Geschwindigkeit null«, berichtete Data. »Position stationär.«

Picard sah Troi an, die am Kommunikationspult saß. »Troi, übermitteln Sie folgende Botschaft in allen Sprachen und auf allen Frequenzen: ›Wir ergeben uns.‹ Fügen Sie hinzu, daß wir keine Bedingungen für unsere Kapitulation stellen.«

Die anderen Offiziere auf der Kampfbrücke wechselten verwirrte und bestürzte Blicke. *Kapitulation?* Jean-Luc Picard wollte sich ergeben? Nur Troi spürte die ruhige Zuversicht des Captains, seine unerschütterliche Überzeugung, *richtig* zu handeln. Mit seiner Entscheidung gestand er weder eigenes Versagen noch Hilflosigkeit ein. Offenbar sah der Captain keine andere Möglichkeit, an seinen moralischen Prinzipien festzuhalten.

»Aye, Sir«, bestätigte Troi mit fester Stimme. »In allen Sprachen und auf allen Frequenzen.« Sie aktivierte den Kommunikator und verband ihn mit dem allgemeinen Transkriptionsmodul. »*Enterprise* an *Q*. Wir ergeben uns. Ich wiederhole: Wir ergeben uns. Unsere Kapitulation erfolgt ohne irgendwelche Vorbedingungen.«

Während Troi die Nachricht mehrmals durch den Äther schickte, richteten sich die Blicke aller Anwesenden auf den Wandschirm. Das fremde Raumschiff näherte sich ihnen rasch. Als es sie fast erreicht hatte, klappte das kugelförmige Gebilde auseinander, und dadurch entstand eine kleinere Gitterfläche. Gewölbt dehnte sie sich der *Enterprise* entgegen. Als sie das Rumpfsegment ganz einhüllte, erbebten die Decks, und irgend etwas donnerte und kreischte ohrenbetäubend laut: Picard befürchtete einige Sekunden lang, daß die Schiffshülle unter der enormen Belastung nachzugeben drohte. Der Boden der Kampfbrücke neigte sich jäh zur Seite, und die Offiziere klammerten sich an den Konsolen fest, um nicht den Halt zu verlieren. Das Heulen um sie herum wurde immer schriller, und alles erbebte. Dann blitzte Licht, so grell, daß sich alles im gleißenden Strahlen verlor.

Stille folgte.

KAPITEL 3

Das Licht verblaßte.

Picard stellte fest, daß er sich nicht mehr auf der Kampfbrücke befand. Zusammen mit Data, Troi und Tasha saß er auf dem Anklagepodium eines gewaltigen Gerichtssaals, der aus Stahl und Glas bestand, kühl und abstoßend wirkte. Die Einrichtung war funktionell. Zuschauer nahmen auf den Sitzbänken Platz, und es herrschte eine Atmosphäre gespannter Erwartung. Einige ziemlich mürrische Soldaten marschierten umher. Sowohl ihre Uniformen als auch die Aufmachung des Publikums deuteten auf eine ganz bestimmte Epoche hin. Picard hatte immer Gefallen an historischen Studien gefunden, vertrat die Ansicht, selbst die dunklen Kapitel der menschlichen Geschichte hielten Lektionen für Gegenwart und Zukunft bereit. Er erkannte die Architektur und das Szenarium, in dem sie ganz offensichtlich die Rolle von Gefangenen spielten.

Der Captain wußte nicht genau, wie er das gegenwärtige Erlebnis erklären sollte. Eine Falte im Raum-Zeit-Gefüge? Unwahrscheinlich. Transfer zu einem Ort, an dem man sorgfältige Vorbereitungen getroffen hatte? Möglich. Aber wenn das zutraf: Wo befanden sich dann die anderen Brückenoffiziere? Warum waren nur er selbst, Troi, Tasha und Data zugegen? Eine veränderte Kampfbrücke, von *Q* auf irgendeine Weise manipuliert? Vielleicht. Picard erinnerte sich daran, mit welcher Mühelosigkeit der Fremde an Bord der *Enterprise* sein Erscheinungsbild verändert hatte – und als er sich verabschiedete, entsprach seine Kleidung dieser besonderen Zeitperiode.

Er vernahm den dumpfen Klang einer Glocke und wurde auf einen Mann aufmerksam, der gerade den Saal betrat. Es handelte sich um einen Asiaten, der eine lange Kutte trug und einen kleinen Datensichtschirm bei sich führte. Aufgrund seiner historischen Kenntnisse hielt Picard den Unbekannten für einen mandarinischen Gerichtsdiener. Er nickte kurz, und daraufhin läutete die orientalische Glocke erneut.

»Die Gefangenen sollen aufstehen«, sagte der Gerichtsdiener. Picard bedeutete seinen Offizieren, sich nicht zu erheben.

Data sah sich mit großem Interesse im Raum um, und Picard vermutete, daß der Androide eine umfassende Analyse vornahm, während er den Saal, die Zuschauer und alles andere katalogisierte. »Historisch faszinierend, Captain«, kommentierte Data nach einer Weile. »Alle Einzelheiten sind exakt.«

Picard nickte, doch seine Bewunderung verwandelte sich in Besorgnis, als er überlegte, daß man diese Szenerie als Waffe gegen sie verwenden mochte. »Mitte des einundzwanzigsten Jahrhunderts, der postatomare Horror...« Der Captain verabscheute jene Ära. Es handelte sich um eine der größten Krisen in der Entwicklungsgeschichte der Menschheit. Nach den Schrecken des nuklearen Krieges versuchten die Völker der Erde, alle Nachwirkungen und sonstigen Probleme durch die gnadenlose Anwendung einer neuen diktatorischen Regierungsform zu lösen. Bei den daraufhin entstehenden Gesellschaftsstrukturen handelte es sich weder um Kapitalismus noch Kommunismus – obgleich sie einige Parallelen zu letzterem aufwiesen. Es waren die letzten und schlimmsten Regime, und als diese Phase der sozialen und moralischen Regression überwunden wurde, begannen die Menschen damit, ihr wahres Potential zu entfalten. Doch *Q* zog es offenbar vor, die späteren Epochen zu ignorieren, die die Menschheit in einem besseren Licht dargestellt hätten.

Einmal mehr läutete die Glocke. »Alle Anwesenden erheben sich und erweisen dem Ehrenwerten Richter Ihren Respekt!« verkündete der Gerichtsdiener.

Noch immer kamen Zuschauer herein, und diejenigen, die bereits auf den Sitzbänken Platz genommen hatten, standen auf. Es wurde still im Saal. Die Soldaten marschierten umher und zerrten einige heruntergekommen wirkende Gestalten auf die Beine. Picard streckte die Hand aus und forderte Data, Troi und Tasha mit einer knappen Geste auf, weiterhin sitzen zu bleiben.

Die Betazoidin schüttelte besorgt den Kopf. »Seien Sie vorsichtig, Sir. Dies ist weder eine Illusion noch ein Traum.«

»Solche Gerichtsverhandlungen fanden in der Vergangenheit statt.«

»Ich habe keine Erklärung dafür, aber eins steht fest: Dies ist die Realität. Ich *spüre* es. Wenn *Q* hier eine neue Wirklichkeit geschaffen hat, sind auch die Waffen echt. Und das bedeutet, wir könnten erschossen werden.«

»Wenn man tatsächlich gegen uns verhandeln will, dürfte *Q* wohl kaum die Absicht haben, uns einfach umzubringen«, wandte Picard ein.

»Nein, vielleicht gibt er uns vorher noch eine Gnadenfrist von einigen Sekunden«, sagte Tasha verdrießlich.

Ein Soldat trat auf sie zu und hob seine Waffe. »Hoch mit euch, Verbrecher!«

Die Starfleet-Offiziere schenkten ihm keine Beachtung. Wieder läutete die Glocke, und die letzten flüsternden Stimmen verklangen. Plötzlich herrschte völlige Stille im Saal. Data hob den Kopf und nickte in Richtung des breiten Eingangs. »Wenigstens kennen wir den Richter, Captain.«

Es überraschte Picard nicht sonderlich, *Q* zu sehen. Der Fremde saß auf einem thronartigen Gravsessel, der nun langsam in die große Kammer schwebte. Der Captain erinnerte sich an *Q's* begeisterte Reaktion in Hinsicht auf die Worte *anklagen* und *verurteilen*. Offenbar hatte er sie tatsächlich als Vorschlag aufgegriffen und ein entsprechendes Szenarium gebildet. Wenn die

Menschen nicht freiwillig bereit waren, in ihr heimatliches Sonnensystem zurückzukehren, so sollten sie mit einem *Urteil* dazu gezwungen werden.

Ein in der Nähe stehender Soldat feuerte dicht vor die Füße Picards, kam mit einigen raschen Schritten heran und knurrte wütend: »Ihr sollt *aufstehen*, Verbrecher!« Tasha handelte aus einem Reflex heraus, bevor der Captain reagieren konnte. Mit einem Satz war sie auf den Beinen, wirbelte um die eigene Achse und stieß die Waffe des Uniformierten fort. Der Mann versuchte, sie zu packen, aber Lieutenant Yar gab ihm einen Tritt, der ihn zu Boden schleuderte.

Der Richtersessel glitt näher, und Q rief: *»Du bist erledigt!«*

»Lieutenant!« sagte Picard scharf.

Zwei andere Soldaten traten vor und legten mit ihren Waffen an. Aber sie hatten es nicht etwa auf Tasha abgesehen, sondern zielten auf den rücklings vor dem Gefangenenpodest liegenden Uniformierten. Entladungen krachten, und der Wehrlose zuckte mehrmals, als sich Projektile in seinen Leib bohrten. Die Zuschauer klatschten voller Enthusiasmus, grölten und kreischten hemmungslos.

»Den Gefangenen wird kein Leid geschehen«, sagte Q ruhig. »Bis man sie für schuldig befindet.« Er bedachte Picard mit einem amüsierten Blick, doch der Captain nahm den Spott gelassen hin. Der Richter deutete wie beiläufig auf die Leiche des Soldaten. »Schafft ihn fort«, befahl er kühl. »Nun, Captain...«

Picard zog Tasha zurück und musterte sie kurz. Die junge Frau zögerte, senkte den Kopf und setzte sich wieder. Der Captain nickte zufrieden und trat einen Schritt auf Q zu. »Können wir mit einer fairen Verhandlung rechnen?«

»Selbstverständlich. Ihnen wird Gerechtigkeit widerfahren.«

Picard zögerte, hob die Waffe des erschossenen Soldaten auf und reichte sie einem der anderen Uniformierten. *Q* steuerte seinen Gravsessel dichter an das Podium heran und nickte dem Gerichtsdiener zu. »Fahren Sie fort.«

Der Mandarin sah auf den Videoschirm. »Das ehrenwerte Gericht legt den Gefangenen die barbarischen Grausamkeiten ihrer Spezies zur Last. Wie bekennt ihr euch, Verbrecher?«

Data schob sich vor. »Mit Ihrer Erlaubnis, Captain...« Picard nickte kurz. Er glaubte zu wissen, was ihnen jetzt bevorstand: Das historische Vokabular bezeichnete so etwas als ›abgekartete Sache‹. Aufmerksam beobachtete er, wie sich der Androide an *Q* wandte. »Einspruch, Euer Ehren. Im Jahre 2036 erklärten die Vereinten Nationen, daß sich kein Bürger der Erde für die Verbrechen seiner Vorfahren oder der ganzen Menschheit zu verantworten braucht.«

»Einspruch abgelehnt!« erwiderte *Q* sofort. Der Mann mit der Glocke läutete mehrmals, und das Publikum jubelte.

Picard schüttelte enttäuscht den Kopf. Ganz offensichtlich kehrten sich hier die Prinzipien der Rechtsprechung um: Angeklagte galten solange als schuldig, bis das Gegenteil bewiesen wurde. *Q* hatte bereits ein Urteil über die menschliche Vergangenheit gefällt und scherte sich nicht um Gegenwart und eine vielversprechende Zukunft. Seine Absicht bestand darin, die Menschheit als eine gefährliche Spezies zu brandmarken, die es nicht verdiente, sich in der Galaxis auszubreiten und Kontakte mit ›fortschrittlicheren Völkern‹ aufzunehmen. Die nächsten Bemerkungen *Q's* bestätigten Picards Verdacht.

»Dies ist ein Gericht des einundzwanzigsten Jahrhunderts, und die ›raschen Fortschritte‹ machten es möglich, den Unsinn einer ›Vereinten Erde‹ abzuschaffen.« Er sah Picard an und lächelte triumphierend.

Tasha schnitt eine zornige Grimasse, sprang erneut

auf und näherte sich dem Rand des Podiums. »Warum beurteilen Sie uns nicht nach dem, was wir jetzt sind?«

Picard berührte sie an der Schulter. »Ganz ruhig, Lieutenant...«

Sie schüttelte seine Hand ab, achtete nicht darauf, daß er der Captain und somit ihr Vorgesetzter war – außerdem ein Mann, in dem sie ein Vorbild sah. »Ich kann nicht anders...« Sie warf *Q* einen finsteren Blick zu. »Ich bin auf einer Welt aufgewachsen, die Dinge wie diese Verhandlung zuließ. Und es waren solche Leute...« – Tasha deutete auf die anderen Offiziere – »...die mich retteten. Ich bin der Ansicht, dieses sogenannte Gericht sollte vor Starfleet und dem, was die Flotte repräsentiert, auf die Knie sinken.«

»Schweigen Sie!« donnerte *Q's* Stimme und winkte abrupt. Bläuliche schimmernde Energie zuckte ihr entgegen, und von einem Augenblick zum anderen versteifte sich die junge Frau. Data war mit einem Satz neben ihr, hielt den vereisten Körper fest und ließ ihn vorsichtig zu Boden sinken.

»Kyrostarre«, sagte der Androide. »Wie bei Lieutenant Torres.«

Troi berührte den kalten Leib Tashas, und Wut blitzte in den Augen der sonst so ruhigen und beherrschten Betazoidin. »Sie *Barbar!«* fauchte sie und blickte zu *Q* hoch. »Sie bezeichnen sich als hochentwickelte Spezies, und doch bestrafen Sie all diejenigen, die so vermessen sind, Sie herauszufordern. Diese Frau...«

Sie brach ab, als Picard nach ihrem Arm griff. Der Captain musterte sie kurz und schüttelte andeutungsweise den Kopf. Troi begriff die stumme Warnung, unterdrückte ihren Zorn und wich wieder zurück.

»Die Verbrecher sollen schweigen!« rief der mandarinische Gerichtsdiener.

»In der Tat«, pflichtete ihm *Q* bei. »Ich lege großen Wert auf eine ordentliche Verfahrensweise.« Er richtete seine Aufmerksamkeit auf Tasha. *Zivilisierte* Wesen wissen, daß man sich in der Gegenwart überlegener Lebensformen demütig verhält.«

»Sie müssen noch viel über uns Menschen lernen, wenn Sie glauben, uns mit solchen Methoden einschüchtern zu können.« Picard sah Data an, der Tashas Puls fühlte und sie untersuchte. »Wie geht es ihr?«

»Derzeit ist ihr Zustand stabil, Sir. Aber ich weiß nicht, wie lange sie ohne medizinische Hilfe überleben kann.«

Der asiatische Gerichtsdiener näherte sich Picard. »Ihr werdet angeklagt, Verbrecher. Wie bekennt ihr euch?«

Picard ignorierte ihn. Die Zuschauer auf den Sitzbänken murmelten und brummten verwirrt. Offenbar hatten sie mit einem weitaus interessanteren Schauspiel gerechnet und waren nun enttäuscht. *Q* spürte den Unmut den Publikums und wandte sich dem Captain zu.

»*Wie bekennt ihr euch?* Beantwortet die Frage des Gerichts, Kriminelle.«

»Vor einigen Minuten haben Sie versprochen, den Gefangenen werde kein Leid geschehen. Wir sind nicht bereit, uns zu verantworten, solange Sie sich über Ihre eigenen Regeln hinwegsetzen.«

Einige Zuschauer knurrten aufgebracht. Man erwartete nicht etwa Aufsässigkeit von den Angeklagten, sondern unterwürfiges Verhalten. Was erdreisteten sie sich?

»Ich rate Ihnen, Sie konzentrieren sich auf das Verfahren, Captain«, sagte *Q* kühl. »Vielleicht stellt es Ihre einzige Hoffnung dar.«

»Und ich schlage vor, Sie lassen sich die ganze Sache noch einmal durch den Kopf gehen! Sie sicherten uns eine *faire Verhandlung* zu – aber möglicherweise fürchten Sie, zu verlieren.«

Q lachte verächtlich. »Verlieren?«

»Ja«, bestätigte der Captain. »Wenn Sie sich an die Übereinkunft halten, versprechen wir, die Entscheidung des Gerichts zu akzeptieren.« Er deutete auf den vereisten Körper Tashas. »Es kann wohl kaum als fair bezeichnet werden, einen hilflosen Gefangenen anzugreifen.«

Q überlegte. »Nun, dies ist ein gnädiges Gericht«, sagte er herablassend. Er hob die Hand, und als er auf die reglose junge Frau zeigte, flammte erneut kobaltfarben gleißende Energie. Tashas Lider zitterten, und kurz darauf schlug sie die Augen auf. Zuerst bewegte sie sich unsicher und steif, als sei die Kälte noch nicht ganz aus ihr gewichen, doch dann richtete sie sich auf. Data stützte sie.

Unruhe entstand in den Reihen des Publikums, und Dutzende von Zuschauern protestierten gegen das, was sie für unangemessene Nachsicht den Angeklagten gegenüber hielten. Einige sprangen auf, sahen zu *Q* herab und schüttelten die Fäuste. Der Richter ließ seinen thronartigen Sessel in die Höhe steigen, bis er mehrere Meter über der höchsten Sitzreihe schwebte. »*Ruhe!*« befahl er, und seine Stimme hallte so dröhnend aus verborgenen Lautsprechern, daß der ganze Gerichtssaal zu erbeben schien. Die verärgerten Zuschauer duckten sich unwillkürlich, nahmen rasch wieder Platz und wechselten furchtsame Blicke.

Gelassen beobachtete Picard, wie *Q* seine Macht demonstrierte. Er hatte bereits andere Personen kennengelernt, die dazu neigten, den starken Mann zu spielen, und so etwas beeindruckte ihn nicht. Bisher war ihnen *Q* einen Beweis für echte Überlegenheit schuldig geblieben. Offenbar stand ihm eine leistungsfähigere Technik zur Verfügung – zu der psychische Manipulationsmethoden gehören mochten –, aber nach Picards Ansicht ging es bei wirklicher Überlegenheit in erster Linie um Intelligenz, Umsicht und Moral.

Der Captain verglich *Q* immer mehr mit einem gewissenlosen Menschen, sah in ihm kaum noch den Repräsentanten eines höherentwickelten Volkes.

Q steuerte seinen Sessel wieder zur Plattform herab. »Wir setzen die Verhandlung nun fort, und ich weise Sie ausdrücklich darauf hin, daß keine Winkelzüge erlaubt sind. Diesem Gericht kommt es nur auf Fakten an.«

Picard ahnte, was der Fremde darunter verstand. »Fakten, ja«, wiederholte er. »Wir Menschen kennen unsere Vergangenheit und sind nicht sonderlich stolz darauf. Ich glaube, auf dieses Gericht trifft ein Ausspruch zu, den uns Shakespeare mit seinem Werk *Heinrich VII.* überliefert hat. Darin heißt es: Tötet alle Anwälte.«

»Was bereits erledigt wurde«, erwiderte *Q* knapp und lächelte humorlos.

Natürlich, dachte Picard. »Ich schätze, das führt zum Grundsatz: Die Angeklagten sind schuldig, solange nicht das Gegenteil bewiesen wurde.«

»Selbstverständlich«, sagte *Q* zufrieden. »Es wäre doch ziemlich unfair, gegen Unschuldige zu verhandeln.« Er beugte sich vor und grinste boshaft. Seine Stimme wurde wieder zu einem hallenden Donnern, als er hinzufügte: *Man legt Ihnen zur Last, eine Spezies gefährlicher Wilder zu sein. Rechtfertigen Sie sich!*«

Picard schüttelte den Kopf und entgegnete ruhig: »Wir sagen erst aus, wenn die Anklage spezifiziert wird. Die Bezeichnung ›gefährliche Wilde‹ ermöglicht eine Vielzahl von Interpretationen.«

»In *diesem Fall* bedeutet sie, anderen Personen Schaden zuzufügen.«

»Ach?« machte Picard und lächelte süffisant. »Und was ist mit dem Brückenoffizier, den Sie vereisten? Und dieser Frau, die das gleiche Schicksal erlitt? Wollen Sie uns etwa auf der Anklagebank Gesellschaft leisten?«

Q verzog das Gesicht, und Energie knisterte um ihn herum. »Sie Narr. Möchten Sie unbedingt eine vollständige Auflistung aller menschlichen Schandtaten? Nun gut.« Er gab dem mandarinischen Gerichtsdiener ein

Zeichen. »Zeigen Sie den Verbrechern die Anklageschrift.«

Der in einen langen Umhang gekleidete Asiate verneigte sich und trat auf das Podium zu. »Verlies die Anklage, Krimineller!«

Picard nahm den Videoschirm entgegen und betrachtete die Anzeige eine Zeitlang. Dann hob er den Kopf, blickte zu *Q* auf und zuckte mit den Schultern. »Ich sehe keine Anklage gegen *uns*, Euer Ehren.«

Der Richter schlug mit der flachen Hand auf die Armlehne des Gravsessels. »Das ist unerhört, Verbrecher!«

Unmittelbar im Anschluß an diese Worte setzten sich einige Soldaten in Bewegung und zückten ihre automatischen Waffen. Zwei Uniformierte bezogen zu beiden Seiten des Podiums Aufstellung und zielten auf Troi und Data. *Q* seufzte und sagte in einem beiläufigen Tonfall: »Soldaten, ihr werdet das Feuer auf die Gefangenen eröffnen, wenn die Verbrecher nicht mit ›schuldig‹ antworten...« Picard sah, wie die Zeigefinger der Uniformierten nach den Abzügen tasteten. Er zweifelte nicht daran, daß es *Q* ernst meinte. *»Kriminelle«*, erklang die Stimme des Richters, *»wie bekennt ihr euch?«*

Picard zögerte und versuchte, die Situation einzuschätzen. Data stand völlig ruhig und furchtlos, was ihn nicht weiter verwunderte. Der Androide hatte keine Angst vor dem Tod, der für ihn nur eine Funktionsunterbrechung bedeuten mochte. Troi hingegen hatte die Augen weit aufgerissen; vermutlich spürte sie die aggressive Stimmung im Saal. Einer der beiden Soldaten kam noch näher heran und hoffte offenbar, die Angeklagten seien noch immer nicht bereit, sich zu fügen. Tasha stand neben Picard, kampfbereit wie immer.

Aber in diesem Fall würden wir alle sterben, wenn wir uns auf einen Kampf einließen, dachte der Captain. *und ich bin nicht bereit, meine Leute dem Tod preiszugeben.*

»Euer Ehren«, sagte er langsam, »wir bekennen uns schuldig.« Die Soldaten entspannten sich, und das Publikum klatschte begeistert. Data musterte Picard neugierig, und Tashas Miene zeigte erstaunte Verwirrung. Q lehnte sich in seinem Sessel zurück und lächelte zufrieden.

»Allerdings unter Vorbehalt«, fügte Picard hinzu.

Erneut hoben die Soldaten ihre Waffen und sahen Q fragend an. Der Fremde musterte den widerspenstigen und hartnäckigen Captain der *Enterprise* und nickte schließlich.

»Nennen Sie den Grund dafür.«

»Wir fragen uns, ob das Gericht die eigenen Verfahrensregeln verletzt. Ich bitte um Erlaubnis für Lieutenant Commander Data, eine bestimmte Stelle aus dem Protokoll zu zitieren.«

»Ich warne Sie, Captain: Ich lasse keine Winkelzüge zu!« entgegnete Q scharf.

»Sind bei Ihrem so überlegenen Volk derartige Taktiken gebräuchlich?« fragte Picard. »Ich versichere Ihnen, daß wir nur Ihre Worte wiederholen.« Bevor Q reagieren konnte, wandte sich der Captain an den Androiden. »Data, welche Bemerkungen folgten auf die Versicherung des Richters, den Gefangenen werde kein Leid geschehen?«

Data konzentrierte sich und nahm eine Sondierung der internen Speicherbänke vor. Dann straffte er seine Gestalt und hob den Kopf. »Der Captain stellte folgende Frage...« Dann, mit Picards Stimme: »Können wir mit einer fairen Verhandlung rechnen?« Mit seinem angenehmen Tenor fuhr er fort: »Und darauf erwiderte der Richter...« Im Tonfall *Q's*: »Selbstverständlich. Ihnen wird Gerechtigkeit widerfahren.«

»Eine *unwichtige* Aussage«, sagte Q verärgert und winkte ab. »Sie spielt überhaupt keine Rolle.«

Picard bedeutete Data, auf einen Einwand zu verzichten. »Wenn Sie gestatten, Euer Ehren... Es gibt eine Möglichkeit, diese Meinungsverschiedenheit aus der Welt zu schaffen.« Q griff nach seinem Hammer, aber

Picard hob die Stimme. »Ich schlage eine neue Übereinkunft vor.«

Q zögerte und musterte Picard. Der Captain räusperte sich. »Wir geben zu, daß zumindest ein Teil der menschlichen Geschichte die Annahme des Gerichts stützt, unser Volk sei blutrünstig und barbarisch. Aber das hat sich inzwischen geändert. Testen Sie uns. Stellen Sie fest, ob sich die *heutigen* Menschen verändert haben oder nicht.«

Q kniff die Augen zusammen und schien eine Gefahr zu ahnen. »Ich verstehe.« Er sah Picard an. »Sie bitten das Gericht darum, Sie und Ihre Gefährten als Beweis für die Weiterentwicklung der Menschheit zu akzeptieren?«

»Nun, es gibt sicher viele Möglichkeiten, an uns zu testen«, erwiderte Picard. »Wir haben eine lange Mission vor uns...«

»Ja... ja!« sagte *Q*, und seine Miene erhellte sich plötzlich. »Eine hervorragende Idee, Captain! Allerdings bin ich der Ansicht, daß der Test keine längere Mission erfordert«. *Q* lächelte hintergründig, und Picard kam zu dem Schluß, daß der Fremde einen neuen Plan entwickelt hatte. »Das derzeitige Flugziel der *Enterprise* stellt eine größere Herausforderung dar, als Sie glauben.« Das Lächeln wuchs in die Breite, und *Q* nickte nachdenklich. »Ja, ja. Farpoint Station wäre ein ausgezeichneter Test.«

Picard sah seine Kameraden an. Data runzelte die Stirn, und die beiden Frauen wechselten einen verwunderten Blick. *Q* war nicht nur über ihr Ziel informiert, sondern wußte auch, was sie dort erwartete. Das Rätsel, das Picard für Starfleet lösen sollte, gewann dadurch eine noch größere Bedeutung. Darüber hinaus befürchtete der Captain, daß sie mit einer unbekannten Gefahr konfrontiert werden mochten. Es hatte natürlich keinen Sinn, *Q* um Auskünfte zu bitten. Das alles gehörte zu dem Spiel, das er ihnen aufzwang – und für das seine Regeln galten. Sowohl die *Enterprise* als auch Farpoint Station waren nichts weiter als Spielfiguren einer Partie, die zwischen Picard und Q ausgetragen wurde. Und es ging um die weitere Präsenz der Menschheit im All.

Der mandarinische Gerichtsdiener stand auf, als Q ihm zuwinkte. »Alle erheben sich respektvoll!« rief er. »Auf die Beine!« Die Zuschauer kamen der Aufforderung sofort nach, und Picard bedeutete seinen Gefährten, ihrem Beispiel zu folgen.

Q drehte den Gravsessel und ließ seinen Blick über das Publikum schweifen. »Das Gericht vertagt sich, um den Angeklagten die Möglichkeit zu geben, sich einem Test zu unterziehen.«

Der Asiate hob die Hand, und daraufhin schwang ein anderer Mann in seiner Nähe die orientalische Glocke hin und her. Die Stimme des Gerichtsdieners übertönte das Läuten. »Das ehrenwerte Gericht vertagt sich!«

Picard sah sich um und stellte überrascht fest, daß die Soldaten ihre Waffen ins Halfter schoben und zusammen mit den Zuschauern den Saal verließen. Offenbar hielten sie es nicht mehr für nötig, die Gefangenen zu bewachen. Q steuerte den thronartigen Sessel auf sie zu, und ein höhnisches Lächeln umspielte seine Lippen, als er Picard und seine Begleiter musterte.

»Sie sind ein außergewöhnlich kluger Mensch, Captain. Aber vielleicht müssen Sie sich bald der Erkenntnis beugen, nicht intelligent genug zu sein, um das Problem zu lösen, das sie auf Farpoint erwartet. Möglicherweise wäre es besser gewesen, sich dem Urteil des Gerichts zu beugen.«

»Und damit Ihnen und Ihren Bedingungen? Nein, tut mir leid. Der Test gibt uns wenigstens eine Chance.«

»Ich dachte mir schon, daß Sie das so sehen. Aber vielleicht täuschen Sie sich.« Q lachte und streckte die Hand in ihre Richtung.

Picard drehte den Kopf und kniff die Augen zu, als

ihnen grelles Licht entgegenflutete. Schon nach wenigen Sekunden trübte es sich wieder, und während der Captain noch zwinkerte und versuchte, die Umgebung zu erkennen, hörte er das vertraute Summen und Surren der Computer und Konsolen. Kurz darauf stellte er fest, daß er sich wieder an Bord des Rumpfsegments der *Enterprise* befand und im Kommandosessel saß. Troi, Data und Tasha nahmen ihre Plätze vor den entsprechenden Pulten ein und rieben sich die Augen, noch immer verwirrt infolge des plötzlichen Ortswechsels. Die anderen Brückenoffiziere wirkten ruhig und gelassen und schienen nichts Besonderes bemerkt zu haben – weder das grelle Licht noch den Transfer Picards und der anderen.

Data sah den Operator an, der neben ihm die Anzeigen der vorderen Konsole beobachtete. »Wie ist der gegenwärtige Kurs?«

Der Mann musterte ihn überrascht. »Wir sind direkt nach Farpoint Station unterwegs, Sir – wie es der Captain angeordnet hat.« Die Verwunderung des Navigators nahm noch zu, als Data mit Hilfe seiner Instrumente eine rasche Kontrolle vornahm und sich dann zu Picard umwandte.

»Es stimmt, Sir. Wir sind nach Farpoint unterwegs.«

»*Natürlich* sind wir das«, bestätigte der Mann am Navigationspult. »Zweifeln Sie etwa an meinen Angaben?«

Picard räusperte sich. »Was ist mit dem Gegner?«

Der Operator warf ihm einen verwunderten Blick zu und fragte sich ganz offensichtlich, was eigentlich vor sich ging. »Das fremde Raumschiff hat vor zehn Minuten abgedreht, und seitdem orten wir es nicht mehr. Die lange Verfolgungsjagd scheint überhaupt keinen Sinn zu ergeben: Wir wurden nicht angegriffen, und niemand versuchte, sich mit uns in Verbindung zu setzen. Ich verstehe nicht, was das alles zu bedeuten hat. Wissen Sie es, Captain?«

Picard winkte ab. »Ich bin sicher, es wird sich alles klären, sobald wir Farpoint Station erreichen.« Picard vermutete, daß die Zeit, die sie in *Q's* Gerichtssaal verbracht hatten, nur subjektiver Natur gewesen war. Vielleicht handelte es sich dabei um ein rein psychisches Erlebnis. Tasha, Troi, Data und er selbst: sie waren in einem so starken gemeinsamen Traum gefangen gewesen, daß ihn selbst die Betazoidin für Realität hielt. Aber den anderen Offizieren war nichts aufgefallen, und das deutete darauf hin, daß sie die Kampfbrücke nicht verlassen hatten. Nun, es gab noch eine andere Erklärung – die eines tatsächlichen, physischen Transfers, einer Projektion von Trugbildern, die den anderen Personen vorgaukelte, sie seien nach wie vor zugegen. Ganz gleich, was auch zutraf: Allem Anschein nach verfügte *Q* über ein weitaus größeres Potential, als sie bisher angenommen hatten. Die letzten Bemerkungen des Fremden gaben Anlaß zur Vermutung, daß der ›Test‹, der ihnen auf Farpoint bevorstand, von ihm kontrolliert wurde. Stimmte das? Oder handelte es sich dabei um einen weiteren wohlüberlegten Trick?

Der Navigator drehte den Kopf und bedachte Data mit einem beiläufigen Blick: »Wissen Sie etwas über Farpoint? Scheint ein ziemlich langweiliger Planet zu sein... Dort gibt es noch nicht einmal eine Niederlassung von Starfleet.«

Bevor der Androide Antwort geben konnte, lehnte sich Picard in seinem Sessel zurück und sagte: »Nun, vielleicht irren Sie sich. Nach dem, was ich hörte, könnte sich Farpoint als außerordentlich interessant erweisen.«

KAPITEL 4

Commander William T. Riker sah Deneb IV zum erstenmal auf den Bildschirmen der U.S.S. *Hood* – ein lohfarbener Planet mit Wolkenschlieren, die wie faserige Wattetupfer aussahen. Die nicht gerade einladend wirkende Oberfläche bestand zum größten Teil aus hohen Gebirgsmassiven und weiten Wüsten. Häufig kam es zu heftigen Stürmen, und die heulenden Böen trieben Sand vor sich her, der über eine öde Felslandschaft hinwegscheuerte.

Die einzige noch bewohnte Stadt befand sich in unmittelbarer Nähe der schimmernden Konstruktion, die einen modernen Raumhafen darstellte und den Namen ›Farpoint Station‹ trug. Riker hatte Hologramme der anderen Städte gesehen, die einst von den Bandi erbaut und vor Jahrhunderten aufgegeben worden waren. Die ältesten Orte waren längst ein Opfer der Erosion geworden und stellte kaum mehr dar als eine Anhäufung niedriger Ruinen. Sein Interesse galt jedoch in erster Linie der Stadt nahe der Starbase, denn sie stellte das Produkt einer hochentwickelten Technologie dar. Riker wußte noch immer nicht, ob die Bandi ihre Siedlungen einfach verlassen und neue errichtet hatten, wenn die alten nicht mehr genug Platz für die wachsende Bevölkerung boten – oder ob ein Teil des Volkes weitergezogen war, um sich in anderen Regionen niederzulassen. In jedem Fall schien es innerhalb kurzer Zeit zu einer bemerkenswerten technologischen Entwicklung gekommen zu sein.

Riker erinnerte sich an die ersten Tage auf Farpoint, nach dem Transfer von der *Hood,* an sein Erstaunen über die beeindruckende Ausstattung der Starbase, den elaborierten Luxus, den sie bot, an den freundlichen Diensteifer des Personals. Es handelte sich um den größten, besten und modernsten Raumhafen, den er jemals gesehen hatte.

Diese Dinge gingen ihm erneut durch den Kopf, als er sich rasierte und sein Abbild im Spiegel betrachtete, der eine ganze Wand des blitzsauberen Badezimmers einnahm. Die große Hygienezelle gehörte zu einem der Apartments in der Starbase. Das Spiegelbild zeigte ihm einen hochgewachsenen, schlaksigen und doch recht muskulösen Mann, der seine gute körperliche Verfassung den vielen Trainingsstunden in der Sporthalle der *Hood* zu verdanken hatte. Das lebhafte Blitzen in den blauen Augen ließ sowohl auf Intelligenz als auch Humor schließen. Riker war kein Narziß und erachtete sein äußeres Erscheinungsbild als akzeptabel.

Aber natürlich gefiel es ihm, daß ihn einige sehr hübsche Frauen in verschiedenen Sonnensystemen für attraktiv hielten.

Er hörte ein Geräusch im Wohnzimmer und wischte sich einige Schaumreste vom Hals, bevor er das Bad verließ. Eine große und elegante Bandi nahm gerade sein Frühstückstablett vom Tisch. Als sie ihn bemerkte, sah sie ihn an und lächelte. Riker erwiderte das Lächeln – und dann fiel ihm plötzlich ein, daß er nur mit einem um die Hüften geschlungenen Handtuch bekleidet war. Rasch zog er es fester.

»Ich habe nicht damit gerechnet, daß das Tablett so früh abgeholt wird«, sagte er.

»Reicht Ihnen eine Stunde fürs Frühstück nicht aus?«

»Doch, natürlich«, erwiderte Riker verlegen.

Die Frau blickte auf die Teller und stellte fest, daß Riker nur einen Teil des Schinkens gegessen und die Eier überhaupt nicht angerührt hatte. Sie waren grün – vermutlich aufgrund eines anomalen Faktors in der Genstruktur der Bandi-Hühner. »Es ist ungesund, überschüssige Nahrungsmittel zu lange der Luft auszusetzen«, meinte die Frau.

»Da haben Sie durchaus recht«, pflichtete Riker ihr

bei. »Wenn Sie mich jetzt bitte entschuldigen würden...«

»Sie haben die Eier nicht gegessen, Commander Riker. Waren Sie nicht damit zufrieden?«

Riker wollte die Bandi nicht beleidigen. »Oh, doch, natürlich«, erwiderte er hastig. »Es ist nur so... Wissen Sie, nach der vergangenen Nacht stand mir nicht der Sinn nach Eiern.« Erst recht nicht nach grünen, fügte er in Gedanken hinzu. Die Abschiedsparty, die seine Offizierskollegen von der *Hood* für ihn gegeben hatten, war ziemlich anstrengend gewesen. Als er sich der vielen Delikatessen und Spirituosen entsann, bildete sich erneut ein flaues Gefühl in seiner Magengrube.

Von solchen menschlichen Verdauungsproblemen hatte die Bandi offenbar keine Ahnung. Kritisch starrte sie auf die Eier. »Ich verstehe. Sie waren *nicht* zufriedenstellend. Sie wünschen etwas anderes.«

»Nein. Ich habe überhaupt keinen Appetit. Machen Sie sich deshalb keine Sorgen.« Er sah demonstrativ an sich herab. »Würden Sie mich bitte entschuldigen...?« wiederholte er und kehrte ins Bad zurück. Als er hörte, wie sich hinter der Bandi die Tür schloß, eilte er ins geräumige Schlafzimmer und zog dort seine normale Dienstuniform an. Der neue Starfleet-Schnitt (der dunkle Stoff paßte sich der Körperform an, und ein kleines Abzeichen deutete auf den Offiziersrang hin) war so bequem, daß er die Kombination ziviler Kleidung vorzog.

Die komfortable Kleidung schien dem sonderbar anmutenden Luxus in Farpoint Station zu entsprechen.

Als er das geräumige Apartment zum erstenmal sah – zwei Schlafräume, zwei große Hygienezellen, ein Wohnzimmer mit Eßecke –, hatte er um eine kleinere und nicht ganz so protzige Unterkunft gebeten. Zu seiner Überraschung antwortete Zorn, *Groppler* beziehungsweise Administrator der Starbase, es gebe keine schlichteren Quartiere.

In bezug auf den Raumhafenkomplex und das Personal kamen ihm viele Dinge seltsam vor. Die Bandi, deren Aufgabe offenbar darin bestand, seine Wohnung in Ordnung zu halten, hatte er ganz offen darauf hingewiesen, daß er klassische Weltraumdarstellungen in Öl lieber mochte als die zeitgenössischen Holoporträts, die an den Wänden hingen. Als er nach einigen Stunden von einem Spaziergang durch die Station zurückkehrte, fand er im Apartment Chesley Bonestell- und Robert McCall-Gemälde vor. Es schien sich um Originale zu handeln – und doch wußte er genau, daß sich die echten Bilder ausschließlich im Besitz von Museen und Kunstgalerien befanden, die meisten davon auf den Planeten des Sol-Systems. Dann die Pflanzen. Rikers Mutter war passionierte Gärtnerin gewesen und hatte die Liebe für alles Grüne und Blühende auf ihren Sohn übertragen. Bei einem Rundgang bemerkte er einen nach irdischer Art angelegten, doch nicht ganz richtig bepflanzten Garten. Die Gewächse, die mehr Sonnenlicht brauchten, wuchsen im Schatten. Bei ihrer nächsten Begegnung machte er den *Groppler* darauf aufmerksam, und als er sich den Garten sechzig Minuten später noch einmal ansah, ließ nichts mehr zu wünschen übrig. Eigentlich handelte es sich eher um Banalitäten, aber die Veränderungen waren *verblüffend schnell* erfolgt.

Riker wußte, daß Starfleet Fragen über die Bandi und Farpoint Station stellte – und Antworten erwartete. Daher vermutete er, daß die *Enterprise* diesen Planeten nicht nur deshalb anflog, um einige Besatzungsmitglieder der *Hood* aufzunehmen. Bestimmt kam sie auch mit dem Auftrag, Ermittlungen anzustellen.

William Riker kannte Jean-Luc Picard nicht persönlich, aber der Captain stand im Ruf, besonders scharfsinnig zu sein, seine Entscheidungen von kühler Logik bestimmen zu lassen und entschlossen zu handeln. Sicher hatte er nichts dagegen, daß sein neuer Erster Offizier mit eigenen Nachforschungen begann. Riker beschloß, sich gründlich umzusehen und nach Hinweisen Ausschau zu halten, die Picard dabei helfen konnten, sich ein Bild von Farpoint und den Bandi zu machen.

Der kleine und bequem eingerichtete Aufenthaltsraum des Einkaufszentrums verfügte über einen großen Bildschirm, der unter anderem als Sichtterminal für das komplexe Satelliten-Kontrollsystem von Farpoint Station diente; die künstlichen Trabanten im Orbit des Planeten hatten die Aufgabe, die Starbase rechtzeitig auf Raumschiffe im Anflug hinzuweisen. Durch einen breiten Zugang in der Nähe konnte man in einen hübschen Terrassengarten gelangen, der an einem riesigen Schwimmbecken endete, doch die beiden Starfleet-Angehörigen im Salon interessierten sich nur für die Darstellung auf der Projektionsfläche.

»Komm schon, los«, entfuhr es Fähnrich Hughes ungeduldig. »Wo bleibt sie denn?« Mark Hughes war ein sympathischer, einundzwanzig Jahre junger Mann mit rotem Haar. Er hatte gerade die Akademie hinter sich gebracht, zeichnete sich durch ein offenes, impulsives Wesen aus und neigte noch immer dazu, erst zu sprechen und dann nachzudenken.

Der andere Mann war einige Jahre älter, und sein bedächtiges Gebaren machte die größere Erfahrung deutlich. »Immer mit der Ruhe, Mark«, sagte er und lachte leise. »Es handelt sich praktisch um ihren Jungfernflug.«

»Geordi, es heißt, seitdem der alte Glatzkopf das Kommando übernommen hat, würde sie sich nie verspäten.«

»Sie meinen doch nicht etwa die *Enterprise*, oder?« fragte Riker nicht ohne eine gewisse Schärfe und kam näher.

Die beiden jungen Männer drehten sich überrascht um. Als sie sahen, daß sie es mit einem ranghöheren

Offizier zu tun hatten, nahmen sie sofort Haltung an. »D... doch, Sir«, entgegnete Hughes unsicher.

Riker lächelte angesichts der Nervosität des Fähnrichs. »Ich glaube, wir können hier auf Förmlichkeiten verzichten«, meinte er. »Noch sind wir nicht an Bord.«

»Sie wissen, daß wir zur *Enterprise* versetzt wurden, Sir?« fragte Hughes verdutzt.

»Natürlich.« Der Commander streckte die Hand aus. »Riker. Erster Offizier.« Er musterte sie beide, während er sie begrüßte. Hughes: groß und schlank, auf eine gemütliche Weise attraktiv. Der dunkelhäutige Offizier Geordi LaForge war kleiner und stämmiger, und sein freundliches Lächeln bildete einen auffallenden Kontrast zu der sonderbaren Vorrichtung, die er vor den Augen trug. Schon als Kleinkind hatte sich Geordi einer komplizierten Operation unterziehen müssen, die sein Hirn auf die Stimulierung durch eine optische Prothese vorbereitete. Obgleich blind, konnte LaForge weitaus besser sehen als normale Menschen. Das Gerät, das ihm derartige Wahrnehmungen ermöglichte, hieß VISOR: visuell-organische Restitution.

Tatsächlich stellte das VISOR weitaus mehr dar als nur einen Ersatz für Augen. Es gab LaForge einen teleskopischen und mikroskopischen Blick und versetzte ihn darüber hinaus in die Lage, in einem Spektralbereich zu sehen, der von Röntgenstrahlen bis zu infraroten Emissionen reichte. Geordie war als Navigator an Bord der *Hood* tätig gewesen, gehörte jedoch zu einer anderen Dienstcrew. Deshalb lernte ihn Riker erst jetzt persönlich kennen.

»Während des Fluges nach Farpoint habe ich die Akten aller versetzten Personen durchgesehen«, sagte Riker und sah den jüngeren Mann an. »Ihre Akademiezeugnisse sind exzellent, Mr. Hughes.«

»Danke, Sir.«

»Soweit ich weiß, sind Sie auch Torschützenkönig beim Null-G-Fußball.«

Hughes lächelte und zuckte mit den Schultern. »Dabei spielt man nicht allein. Und ohne die Unterstützung einer guten Mannschaft kann man nicht viel erreichen.«

»Was Sie angeht, Mr. LaForge... Captain DeSoto hält große Stücke auf Sie. Offenbar haben Sie ihm als Navigator an Bord der *Hood* ausgezeichnete Dienste geleistet. Warum Ihre Bitte, zur *Enterprise* abkommandiert zu werden?«

LaForge lächelte amüsiert. »Warum nicht, Sir? Die *Enterprise* ist das größte, neueste und schnellste Schiff in der ganzen Flotte...«

»Und es wird vom besten Captain Starfleets befehligt«, warf Riker ruhig ein. »Nicht wahr, Mr. Hughes?«

Hughes senkte verlegen den Blick, und seine Wangen glühten, als ihm das Blut in den Kopf schoß. Riker hatte die Bemerkung über den ›alten Glatzkopf‹ gehört. Nach einigen Sekunden sah der junge Mann wieder auf und antwortete mit einem schüchternen: »Ja, Sir.«

LaForge richtete seine Aufmerksamkeit wieder auf den großen Bildschirm und runzelte die Stirn. »Sie ist bereits überfällig, Sir«, sagte er.

»Und das sieht Picard gar nicht ähnlich. Es heißt, er lege großen Wert auf Pünktlichkeit.« Riker nickte und teilte Geordis Besorgnis.

»Haben Sie irgendeinen Auftrag für uns, Sir?« fragte LaForge.

»Ja.« Riker sah die beiden jungen Männer ernst an. »Ich habe mich bereits mit den anderen neuen Besatzungsmitgliedern der *Enterprise* in Verbindung gesetzt, die hier auf Farpoint warten. Starfleet ist sehr an dieser Starbase interessiert, und mir geht es darum, einen vorläufigen Bericht für Captain Picard zusammenzustellen. Ich möchte, daß Sie mich über alle Dinge informieren, die Ihnen ungewöhnlich erscheinen.«

»Ungewöhnlich, Sir? Zum Beispiel?«

Riker dachte kurz nach und suchte nach den richtigen Worten. »Ich meine damit etwas, für das es keine einfachen Erklärungen gibt. Vorgänge, die rätselhaft anmuten, wie... wie Magie.«

»Aber es handelt sich doch um einen modernen Raumhafen«, wandte Hughes ein. »Magie...«

»Die Basis wurde von einem fremden Volk erbaut, Fähnrich. Wir wissen nicht viel über die Bandi, und ich glaube, wir hätten uns wesentlich umfassender über sie informieren sollen – *vor* der Fertigstellung der Starbase.«

Es summte melodisch in den Lautsprechern des Interkom-Systems, und kurz darauf erklang die sanft klingende Stimme einer Frau. »Commander Riker, *Groppler* Zorn erwartet Sie in seinem Büro. Commander Riker, *Groppler* Zorn erwartet Sie in seinem Büro.«

»Entschuldigen Sie mich«, sagte Riker. Die beiden jungen Männer nickten und blickten wieder auf den Bildschirm.

Das Büro des Administrators befand sich in der alten Stadt, neben der man den Raumhafenkomplex errichtet hatte. Ein Gleitband trug Riker diagonal durch den breitesten Teil der Anlage. Als es anhielt, brauchte er nur fünf Minuten, um sein Ziel zu Fuß zu erreichen. Die Gassen der alten Stadt waren schmal und hoch – eine Beschreibung, die auch auf die Bandi selbst zutraf. Alle sahen so aus, als seien sie etwa sechzig irdische Jahre alt, selbst diejenigen, von denen Riker wußte, daß sie wesentlich jünger waren. Vielleicht wirkten sie aufgrund ihrer farblosen grauen Haut so alt. Hinzu kam ihre hochaufgeschossene, hagere Statur, die den Eindruck von Gebrechlichkeit vermittelte.

Zorns Assistent führte Riker herein. Der *Groppler* saß hinter einem großen, eleganten Schreibtisch, der das Meisterwerk einer erlesenen Handwerkskunst zu sein schien. Die Schubladen paßten so nahtlos ins glänzende Holz, daß man sie fast für organische Auswüchse halten konnte. Der Rest der Einrichtung – der Sessel, in dem Zorn saß, die zierlichen Beistelltische, hier und dort einige Stühle, an der einen Wand sogar eine schmuckvolle Vitrine – bestanden aus dem gleichen, burgunderroten Holz. Zu seinem großen Erstaunen bemerkte Riker eine Schüssel mit ausgewähltem irdischen Obst.

Der Administrator stand auf und streckte Riker die linke Hand entgegen. Sie hatten sich kurz nach dem Eintreffen der Gruppe kennengelernt, die zur *Enterprise* versetzt worden war. Offenbar hatte sich Zorn noch immer nicht ganz an die menschliche Geste des Händeschüttelns gewöhnt und brachte deshalb einige Dinge durcheinander. Er murmelte eine Entschuldigung, als ihm Riker aus einem Reflex heraus die rechte Hand anbot, ergriff sie und schaffte es dabei, Finger und Daumen in die richtige Position zu bringen.

»Ich habe mich sofort auf den Weg gemacht, als ich die Nachricht hörte, *Groppler*«, sagte Riker und nahm auf der anderen Seite des Schreibtisches Platz.

»Vielen Dank.« Zorn setzte sich wieder und schob einige durchsichtige Mitteilungsmodule zur Seite. »Das Raumschiff *Enterprise* hätte diesen Planeten längst erreichen müssen.«

Riker blickte auf das Wandchronometer hinter Zorn. »Es hat sich bereits um eine Stunde und vierzig Minuten verspätet.«

»Ja, in der Tat. Das war die geplante Ankunftszeit. Das ist doch nicht üblich, oder? Ich meine: Die Starfleet-Schiffe stehen in dem Ruf, bemerkenswert pünktlich zu sein. Und das trifft in besonderem Maße auf die *Enterprise* zu.«

»Sie haben recht. Doch wenn es unterwegs zu unerwarteten Zwischenfällen kommt…«

»Oh, natürlich.« Zorn nickte und zögerte dann. »Aber was könnte ein Raumschiff aufhalten?«

»Viele Dinge«, erwiderte Riker. »Sie wären überrascht.« In einem dozierenden Tonfall fügte er hinzu:

»Es gibt mehr zwischen Himmel und Erde, als sich die alte Schulweisheit träumen läßt.«

»Bitte? Ich fürchte, ich verstehe Sie nicht ganz...«

Riker musterte den Administrator nachdenklich. Zorn war in einer planetaren Kultur aufgewachsen, und sein Denken wurde von entsprechenden Traditionen bestimmt. Der Commander erinnerte sich daran, daß die Bandi die gelandete Erkundungsgruppe praktisch sofort entdeckt und im Anschluß daran großes Interesse an Raumfahrt, interstellarer Kommunikation und der Föderation entwickelt hatten. Obgleich sie inzwischen weitaus mehr über den Kosmus wußten, fiel es ihnen nach wie vor schwer, das Gefahrenpotential des Weltraums in seinem ganzen Ausmaß zu begreifen. In dieser Hinsicht bewahrten sie sich eine kindliche Naivität.

»Ist nicht weiter wichtig«, sagte Riker. »Um auf Ihre Frage zurückzukommen: Es ließen sich viele Erklärungen dafür anführen, daß ein Raumschiff den vorgesehenen Zeitplan nicht einhält.«

»Hm.« Zorn lächelte freundlich. »Ich hoffe, Sie mußten während des Wartens nicht auf eine gewisse Bequemlichkeit verzichten.«

»Ich finde die Bezeichnung ›Luxus‹ weitaus angemessener.« Riker beobachtete, wie der Administrator einfach nur mit den Schultern zuckte, so als sei das nicht weiter von Bedeutung. »Erschiene es Ihnen undankbar, wenn ich Sie um einige Informationen bitte?«

»Keineswegs. Fragen Sie nur.«

»Ich finde es faszinierend, daß Sie es fertiggebracht haben, mitten in Ihrer uralten Kultur einen hochmodernen Raumhafenkomplex aus Trilurium und Duraplast zu errichten. Das Energieniveau Ihrer Fabrikationsanlagen muß tatsächlich so hoch sein, wie ich hörte.«

Zorn lächelte stolz, und die weißen Zähne wirkten wie Fremdkörper in seinem grauen Gesicht. »Unsere Heimatwelt hat einen großen Vorteil: geothermische

Energie. Ich werde dafür sorgen, daß man Ihnen einen ausführlichen Bericht über unsere Energiequelle zur Verfügung stellt.«

»Danke.« Nicht zum erstenmal stellte Riker fest, daß der *Groppler* direkten Fragen auswich und die Antworten auf einen späteren Zeitpunkt verschob. »Trotzdem erscheint es mir unglaublich, daß Sie die Starbase in so kurzer Zeit fertigstellten und... derart perfekt an... an die Bedürfnisse Starfleets anpaßten.«

Vorsichtig schob Zorn die Obstschale über den Schreibtisch. »Greifen Sie nur zu, Commander. Soweit ich weiß, werden diese Früchte auf der Erde sehr geschätzt.«

»Nun, wenn ein Apfel dabei ist...« Riker warf einen kurzen Blick auf die Auswahl und sah Weintrauben, Orangen, Bananen, Birnen, Pflaumen, Mandarinen und Erdbeeren – aber keine Äpfel. »Tja, offenbar nicht«, brummte er enttäuscht.

»Tut mir leid, Commander.«

»Spielt keine Rolle. »Was ich gerade sagen wollte...«

Er starrte an dem *Groppler* vorbei auf den Schrank hinter dem Schreibtisch. »Lieber Himmel, ich fasse es nicht!« Zorn drehte sich um. Auf der Ablage stand eine zweite Schale mit Obst, und ein glänzender Apfel krönte die dekorative Anordnung.

»O ja. Die andere Schüssel hatte ich ganz vergessen. Bitte, bedienen Sie sich.«

Riker stand auf, trat an Zorn vorbei, ergriff den roten Apfel und betrachtete ihn eine Zeitlang. »Ich hätte schwören können, daß er vor einigen Sekunden noch nicht da war.« Er schnupperte daran, und das süße Aroma erinnerte ihn an den Apfelbaum, der hinter dem Haus seiner Eltern wuchs und den er als Kind so oft erklettert hatte.

»Gefällt er Ihnen deshalb weniger?«

Riker schüttelte den Kopf. »Ganz und gar nicht, *Groppler*.«

Zorn lächelte zufrieden. »Ich nehme an, das trifft auch auf Farpoint Station zu, Commander. Einige leicht zu beantwortende Fragen werden das Interesse Starfleets an dem Raumhafenkomplex wohl kaum verringern.«

Riker musterte den Administrator nachdenklich. *Das klingt viel zu glatt,* überlegte er skeptisch. *Verbirgt er irgend etwas?* Er biß in den Apfel, und das Wasser lief ihm im Mund zusammen, als er genießerisch kaute. Zorn wartete auf eine Reaktion, und der Commander ließ sich Zeit, bevor er schließlich erwiderte: »Da haben Sie bestimmt recht.« Er hob den Apfel. »Schmeckt köstlich. Vielen Dank.« Bevor er den Raum verließ, drehte er sich noch einmal um. »Auf Wiedersehen, *Groppler* Zorn.«

Zorn stand auf, als sich die Tür hinter Riker schloß, hob den Kopf und sah sich aufgebracht im leeren Zimmer um.

»Ich habe dich aufgefordert, das zu unterlassen. Warum *verstehst* du denn nicht? So etwas weckt nur ihren Argwohn...« Er verschränkte die Arme und machte ein ernstes Gesicht. »Wenn das noch einmal geschieht, bestrafen wir dich, das versichere ich dir!«

Die Eisdiele befand sich in einer Ecke des großen Einkaufszentrums, und Geordi LaForge bewunderte sie. Es handelte sich um eine exakte Nachbildung der traditionellen Bars, die er von der Erde her kannte: ein Tresen aus Marmor, Zapfhähne für verschiedene Fruchtsäfte, hinter der dicken Glasscheibe die gekühlten Behälter mit verschiedenen Eissorten, Teller mit Nüssen, Kirschen, Schokolade und Bonbons, hohe Stühle vor der Theke – alle Details stimmten.

Zusammen mit Fähnrich Hughes saß LaForge an einem Tisch und genoß die Atmosphäre. Geordi bemerkte, daß der Ventilator an der Decke dem Stil des frühen zwanzigsten Jahrhunderts entsprach: Die Flügel bestanden aus massivem Holz. Der Mann hinter dem Tresen – er trug ein gestreiftes Hemd, eine weiße Hose und eine Mütze in der gleichen Farbe – reichte Hughes einen Eisbecher, den LaForge für nicht besonders aufregend hielt: Vanille mit dunkelrotem Kirschsirup, darüber ein Kegel aus Schlagsahne.

Hughes sah LaForge an und lächelte glücklich. »So etwas habe ich mir schon seit langem gewünscht. Der Bordküche der *Hood* mangelt es an einer gut programmierten Eismaschine. Das Zeug, das sie einem anbietet, hat überhaupt keinen richtigen Geschmack.« Er probierte den ersten Löffel und rollte entzückt mit den Augen. »Meine Güte...«

»Was ist denn?«

»Wie die Eiscreme, die meine Oma auf der Farm herstellte. Möchten Sie mal versuchen?«

»Nein.« LaForge neigte den Kopf zur Seite und hing melancholischen Gedanken nach. »Hier könnte mir niemand das anbieten, was ich wirklich möchte.« Der Mann hinter dem Tresen beobachtete ihn und hörte aufmerksam zu. »Es gab da eine ganz bestimmte Eisdiele in meiner Heimatstadt, und ihr Schokoladenbecher...« Er seufzte. »Ich übertreibe nicht, wenn ich ihn als wahres Kunstwerk bezeichne. Man träufelte ein wenig Erdnußbuttersirup darüber, und dann kam blaue Schlagsahne. Den Abschluß bildete eine dicke Kirsche.« Schwermütig schüttelte er den Kopf. Als Kind war er *verrückt* danach gewesen.

»Warum ausgerechnet *blaue* Schlagsahne?« fragte Hughes.

LaForge grinste. »Keine Ahnung. War eine Spezialität des Hauses. Nun, den letzten solchen Becher genehmigte ich mir, bevor ich das Studium an der Akademie begann...«

Der Barmann griff unter die Theke und holte ein großes, tulpenförmiges Glas hervor. LaForge rückte sich das VISOR zurecht und starrte auf dunkles Schokoladeneis, leckeren Erdnußbuttersirup, blaue Schlagsahne und eine rote Maraschinokirsche. Er betrachtete den Becher eine Zeitlang, griff dann nach einem Löffel und schob ihn sich gefüllt in den Mund.

Hughes beobachtete ihn neugierig. »Es ist...«

»Perfekt.« LaForge seufzte erneut. »Wie Magie.« Dann begriff er die Bedeutung seiner Worte und starrte den jüngeren Mann verblüfft an. Hughes erwiderte seinen verblüfften Blick. *Wie Magie.*

»Ich glaube, wir sollten Commander Riker Bescheid geben«, sagte Geordi.

»Genau«, bestätigte Hughes und stand auf.

»Warten Sie«, sagte LaForge und legte seinem Begleiter die Hand auf die Schulter. »Erst fülle ich mir damit den Magen.«

Das Foyer war eine blitzende Konstruktion aus Trilurium und Glas – eine betont moderne Kammer, hell und geräumig, geschmückt mit sorgfältig angeordneten Bäumen, Büschen und Blumenstauden. Manche Pflanzen stammten von der Erde, andere von fremden Welten. Einige Starfleet-Offiziere traten von der schattigen Promenade her ein. Bei den meisten von ihnen handelte es sich um Besucher von der *Hood*, die die Gelegenheit nutzten, sich in der neuen Starbase umzusehen. Dem zur *Enterprise* versetzten Personal hatte man Transitquartiere in Farpoint Station zugewiesen.

Als Riker das Foyer erreichte, sah er Dr. Beverly Crusher und ihren Sohn Wesley. Crusher war der neue Erste Bordarzt der *Enterprise*. Sie hatte eine steile Karriere hinter sich und ihren Rang nach nur dreizehn Jahren in der Flotte erreicht. Darüber hinaus erwies sie sich als eine in besonderem Maße attraktive Frau.

»Dr. Crusher!« rief Riker.

Wesley warf ihm einen kurzen Blick zu und wandte sich dann an seine Mutter. »Es ist Commander Riker.«

Dr. Crusher blieb stehen, damit Riker zu ihnen aufschließen konnte, aber sie lächelte nicht. Fremden gegenüber verhielt sie sich immer recht zurückhaltend und reserviert. Riker war ihr bereits einige Male an Bord der *Hood* begegnet, während des Fluges nach Farpoint. Offenbar hielt sie nicht viel von oberflächlicher Konversation, und der Commander hatte erlebt, wie sie auf die Annäherungsversuche der männlichen Offiziere reagierte. Er beschloß, sich ihr schlechtes Beispiel eine Lehre sein zu lassen.

Ihm fiel noch etwas anderes auf. Allem Anschein nach legte Beverly großen Wert darauf, mindestens zehn Jahre jünger auszusehen, als sie es in Wirklichkeit war. Doch der Blick ihrer dunkelblauen Augen deutete nicht nur auf hohe Intelligenz hin, sondern auch auf eine starke und profunde Persönlichkeit. Nun, wenn sie es vorzog, zu Fremden Distanz zu wahren, so ging das nur sie etwas an.

Ihr Sohn Wesley hatte kastanienfarbenes Haar und war klein und schlank. Die wache, konzentrierte Aufmerksamkeit stellte ein Erbe seiner Mutter dar, aber im Vergleich zu ihr wirkte er weitaus neugieriger und aufgeschlossener. Er sah nicht direkt gut aus, aber diesen Nachteil machte er mit einer betont offenen Einstellung wett, mit auffallender Lebensfreude und einem fröhlichen Wesen. An Bord der *Hood* hatte sich Riker einige Male mit ihm über die Technik von Raumschiffen unterhalten. Wesley stellte kluge Fragen, und was noch weitaus wichtiger war: Er *hörte zu*, wenn ihm jemand Antworten darauf gab.

»Hallo, Wesley. Gefällt es dir in Farpoint Station?«

»Ja, *Sir*.«

Riker fühlte den durchdringenden Blick Beverleys auf sich ruhen. Ganz offensichtlich wartete sie auf eine Erklärung. »Ich dachte mir, ich könnte Ihnen vielleicht Gesellschaft leisten. Wenn Sie erlauben.« Er lächelte freundlich.

Beverley blieb unbeeindruckt und ein wenig skeptisch. »Wir wollten gerade einkaufen.«

»Ich wollte mir ebenfalls die Promenade ansehen«, sagte Riker. »Darf ich Sie begleiten?«

»Selbstverständlich.« Dr. Crusher hielt auf die Glastür zu, die zum weiten Bereich mit den Geschäften und Ständen führte. Riker schritt neben ihr, und Wesley blieb ein wenig zurück und ließ die beiden Erwachsenen nicht eine Sekunde lang aus dem Auge.

Die Promenade war ähnlich gestaltet wie das Foyer: Geräumigkeit und helles Sonnenlicht, fast kunstvoll anmutende Anpflanzungen und duftende Blumen. Zu beiden Seiten des Weges gab es schmuckvolle Läden und kleine Nischen, die bestimmte Spezialitäten, Getränke und andere Dinge anboten. Die Bandi-Kaufleute begegneten dem Starfleet-Personal, das sich für ihre Waren interessierte, mit fast übertriebener Zuvorkommenheit. Beverly ließ ihren Blick über die Auslagen der vielen Geschäfte schweifen und schenkte Riker keine Beachtung.

»Meine Mutter zeigt Ihnen nicht etwa die kalte Schulter«, sagte Wesley arglos. »Sie ist nur schüchtern in der Nähe von Männern, die sie nicht kennt.«

Beverly errötete und drehte sich ruckartig um. »Wesley!«

»Eine Verhaltensweise, an der es nichts auszusetzen gibt«, erwiderte Riker. »Bei Frauen, die ich gerade erst kennengelernt habe, ergeht es mir ähnlich.« Er musterte Beverly amüsiert, und zögernd erwiderte sie sein Lächeln.

»Doktor Crusher...«, begann der Commander. »Zwar gehören wir noch nicht offiziell zur Besatzung der *Enterprise*, aber ich glaube, wir könnten uns nützlich machen, während wir hier auf das Schiff warten.«

Beverly sah ihn erstaunt an und hob fragend die Brauen. »Nützlich, Commander? Wie denn?«

»Indem wir einigen Dingen nachgehen, die mir hier

aufgefallen sind.« Beverly wandte sich von ihm ab und trat an einen Laden heran. Davor stand ein Tisch mit exotischen Tüchern. Die zusammengerollten Bündel bildeten lange Reihen, und hier und dort waren einige Stoffmuster ausgebreitet, damit sie besser zur Geltung kamen. Riker folgte der Ärztin und wartete, während sie die Waren betrachtete. »Captain Picard wird diesen Raumhafenkomplex für Starfleet inspizieren. Und wenn wir ihm vorher einige Informationen geben können, erleichtern wir ihm die Arbeit.«

»Mhm.« Beverley scheint sich weitaus mehr für die Tücher zu interessieren. Mit knappen Worten schilderte Riker das, was ihm selbst aufgefallen war: die Gemälde, das geheimnisvolle Erscheinen der zweiten Obstschale mit dem Apfel. Beverly hörte schweigend zu und strich mit den Fingerkuppen über einen mandarinfarbenen Stoff, der ihr besonders gefiel.

»Verstehen Sie denn nicht, wie seltsam jene Vorgänge sind?« schloß Riker.

»Nein, tut mir leid. Was ist daran denn so mysteriös? Während Ihrer Abwesenheit veränderten die Bandi das Dekor Ihres Apartments – auf Ihre Bitte hin. Und dann eine Schale mit Obst, die Sie zuvor übersahen...«

»Ich bin sicher, sie war nicht da, als ich das Büro des Administrators betrat.«

»Eine Schüssel, die Ihrer Aufmerksamkeit entging«, beharrte Beverly. Mit fester Stimme fügte sie hinzu: »Und sie enthielt den Apfel, den Sie sich wünschten. Ich bezweifle, ob Captain Picard solchen Dingen eine spezielle Bedeutung beimißt.« Sie zog eine Rolle aus kastanienbraunem Stoff zu sich heran, zupfte das Ende heraus und hielt es ins Licht. »Mit einem goldenen Muster sähe dieses Tuch noch hübscher aus«, sagte sie zu dem wartenden Händler. Der Bandi nickte und rückte die anderen Bündel auf dem Tisch beiseite. Wesley beobachtete den Mann interessiert, während sich seine Mutter direkt an Riker wandte. »Commander, ich verstehe durchaus, daß ein so junger Erster Offizier seinem Captain unbedingt beweisen möchte, wie tüchtig und fähig er ist.«

»He, einen Augenblick...«

»Aber meine Pflichten und Interessen liegen *außerhalb* der Kommandostruktur.« Beverly unterbrach sich, als sie Rikers verblüfften Blick bemerkte. Er starrte an ihr vorbei auf den Tisch: Das Tuch, das eben noch eine schlichte kastanienfarbene Tönung aufgewiesen hatte, zeigte nun ein feines Muster aus Silber und Gold.

»Erscheint es Ihnen nicht seltsam, daß der Bandi genau das hat, was Sie möchten?« fragte Riker mit einem Hauch von Sarkasmus.

Beverly musterte ihn stumm, runzelte kurz die Stirn und sah dann den Händler an, der gelassen lächelte und auf ihre Entscheidung wartete. »Vielen Dank. Ich nehme den ganzen Ballen. Schicken Sie ihn zur *Enterprise*, wenn das Raumschiff eintrifft, und stellen Sie die Rechnung auf meinen Namen aus: Doktor Beverly Crusher.«

Der Händler verbeugte sich und tippte die Daten in einen flachen Kreditmonitor, der an seinem Gürtel hing. Dann griff er nach dem Stoffbündel und trug es in den Laden, um es dort einpacken zu lassen. Beverly drehte sich um und bedachte Riker mit einem spöttischen Blick. Der Commander streckte die Hand aus und deutete auf die Promenade. Beverly nickte und ging neben ihm.

»Was meinten Sie eben, Doktor?« fragte Riker.

Beverly senkte kurz den Kopf. »Ich sagte, Sie erfinden irgendwelche Rätsel, um die Gunst des Captains zu gewinnen, um ihn zu beeindrucken.« Sie sah wieder auf und hielt seinem Blick stand. »Entschuldigen Sie bitte, Commander Riker.«

»Ich heiße Bill.«

»Ja, ich kenne Ihren Namen.«

»Das Tuch mit dem goldenen Muster gehörte nicht

zum Angebot, als wir vor dem Tisch stehenblieben«, warf Wesley ein. »Da bin ich ganz sicher.«

»Ich weiß.« Beverly verharrte und sah zu dem Geschäft zurück. Der Händler hatte den Laden wieder verlassen und stand hinter dem Tisch, um seine Waren anderen Kunden anzubieten. »Vielleicht gibt es hier *tatsächlich* etwas, das nicht mit rechten Dingen zugeht und von dem Jean-Luc erfahren sollte.«

»Jean-Luc? Sie kennen Captain Picard?«

»Er war zusammen mit meinem Vater an Bord der *Stargazer*«, sagte Wesley stolz.

Beverly legte ihrem Sohn die Hand auf die Schulter und lächelte nachsichtig. »Wes, Commander Riker ist nicht an unserer Familiengeschichte interessiert.« Sie sah Riker an. »Ich kenne Captain Picard nicht besonders gut. Wir sind uns einmal begegnet, das ist alles. Vor langer Zeit.« Sie wirkte plötzlich sehr nachdenklich. »Die Sache mit dem Tuchballen *war* seltsam. Wissen Sie was? Von jetzt an halte ich die Augen offen und gebe Ihnen sofort Bescheid, wenn mir noch etwas auffällt.«

»Das ist sehr nett von Ihnen... Beverly.«

Die Ärztin verbarg ihr Lächeln. Zwar sprachen sich an Bord von Starfleet-Schiffen die meisten Senioroffiziere mit dem Vornamen an, aber sie hatte nicht die Absicht, die Distanzbarrieren zwischen ihr und dem jungen Bill Riker zu rasch niederzureißen. Sie dachte wieder an seine Beobachtungen: Ihr eigenes Erlebnis bestätigte, daß sie weder einer ausufernden Fantasie noch übertriebenem Ehrgeiz entsprangen. Hüteten die Bandi ein Geheimnis? Und welche Intentionen verbanden sie mit Farpoint Station? Beverly kam zu dem Schluß, daß Riker richtig handelte, indem er das Starfleet-Personal aufforderte, wachsam zu sein und alles Ungewöhnliche zu melden.

»Sir...« Sie drehten sich um und sahen Geordi LaForge, der sich ihnen mit langen Schritten näherte. »Die *Enterprise* trifft ein...«

»Ist das ein offizieller Bericht, Lieutenant?« fragte Riker scharf.

»Entschuldigen Sie, Commander.« LaForge nahm Haltung an. »*Sir*, Lieutenant LaForge meldet, daß das Raumschiff *Enterprise* in eine Umlaufbahn schwenkt. Allerdings ohne Diskussektion.«

Riker wechselte einen verwirrten und besorgten Blick mit Beverly. »Nur das Rumpfsegment mit dem Warptriebwerk? Was ist geschehen?«

»Es liegen uns keine Informationen vor, Sir. Captain Picard läßt Ihnen mitteilen, Sie sollen sich sofort an Bord beamen.«

»Unser neuer Captain vergeudet keine Zeit«, bemerkte Beverly.

»Und daran sollte ich mir ein Beispiel nehmen«, erwiderte Riker trocken. »In Ordnung, Lieutenant. Vielen Dank dafür, daß Sie mich so rasch benachrichtigt haben.«

»Ja, Sir«, sagte LaForge. »Sie, wenn Sie erlauben... Vor einer Weile ist Fähnrich Hughes und mir etwas Seltsames aufgefallen...«

Riker hob die Hand. »Geben Sie mir einen ausführlichen Bericht, sobald Sie an Bord sind.« Er berührte den Kommunikator auf der linken Brustseite der Uniform. »*Enterprise*, hier spricht Commander Riker von Farpoint Station. Ich bin für den Transfer bereit.«

»*Enterprise* an Riker. Energie.«

Die Luft in unmittelbarer Nähe des Commanders begann zu schimmern und zu flirren. Langsam umhüllte die glitzernde Energie seine Gestalt und verflüchtigte sich kurz darauf. Beverly war noch immer von diesem Vorgang fasziniert, obgleich sie die Funktionsprinzipien des Transportersystems genau kannte. Die Starfleet-Technik hatte zu wunderbar anmutenden Errungenschaften geführt. Eine der erstaunlichsten war die

Methode, mit der sich die molekulare Struktur fester Objekte auflösen, in Energie verwandeln, über große Entfernungen transportieren und am Ziel wieder rematerialisieren ließ. Die Ärztin legte Weseley den Arm um die Schultern und nickte LaForge zu.

»Wenn Sie uns jetzt bitte entschuldigen würden, Lieutenant... Die Ankunft der *Enterprise* bedeutet, daß wir ebenfalls Vorbereitungen treffen müssen, um an Bord gebeamt zu werden.«

»Es handelt sich nur um die Gefechtssektion, Ma'am«, entgegnete LaForge. »Wir wissen nicht, was unterwegs passierte – und was aus dem Diskussegment geworden ist.«

Beverly musterte ihn ruhig und blieb gelassen. »Ich bin sicher, Captain Picard wird uns bald alles erklären. Wenn er den richtigen Zeitpunkt für gekommen hält.«

KAPITEL 5

Niemand erinnerte sich an den eigentlichen Transfervorgang. Man befand sich an einem Ort, wenn er begann – und an einem anderen, wenn er endete.

Riker beobachtete, wie das Glühen des Transporterfeldes verblaßte. Von der Seite aus betrachtet erweckte es den Eindruck, als bestehe es aus schillernden Funken, die bunt dahinstoben und durcheinanderwirbelten.

Als das letzte Flackern erlosch, sah er sich neugierig im Transporterraum um. Er war größer als die an Bord anderer Schiffe, und die gedämpften Pastellfarben wirkten beruhigend.

Der Techniker hinter der Konsole nickte ihm zu, und eine hochgewachsene, blonde Frau kam mit einigen raschen Schritten näher. Sie trug die Dienstuniform der *Enterprise*.

»Commander Riker? Ich bin Lieutenant Yar, Leiterin der Sicherheitsabteilung.«

Riker trat von der Transporterplattform herunter und streckte die Hand aus. »Es freut mich, Sie...«

»Captain Picard erwartet Sie auf der Kampfbrücke«, unterbrach ihn Tasha. »Bitte folgen Sie mir. Hier entlang.« Sie drehte sich ruckartig um und marschierte davon. Vor ihr öffnete sich zischend das Schott. Riker folgte ihr hastig und hatte Mühe, nicht den Anschluß zu verlieren. Auf der anderen Seite des Korridors sah er ein Terminal des Turbolifts, und Tasha stand bereits in der Kabine und wartete ungeduldig auf ihn.

»Die Diskussektion fehlt«, stellte er überflüssigerweise fest. »Ich nehme also an, unterwegs kam es zu einem Zwischenfall, nicht wahr?«

»Darüber wird ihnen der Captain Auskunft geben.« Tasha sah auf die Kontrollen. »Kampfbrücke.«

Riker musterte sie unverhohlen, doch die Frau ignorierte ihn einfach. »Yar«, sagte der Commander nachdenklich, »soweit ich weiß, hat Ihr Sicherheitsteam drei Jahre hintereinander die Flottenmeisterschaft gewonnen. Ich glaube, es ging dabei um die Suchen/Absichern-Übungen.«

»Das stimmt, Sir. Und wir sind fest entschlossen, den Titel zu verteidigen.«

»Eine bemerkenswerte Leistung, Lieutenant. Sagen Sie: Waren Sie auf der Kampfbrücke, als die Diskussektion abgekoppelt wurde?«

»Ja, Sir.«

»Was ist geschehen?«

»Die entsprechenden Informationen bekommen Sie sicher vom Captain, Sir.«

Riker schüttelte den Kopf. Es hieß von Picard, er sei ziemlich stur, aber vielleicht traf das auch auf einige andere Besatzungsmitglieder zu.

Picard saß im Kommandosessel der Kampfbrücke und beobachtete aufmerksam das Bild auf dem großen Wandschirm. »Haben wir Anflugerlaubnis?« fragte er Data.

Der Androide nahm den Platz des Operators ein und nickte. »Aye, Sir. Genehmigung für Standard-Parkorbit.«

»Dann los.«

Die Tür des Turbolifts öffnete sich, und Tasha führte Riker herein. »Commander Riker, Sir«, stellte sie ihn vor.

Der erste Offizier nahm neben Picards Sessel Haltung an. »Sir, William T. Riker meldet sich wie befohlen an Bord.« Er erwartete, daß ihm der Captain die Hand reichte, aber Picard warf ihm nur einen flüchtigen Blick zu und sah dann Tasha an.

»Ist das Sichtgerät vorbereitet, Lieutenant?«

»Ja, Sir.«

Picard stellte fest, daß Riker noch immer steifbeinig

neben dem Kommandosessel stand. »Rühren, Commander. Zuerst möchte ich Ihnen von einem... kleinen ›Abenteuer‹ berichten, das wir auf dem Weg hierher erlebten. Anschließend unterhalten wir uns.«

»Hier entlang, Sir«, sagte Tasha und trat an einen Videoschirm im hinteren Bereich der Brücke heran.

Picard verliert weder Zeit noch Worte, dachte Riker, als er Lieutenant Yar folgte. Sie bedeutete ihm, vor dem kleinen Schirm Platz zu nehmen und betätigte dann einige Tasten der in die Wand integrierten Kontrolleinheit. Riker war stolz auf seinen ausgeprägten Geruchssinn, der ihn in die Lage versetzte, den individuellen Duft jeder Frau zu bestimmen. Bei Tasha nahm er nur die schlichten Aromen von Seife und Shampoo wahr. Offenbar hielt sie nichts vom weiblichen Privileg, Parfüm zu verwenden, gab sich damit zufrieden, sauber zu sein. *Interessant,* dachte er.

Die Projektionsfläche erhellte sich und stellte die Szenen dar, die von den Brückenkameras aufgezeichnet worden waren. Riker beugte sich verblüfft vor und riß unwillkürlich die Augen auf. Der Fremde namens Q erschien, befahl Picard, ins Sol-System zurückzukehren und drohte ihm fatale Konsequenzen für den Fall an, daß er sich nicht an die Anweisung hielt. Hinter dem Ersten Offizier summten die Konsolen und Pulte, und er konzentrierte sich, um alle Einzelheiten des Wortwechsels zu verstehen.

Data wandte sich von der Station des Operators ab und sah Picard an. »Nachricht von Lieutenant Worf, Sir. Die Diskussektion wird in fünfzehn Minuten eintreffen. Der Lieutenant übermittelt Ihnen seinen Glückwunsch.«

»Antworten Sie, wir koppeln sofort an, wenn der Diskus in die Umlaufbahn schwenkt.« Der Captain stand auf und näherte sich dem Bereitschaftsraum an der Backbordseite der Brücke. Als er an Tasha vorbeikam, sagte er: »Schicken Sie den Commander zu mir, wenn er die ganze Aufzeichnung gesehen hat.«

»Ja, Sir.« Lieutenant Yar drehte den Kopf und beobachtete den Ersten Offizier, der noch immer vor dem Videoschirm saß.

Riker schüttelte den Kopf und murmelte leise: »Und das nennt er ein ›kleines Abenteuer‹?«

Picard saß an dem Schreibtisch im Bereitschaftszimmer der Kampfbrücke, hatte den Datenprojektor eingeschaltet und betrachtete einige Formeln der Materie-Antimaterie-Verschmelzung, als der Türsummer erklang. Er desaktivierte den Monitor und rief: »Herein.«

Die Tür glitt auf, und Riker betrat den Raum. Der Captain winkte ihn heran und nickte in Richtung des Sessels, der auf der anderen Seite des Schreibtischs stand. Der Commander nahm Platz und musterte den Mann, der nun sein neuer Vorgesetzter war. Jean-Luc Picard mochte etwa fünfzig Jahre alt sein, war kahlköpfig und hatte ein schmales Gesicht mit scharfgeschnittenen Zügen, in dem klug und erfahren blickende Augen auffielen. Für gewöhnlich wirkte seine Miene ernst und steinern, doch wenn er lächelte, sah er aus wie ein gutmütiger und nachsichtiger Vater. Er war größer als die meisten anderen Männer und hielt seinen hageren, durchtrainierten Körper kerzengerade. Riker erinnerte sich daran, welchen tiefen Eindruck der Captain auf ihn gemacht hatte, als er ihn auf der Brücke zum erstenmal sah. Hier, in dem kleineren Raum, schien Picards starke Persönlichkeit noch wesentlich intensiver zu sein.

Ein geborener Raumschiffkommandant...

»Es tut mir leid, daß wir Ihnen keinen besseren Empfang bereiteten, Commander«, sagte Picard in einem dunklen Bariton. »Ich hatte nicht die Absicht, den neuen Ersten Offizier nur mit der Hälfte meines Schiffes zu begrüßen.«

Riker lächelte verständnisvoll. »Sie scheinen einiges durchgemacht zu haben, Captain.«

»Offenbar hat man uns nur deshalb am Leben gelassen, um uns einem Test zu unterziehen, bei dem eine Menge auf dem Spiel steht. Und wenn wir versagen, droht uns ein ganz bestimmtes Urteil.«

»Ein Urteil, Sir?«

»Ja. Wie bei einer... Gerichtsverhandlung. Wenn wir den Anforderungen nicht genügen, müssen wir damit rechnen, ins Sol-System verbannt zu werden. Dann ist der Weltraum für uns tabu. Es stellt sich also folgende Frage: Wie beweisen wir, daß wir aus unserer Vergangenheit gelernt haben und würdig sind, das All zu erforschen? Und worin besteht der Test? Nun, wie dem auch sei: Ich nehme an, Farpoint Station spielt dabei eine entscheidende Rolle.« Der Kommunikator summte, und Picard sah auf. »Ja?«

Datas Stimme klang aus dem Lautsprecher. »Die Diskussektion fliegt jetzt auf parallelem Orbitalkurs, Sir.«

»Gut.« Der Captain zögerte kurz. »Commander Riker wird ein manuelles Ankopplungsmanöver durchführen. Picard Ende.«

Riker hob überrascht die Brauen. »Sir?«

Picard bedachte ihn mit einem durchdringenden Blick. »Sie haben sich offiziell an Bord gemeldet, nicht wahr? Und Sie sind doch qualifiziert, oder?«

»Ja, Sir.«

»Dann führen Sie meinen Befehl aus, Commander. Und zwar *sofort*.«

Riker sprang auf und verließ den Bereitschaftsraum. Picard lehnte sich in seinem Sessel zurück und sah dem jungen Offizier nach. *Scheint recht tüchtig zu sein,* dachte er. *Jedenfalls hat er keine Angst vor einer Herausforderung.* Er stand auf und folgte Riker auf die Brücke.

Der Erste Offizier nahm an der Kontrollkonsole Platz und beobachtete die Darstellung auf dem großen Wandschirm, als sich Picard in den Kommandosessel sinken ließ. Data saß neben Riker am Pult des Operators, aber Riker war viel zusehr auf das bevorstehende Manöver konzentriert, um ihm Beachtung zu schenken. Das große Projektionsfeld zeigte den rückwärtigen Bereich der Diskussektion, die vor dem Rumpfsegment schwebte. Riker beobachtete die Andocknische. Sie schien viel zu klein zu sein, geradezu winzig.

»Kurs halten«, sagte er. »Rendezvousgeschwindigkeit.«

Data, Tasha und Picard ließen ihn nicht aus den Augen und versuchten, den neuen Offizier einzuschätzen. Seine Hände lagen ruhig auf den Kontrollfeldern der Konsole. Die Haltung deutete auf eine gewisse Anspannung hin, aber seine Stimme klang fest und gelassen.

»Ich bestätige manuelles Andocken«, sagte der Androide. »Die Automatiken sind desaktiviert.«

Riker blickte nicht zur Seite, nahm eine Kursanalyse vor und überprüfte die Geschwindigkeit. »Wie befohlen«, erwiderte er leise.

Der siphonförmige Gefechtsteil des Schiffes glitt langsam auf das Diskussegment zu. *Noch immer ein wenig zu niedrig,* dachte Riker. »Geschwindigkeit auf einen halben Meter pro Sekunde herabsetzen. Kursvektor: drei Grad negativ.« Seine Hände bewegten sich, und die Kuppen langer Finger berührten einige Sensorpunkte. »An alle Stationen: Vorbereitung auf Ankopplung.«

Die beiden großen Sektionen befanden sich nun auf einer Höhe, und die Distanz zwischen ihnen schrumpfte immer mehr zusammen. »Höhenausgleich«, meldete Riker. »Andockgeschwindigkeit halten.« Der Rand des riesigen Diskus schien in greifbare Nähe zu rücken, und das Kupplungsmodul wuchs in die Breite. Rikers Finger tanzten flink über die Tasten. »Manövriertriebwerk aus. Schub null. Das Trägheitsmoment müßte jetzt genügen.«

Der obere Teil des Rumpfsiphons schob sich in die

Andocknische, und die stählernen Verankerungsbolzen fuhren aus den Gehäusen. Riker führte zwei weitere Schaltungen durch. »Ankopplung erfolgt... *jetzt.* Dockcrew: Alle Verbindungen herstellen und sichern.« Der Erste Offizier drehte sich im Sessel und sah Picard an. »Manöver beendet, Sir. Alle Anzeigen grün.«

Picard klopfte mit der rechten Hand auf die Armlehne des Sessels. »Danke, Maschinenraum. Brücke Ende.« Er stand auf und nickte Riker zu. »Wenn Sie mir bitte folgen würden, Commander... Wir haben noch einige Dinge zu besprechen.«

Die beiden Männer betraten den Turbolift, und Picard sagte knapp: »Aussichtsdeck.« Der Kabinencomputer reagierte und schloß die Tür. Unmittelbar darauf setzte sich die Transportkapsel in Bewegung und sauste nach oben, in Richtung Diskussegment. Riker wartete darauf, daß Picard das Wort an ihn richtete. Es wäre anmaßend gewesen, selbst das Gespräch zu beginnen.

»Die Wiederherstellung der Verbindung zwischen Rumpf und Diskus ist zwar kaum mehr als ein normales Routinemanöver, aber Sie haben großes Geschick dabei bewiesen.« Picard wußte ganz genau, wie gefährlich ein solcher Vorgang war – es sei denn, der beauftragte Offizier hatte ein scharfes Auge und gute Reflexe. Der Ankopplungssimulator in der Akademie galt als Alptraum all derjenigen, die nicht das richtige Gefühl für die Abstimmung von Geschwindigkeit und Neigungswinkel entwickelten. Alle Kadetten, die bei solchen Übungen versagten, hatten keine Möglichkeit mehr, in den Kommandokader aufgenommen zu werden. Man wies sie statt dessen den technischen oder wissenschaftlichen Abteilungen zu, gab ihnen eine Arbeit, bei der Fehler oder Unaufmerksamkeiten nicht sofort zu katastrophalen Folgen für das ganze Schiff führten.

»Vielen Dank, Sir«, erwiderte Riker ruhig. »Ich bin kein Anfänger.« Riker konnte banale Komplimente nicht ausstehen. In Hinsicht auf den Simulator in der

Akademie hatte er die absolut besten Werte erzielt und entsprechende Manöver bereits von den Brücken der *Yorktown* und *Hood* aus geleitet. Offenbar wußte Picard davon, denn er warf ihm einen anerkennenden Blick zu.

»Ich habe noch einige andere Tests für Sie«, sagte der Captain leise, als der Turbolift anhielt. Die Tür glitt auf, und Picard führte den jüngeren Mann durch den Korridor.

»Ja, Sir. Das dachte ich mir schon.« Riker war weder sarkastisch noch respektlos, doch er wollte sich nicht so einfach einschüchtern lassen.

Kurz darauf betraten sie die Aussichtskammer. Dabei handelte es sich um einen großen, leicht gewölbten Raum, dessen Konturen sich dem weiten Bogen der Diskussektion anpaßten. Durch die breiten Fenster hatte man einen ausgezeichneten Blick auf das riesige, scheibenförmige Segment der *Enterprise*. Das Licht ferner Sterne und glühender, interstellarer Plasmawolken spiegelte sich kalt darauf wider. Tief unten drehte sich langsam die goldbraune Kugel des Planeten Deneb IV. Picard hielt auf eine Wandnische zu, und über die Schulter hinweg fragte er Riker: »Kaffee?«

»Gern, Sir. Schwarz.«

Picard drückte zweimal auf eine der flachen Tasten, und einige Sekunden später schoben sich zwei Becher mit einer dampfenden Flüssigkeit aus dem Ausgabefach. Den einen reichte der Captain seinem Ersten Offizier und forderte ihn dann auf, in unmittelbarer Nähe eines Fensters Platz zu nehmen.

»Dies ist nicht Ihr erstes Raumschiff.«

Das wissen Sie ganz genau, dachte Riker. »Nein, Sir. Ich war drei Jahre lang Zweiter Offizier an Bord der *Yorktown*, bevor ich zur *Hood* versetzt wurde und dort den Posten des Ersten Offiziers übernahm.«

»Und jetzt hat man Sie erneut abkommandiert, zu einem größeren Schiff. Kommt es Ihnen nur darauf an, mehr Platz zu haben, oder halten Sie nichts davon, sich längere Zeit an einem Ort aufzuhalten, Commander?«

Riker lächelte und zuckte andeutungsweise mit den Schultern. »Eine Mission, die zwanzig Jahre dauert, scheint mir lange genug zu sein.«

Picard ignorierte diese scherzhafte Bemerkung. »Ihrer Akte konnte ich entnehmen, daß Captain DeSoto viel von Ihnen hält. Ich respektiere seine Meinung. Doch eine Sache interessiert mich. Warum haben Sie es nicht zugelassen, daß er sich auf den Planeten Altair III beamte?«

»Meiner Ansicht nach stellten die besonderen Bedingungen auf Altair III eine zu große Gefahr für den Captain dar.« Riker zögerte und begegnete dem Blick Picards. »Ich bereue meine Entscheidung nicht.«

»Ich verstehe. Der Rang eines Captains scheint Ihnen nicht viel zu bedeuten.«

»Ganz im Gegenteil, Sir. Das *Leben* des Captains ist mir wichtiger als alles andere. Meine Pflicht besteht darin sicherzustellen, daß der Captain ständig seine Verantwortung gegenüber Schiff und Besatzung wahrnehmen kann. Deshalb mußte ich verhindern, daß DeSoto mit einem Transfer auf den Planeten sein Leben riskierte.«

»Commander Riker«, sagte Picard scharf, »glauben Sie nicht auch, daß man nur dann Kommandant eines Raumschiffes wird, wenn man gelernt hat, Gefahren richtig zu bewerten? Halten Sie es nicht für ziemlich unverschämt von einem Ersten Offizier, die Einschätzungen seines Captains in Frage zu stellen?«

»Darf ich ganz offen sprechen, Sir?«

»Natürlich.«

Riker beugte sich vor, stützte die Ellenbogen auf die Knie und drehte die Hände. »Sie waren selbst einmal Erster Offizier, und daher wissen Sie ja, was es bedeutet, Verantwortung für die Sicherheit des Schiffes zu nehmen. Definitionsgemäß gehört dazu auch die des

Captains. Ich werde mich an alle Ihre Anweisungen halten, aber in bezug auf Ihre persönliche Sicherheit bin ich zu keinen Kompromissen bereit. Wenn Ihnen meine Einstellung nicht gefällt, Sir, so steht es Ihnen frei, mich zur *Hood* zurückzuschicken, bevor sie wieder Fahrt aufnimmt.«

»Sie sind entschlossen, an diesem Prinzip festzuhalten?«

»Ja, Sir«, erwiderte Riker und ließ keinen Zweifel daran, daß er es ernst meinte.

Picard musterte ihn eingehend, und der jüngere Mann wich seinem Blick nicht aus. Die Eintragungen in Rikers Akte deuteten darauf hin, daß er ein ambitionierter Offizier war, doch sein Ehrgeiz hielt sich die Waage mit seiner Kompetenz. Die Besatzungsmitglieder akzeptierten ihn als Vorgesetzten, und außerdem hatte er eine gute Menschenkenntnis. Er arbeitete hart und galt als intelligent und tüchtig. Alle Offiziere des Kommandokaders an Bord der *Enterprise* hatten sich mit Studien beschäftigt, die nicht unmittelbar mit ihrem eigentlichen Aufgabengebiet in Zusammenhang standen: Antriebstechnik, Kommunikation, verschiedene Wissenschaften. Bei Riker war das in einem ganz besonderen Maße der Fall. Als Akademiker hätte er bestimmt verschiedene Doktortitel erwerben können.

Was Altair III und die Hartnäckigkeit anging, mit der er auf seinem Standpunkt beharrte...

Picard nickte. »Freut mich, das zu hören, Commander. Ich wäre nicht bereit gewesen, Ihrer Versetzung zur *Enterprise* zuzustimmen, wenn Sie jetzt einen Rückzieher gemacht hätten.« Er legte eine kurze Pause ein. »Da ist noch eine andere Sache... Würden Sie mir einen persönlichen Gefallen erweisen?«

»Selbstverständlich, Sir.«

Picard räusperte sich und versuchte, einen Anflug von Verlegenheit zu verbergen. »Helfen Sie mir bitte mit den Kindern.«

»Sir?« fragte Riker verwirrt. Welche Probleme konnte ein so selbstsicherer Captain wie Picard mit Kindern haben?

»Ich bin kein besonders familiärer Mann, Riker, aber Starfleet gab mir ein Raumschiff, in dem sich viele Kinder aufhalten. Ich wäre Ihnen sehr dankbar, wenn Sie Gebrauch von der gleichen Standfestigkeit machen könnten, die Sie Captain DeSoto gegenüber bewiesen – um zu verhindern, daß mich die Jungen und Mädchen an Bord für einen Vollidioten halten.«

»Ja, Sir.«

»Sie wecken Unbehagen in mir«, fuhr Picard fort. »Und ich möchte vor ihnen nicht das Gesicht verlieren, wenn Sie verstehen, was ich meine. Kinder halten Raumschiffkommandanten für Halbgötter. Bitte helfen Sie mir dabei, ihnen diesen Glauben zu bewahren.«

Riker hätte am liebsten laut gelacht, und es gelang ihm nur mit Mühe, ernst zu bleiben. »Ja, Sir.«

Picard schien die Erheiterung seines Ersten Offiziers nicht zu bemerken. »Ich weiß nicht, wie es Ihnen geht, Commander, aber... Nun, ich halte nichts von Kindern an Bord dieses Schiffes. Sie sind einem im Weg, bringen dauernd alles durcheinander. Es sind besondere Sicherheitsmaßnahmen notwendig, um zu verhindern, daß sie in wichtigen Sektionen auf Entdeckungsreise gehen. Und bestimmt wollen sie *alle* einen Abstecher zur Brükke machen.«

»Da bin ich ganz sicher, Sir. Wir könnten sie zu Besuchergruppen zusammenfassen und Besichtigungstouren veranstalten. Ich glaube, Kinder lernen am besten durch Erfahrung. Die Erwachsenen sollten ihnen Gelegenheit geben, ihre Persönlichkeit zu entfalten.«

Picard warf ihm einen giftigen Blick zu. »Nach meiner Erfahrung dienen Begriffe wie ›Persönlichkeit entfalten‹ nur dazu, irgendwelche dummen Streiche zu entschuldigen. Und bei der Vorstellung von jungen Bengeln, die durch die *Enterprise* schleichen und überlegen, was sie als nächstes anstellen könnten, läuft es mir kalt über den Rücken.« Ein dünnes Lächeln umspielte die Lippen des Captains. »Wie dem auch sei: Wir müssen irgendwie mit den Kindern fertig werden, ohne die Disziplin an Bord zu beeinträchtigen.«

»Ja, Sir. Ich bin sicher, das läßt sich irgendwie bewerkstelligen.«

Picard nickte und streckte die Hand aus. »Willkommen an Bord der *Enterprise*, Commander Riker.«

Die beiden Männer schüttelten sich die Hände. Zum erstenmal spürte Riker die menschliche Wärme unter der kühlen Fassade des Captains. Zweifellos stand Picard zu Recht in dem Ruf, ein sehr strenger Kommandant zu sein – doch Riker war sicher, daß sich unter der harten Schale Mitgefühl und Verständnis verbargen.

Riker verließ den vorderen Turbolift, betrat die Hauptbrücke der *Enterprise* und seufzte bewundernd. Sie war groß, selbst im Vergleich zur Kommandozentrale der *Hood*, und ihre weichen, fast sanft wirkenden Konturen konnten nicht darüber hinwegtäuschen, daß sie eine geballte Ansammlung der modernsten Technologie Starfleets darstellte. Auf der linken Seite bot der vom Boden bis zur Decke reichende Wandschirm einen klaren Blick auf den gewölbten Horizont des Planeten und die Myriaden Sterne jenseits davon. Die Kontroll- und Schaltkonsolen mit ihren weit nach hinten geneigten Sitzen standen unmittelbar vor der breiten Projektionsfläche. Weiter hinten, an dem hufeisenförmigen Podium, das den rückwärtigen Bereich der Brücke von der Kommandosektion trennte, sah Riker den Sessel des Captains, daneben einige weitere für den Ersten Offizier, den Bordcounselor und Besucher oder Offiziere aus anderen Abteilungen, die zur Brücke beordert worden waren. Rampen führten links und rechts an der hufeisenförmigen Station nach achtern, wo man einige Instrumentenpulte und Computerbänke installiert hatte:

Dort arbeiteten die wissenschaftlichen Offiziere und Triebwerkstechniker. Des weiteren gaben sie der Brükkencrew die Möglichkeit zur manuellen Steuerung aller wichtigen Bordanlagen und zur Überwachung der Lebenserhaltungssysteme. Der Zugang des hinteren Turbolifts befand sich unmittelbar neben den Fächern mit der Notausrüstung. Rechts von Riker führte eine Tür zum Bereitschaftszimmer des Captains. Zur Decke gehörte eine spezielle Beobachtungskuppel, durch die man ebenfalls ins All hinaussehen konnte. Der Commander fand den Anblick atemberaubend, doch die wenigen Personen, die derzeit auf der Brücke ihren Dienst verrichteten, achteten überhaupt nicht darauf. Riker vermutete, daß er sich im Laufe der Zeit ebenfalls daran gewöhnen würde. Gleichzeitig hoffte er, niemals den zufriedenen Stolz zu vergessen, der seinen Pulsschlag beschleunigte, als er zum erstenmal die Hauptbrücke der *Enterprise* betrat.

Der junge klingonische Lieutenant, der im Kommandosessel saß, stand respektvoll auf, als er die Rangabzeichen des Commanders sah. Der einzige Fremde mit solchen Insignien mußte der Erste Offizier sein. »Commander Riker?«

»Ja«, bestätigte er und trat vor. »Sie sind…?«

»Lieutenant Worf, Sir. Kann ich Ihnen helfen?«

»Wo finde ich Lieutenant Commander Data?«

»Er hat einen Sonderauftrag erhalten, Sir. Er fliegt ein Shuttle und bringt einen Senioroffizier zur *Hood* zurück.«

»Senioroffizier?«

Worf berichtigte sich. »Ich bitte um Verzeihung, Sir. Ich meinte einen Senioroffizier *im Ruhestand*. Er kam kurz nach der Ankopplung an Bord und inspizierte die medizinische Abteilung.«

Riker lächelte. »Ich verstehe. Der Admiral.«

»Ja, Sir«, bestätigte Worf. »Ein bemerkenswerter Mann.«

Data führte den Greis durch die Korridore der *Enterprise* und hielt sich dicht neben ihm, um den alten Mann gegebenenfalls zu stützen. Der Admiral ging langsam und vornübergeneigt; seine Haut war faltig, fast transparent. Die wenigen Haarreste glänzten gelb und weiß. »Wann sind wir endlich da?« fragte er krächzend und mürrisch.

»Es ist nicht mehr weit, Sir«, erwiderte Data. »Nur noch einige Dutzend Meter. Der Transporter wird Sie innerhalb weniger Sekunden an Bord der *Hood* transferieren.«

Der Admiral blieb stehen und schnitt eine verärgerte Grimasse. Er richtete sich so weit auf, wie er es vermochte, starrte den Androiden aus zornig blitzenden blauen Augen an. »Kommt überhaupt nicht in Frage, mein Junge. Das mit dem Transporter können Sie sich gleich aus dem Kopf schlagen. Ich habe mich nur deshalb zum Admiral befördern lassen, weil mir das die Möglichkeit gibt, ein Shuttle anzufordern, wenn ich eins brauche.«

»Aber, Sir...«

»Ich verlange hiermit, daß Sie mir eine Raumfähre zur Verfügung stellen.«

»Sir, der Transporter...«

Der Admiral trat näher an den Androiden heran und schob trotzig das Kinn vor. »Gibt es irgendeinen Grund dafür, warum Sie darauf bestehen, meine Atome im All zu verteilen?« fragte er aufgebracht.

»Nein, Sir.« Normalerweise war Data nicht auf den Mund gefallen. Wenn er Gelegenheit zu einem Vortrag bekam, brachte er es sogar fertig, jemanden zur Vernunft zu bringen, der an einem fortgeschrittenen Wahnsinns-Syndrom litt. In diesem besonderen Fall jedoch... »Angesichts Ihres Alters«, entgegnete er diplomatisch, »halte ich es für besser, Sie verzichten auf die Anstrengungen eines Shuttlefluges und...«

Das Knurren des Admirals wies ihn darauf hin, daß

er die falsche Taktik gewählt hatte. »Was ist mit meinem Alter?«

»Tut mir leid, Sir. Wenn Ihnen dieses Thema nicht behagt...«

»Wieso sollte es mir nicht behagen? Was ist denn so verdammt schlimm daran, daß man mich noch nicht zu Grabe getragen hat? Für wie alt halten Sie mich überhaupt?«

Endlich konnte Data eine Antwort geben, die keine mißverständlichen Interpretationen zuließ. »Sie wurden vor hundertsiebenunddreißig Jahren geboren, Admiral. So steht es im Starfleet-Bericht.«

Der Greis kniff die Augen zusammen und musterte das ruhige Gesicht Datas. »Und wieso erinnern Sie sich so genau daran?«

»Ich brauche nur die Informationen abzurufen, die in meinen Gedächtnisspeichern abgelegt sind, Sir.«

Der Admiral beugte sich noch näher heran, verzog das Gesicht und betrachtete den Kopf des Androiden. »Sie haben keine spitzen Ohren, aber Sie *klingen* wie ein Vulkanier.«

»Nein, Sir. Ich bin ein Androide.«

Der Admiral schnaufte abfällig. »Fast ebenso schlimm. Von Vulkaniern konstruiert?«

Data zwinkerte. Der alte Mann verwirrte ihn, aber er war entschlossen, respektvoll zu bleiben. »Nein, Sir.« Er zögerte kurz und fügte dann hinzu: »Ich dachte, man hielte die Vulkanier gemeinhin für eine hochentwickelte und verdienstvolle Spezies.«

Der Admiral starrte ihn einige Sekunden lang an, und Data bemerkte eine gewisse Veränderung: Der zuvor so strenge Blick des Greises wurde sanfter, und seine faltige Miene erhellte sich ein wenig. Er schien sich an irgend etwas zu erinnern, klopfte dem Androiden auf den Arm und nickte knapp. »Das stimmt auch, mein Junge.« Und dann, wieder mürrisch: »Aber manchmal gehen sie einem auch auf die Nerven.«

»Wenn Sie meinen, Sir...«

Der Admiral straffte seine Gestalt und runzelte erneut unwillig die Stirn. »Wir sollten nicht länger herumtrödeln und auf der Stelle den Shuttlehangar aufsuchen. Den verdammten Transporterraum will ich nicht einmal *sehen*, kapiert?«

»Ja, Sir. Selbstverständlich.« Data schob die Hand behutsam unter den rechten Ellenbogen des alten Mannes und führte ihn zum nächsten Terminal des Turbolifts. »Bitte hier entlang.«

Admiral Leonard McCoy, pensionierter Angehöriger des medizinischen Korps von Starfleet, verzog die Lippen und lächelte schief. Er hatte einmal mehr gewonnen. Dieser Sieg war weitaus einfacher gewesen als die Überwindung der bürokratischen Hürden, die ihn daran hindern wollten, an Bord der *Hood* nach Farpoint zu fliegen, um sich dort die neue *Enterprise* anzusehen. Als sie das Raumdock im Marsorbit verließ, befand sich McCoy im Bethesda Starfleet Hospital. Verdrossen schüttelte er den Kopf, als er sich an den dummen Unfall erinnerte, sah sich selbst, wie er über ein Spielzeug seiner Ururenkel stolperte, fiel und sich dabei sowohl das Hüftbein brach als auch einen Bänderriß im Knie zuzog. Und warum das alles? Weil er in aller Eile die Videokammer aufsuchen wollte, um sich dort eine Triholo-Dokumentation über den Bau der neuen *Enterprise* und ihre Geschichte anzusehen – eine Geschichte, in der er selbst eine nicht unerhebliche Rolle spielte. Seine Tochter Joanna meinte, der eigentliche Grund für seinen Unfall sei arrogante Selbstüberheblichkeit. Sie behauptete, er habe auf diese Weise sicherstellen wollen, daß man seinen Namen erwähnte!

McCoy hatte sich aufgeregt und gewettert, jedoch keine Möglichkeit gefunden, das Krankenhaus eher zu verlassen. Angesichts der modernen Medizin erweckten sogar einige *seiner* früheren Methoden einen primitiven Eindruck – in diesem Zusammenhang fiel ihm

Spock ein, der ihn häufig als Quacksalber bezeichnete, um ihn auf die Palme zu bringen –, doch wenn alte Knochen brachen, dauerte es noch immer mindestens zwei Tage, bis sie wieder zusammenwuchsen. Daher blieb ihm nichts anderes übrig, als auf einem normalen Sichtschirm zu beobachten, wie die *Enterprise* in Dienst gestellt wurde. Damit gab er sich nicht zufrieden. Er wollte *dabei* sein. Er hatte die anderen Raumschiffe gesehen, die diesen Namen trugen, war in drei Fällen sogar als Schiffsarzt in die Besatzung aufgenommen worden – bis ihn Starfleet zum Admiral des medizinischen Korps ernannte.

Schon seit zehn Jahren führte er das recht angenehme, aber auch langweilige Leben eines Pensionärs, auf einer kleinen Farm in einer immer noch ländlichen Region Georgias. Die Nachricht vom Bau einer weiteren *Enterprise* stellte eine willkommene Abwechslung in seinem eintönigen Leben dar, und er versuchte alles, um das neue Raumschiff zu sehen.

Um sich seinen Wunsch zu erfüllen, griff ›Pille‹ McCoy zu einem Mittel, von dem er noch nie zuvor Gebrauch gemacht hatte. Er ließ seine Verbindungen spielen. Als Admiral im Ruhestand und ehemaliger Senioroffizier der alten *Enterprise* setzte er sich mit Freunden und Bekannten in Verbindung und erinnerte sie mit freundlichem Nachdruck an alte Verpflichtungen. Auf diese Weise schaffte er es, an Bord der *Hood* zu gelangen, die nach Farpoint Station flog, um dort einige Besatzungsmitglieder zur *Enterprise* zu transferieren. Als sie Deneb IV erreichten, fiel es ihm nicht weiter schwer, eine Besichtigungstour zu arrangieren und die Genehmigung zu erhalten, sich in der medizinischen Abteilung umzusehen.

Das neue Schiff der Galaxis-Klasse gefiel McCoy. Die jüngste *Enterprise* war größer als alle anderen Einheiten der Flotte, doch es waren nicht nur ihre Ausmaße, die ihn so sehr beeindruckten. In ihren schlanken und anmutigen Konturen sah er das Erbe des ersten Raumschiffes mit diesem Namen. Ihre Aufgabe bestand darin, unbekannte Raumbereiche zu erforschen, und sie vermittelte den Eindruck leistungsfähiger Kompetenz, wirkte erhaben und majestätisch – mächtig und unbesiegbar. McCoy legte großen Wert auf Stil, und die *Enterprise* entsprach genau seinen Vorstellungen. Ihre Besatzung bestand aus den besten und fähigsten Leuten. In diesem Zusammenhang dachte er insbesondere an Jean-Luc Picard – ein völlig anderer Captain als James T. Kirk, aber zweifellos hochintelligent und tüchtig. Er hielt es für angemessen, daß man ihm das Schiff anvertraut hatte.

Nach einer Weile erreichten sie den Shuttlehangar. McCoy brummte leise und schnappte keuchend nach Luft: Die gerade erst verheilten Verletzungen belasteten ihn noch immer. Der Androide sah ihn besorgt an.

»Ist alles in Ordnung mit Ihnen, Sir?«

McCoy nickte knapp. »Ja. Darf ich Ihnen einen Rat geben?«

»Natürlich, Sir.«

»Dies ist ein neues Schiff, mein Junge, aber es trägt den richtigen Namen. Denken Sie daran.«

»Ja, Sir.«

»Behandeln Sie es wie eine Lady. Dann wird es Sie immer nach Hause zurückbringen.«

KAPITEL 6

Beverly Crusher hatte in einigen der besten Starfleet-Krankenhäuser und an Bord diverser Raumschiffe gearbeitet, doch die Technologie, die ihr in der medizinischen Abteilung der *Enterprise* zur Verfügung stand, verblüffte sie geradezu. Ismail Asenzi, der junge Arzt, der als ihr Assistent fungierte, erklärte ihr stolz die Funktionsweise der verschiedenen Instrumente und zeigte ihr die Betten im Behandlungszimmer. Er schien seinen Job zu verstehen. Andererseits aber bemerkte Beverly, daß sich Asenzi zu sehr auf die automatischen Systeme verließ. Vor allen Dingen galt sein Vertrauen der ständigen Computerüberwachung.

»Jede Liege ist mit einer autarken Konsole ausgestattet«, sagte er und deutete auf die entsprechenden Anzeigen.

Beverly nickte, streckte die Hand aus und berührte einen Sensorpunkt neben der Liege. Eine Ablage mit verschiedenen Werkzeugen schob sich aus einem verborgenen Fach, und sie betrachtete sie nachdenklich. »Ja. Vom Bordcomputer sterilisiert und kontrolliert. Prüfen Sie sie jemals selbst, Doktor?«

»Das ist nicht nötig. Der Computer gibt auf den Medschirmen sofort eine Warnmeldung aus, wenn sie Bakterienspuren oder Abnutzungserscheinungen aufweisen.«

Beverly betätigte den Kontaktschalter noch einmal, und daraufhin glitt das Tablett unters Bett zurück. Dann drehte sie sich um und musterte ihren Assistenten scharf. »Danach habe ich Sie nicht gefragt, Dr. Asenzi. Ich möchte wissen, ob Sie die Instrumente persönlich kontrollieren.«

Der junge Mann wirkte plötzlich verlegen. Er wußte, daß die Vorschriften behandelnde Ärzte und Chirurgen dazu verpflichteten, die Instrumente trotz der Computerüberwachung zu prüfen, doch seine Erfahrung besagte, daß es nie irgend etwas zu beanstanden gab. Aus diesem Grund hatte er sich daran gewöhnt, der Automatik zu vertrauen. »Nein«, gab er zerknirscht zu. »Das wurde immer vom Computer erledigt.«

»Nun, ich glaube, das steht nicht im Einklang mit den Prinzipien Ihrer Ausbildung, oder?« Etwas sanfter fügte Beverly hinzu: »Es ist die Pflicht eines jeden Arztes, sich selbst zu vergewissern, daß die Instrumente in Ordnung sind. Und in meiner Krankenstation bedeutet das: Der Doktor kümmert sich persönlich darum.«

Asenzi nickte. »Sie haben recht. Bitte entschuldigen Sie meine Nachlässigkeit.«

»Ich bin sicher, von jetzt an lassen Sie größere Sorgfalt walten.« Beverly näherte sich einer glänzenden Fläche an der nahen Wand.

»Das MEDAS ist natürlich auf dem neuesten Stand.« In dieser Hinsicht war Asenzis Stolz durchaus angebracht. Das Medizinische Datenbanksystem gehörte in seinen Aufgabenbereich, und er wußte natürlich, welche Bedeutung ihm zukam. Das Leben eines Patienten konnte von der Zuverlässigkeit der im MEDAS gespeicherten Informationen abhängen, und deshalb verwendete Asenzi einen nicht unbeträchtlichen Teil seiner Zeit darauf, die Daten zu vervollständigen. »Es ist alles in Ordnung. Wenn Sie selbst eine Kontrolle vornehmen möchten...«

»Vielen Dank.« Beverly wandte sich dem Paneel zu und sagte klar und deutlich: »Computer, zeig mir alle Resultate der letzten physischen Untersuchung Captain Picards.« Sofort erhellte sich der Bildschirm und projizierte lange Zahlen- und Buchstabenkolonnen. Bei den Angaben ging es um Stoffwechselsystem, Zahnstruktur und organische Funktionen. »Gute Arbeit, Dr. Asenzi. Es sind mehr Details angegeben, als ich erwartete. Sie werden die elektronischen Akten ständig erweitern, und wenn sich dabei irgendwelche Probleme ergeben sollten, so zögern Sie bitte nicht, sich an mich zu wenden. Computer: Darstellung löschen.« Der Schirm wurde wieder dunkel, und Beverly drehte sich zu Asenzi um. »Ich bin sehr zufrieden mit dem gegenwärtigen Zustand der medizinischen Abteilung und ihrer Ausstattung, Doktor. Sie sind tüchtig und gewissenhaft, und ich bin sicher, das wird auch so bleiben. Ich möchte so bald wie möglich eine Mitarbeiterkonferenz anberaumen.«

»Was halten Sie von heute abend? Nach dem Essen?«

»Das paßt mir gut, danke...« Dr. Crusher unterbrach sich und starrte an Asenzi vorbei, als sich die Tür der Krankenstation öffnete.

Jean-Luc Picard kam herein, blieb stehen und sah die beiden Ärzte an. Ein wenig unsicher sagte er: »Entschuldigen Sie bitte. Störe ich?«

Beverly holte tief Luft und lächelte zaghaft. »Ganz und gar nicht. Ich habe mich gerade mit der medizinischen Abteilung vertraut gemacht.«

»Nun, Doktor«, warf Asenzi ein. »Ich bereite die Zusammenkunft für Sie vor. Um 20.30 Uhr?«

»Ja. Vielen Dank.«

Asenzi nickte Beverly und Picard zu und trat dann auf den Korridor. Hinter ihm schloß sich das Schott mit einem leisen Zischen. Dr. Crusher und Picard blieben einige Meter voneinander entfernt stehen, und eine bedrückende Stille senkte sich auf sie herab.

Sie sieht prächtig aus, dachte der Captain. *Fast so, als seien für sie keine fünfzehn Jahre vergangen.* Seine Erinnerung zeigte ihm die Beverly Crusher, der er zum erstenmal begegnet war, fröhlich und sanft – und dann die andere Frau, die fast verzweifelte, als er ihr die Leiche ihres Mannes zurückbrachte. Picard verlagerte sein Gewicht vom einen Bein aufs andere und räusperte sich. »Ich hielt es für angebracht, Sie persönlich an Bord zu begrüßen, Dr. Crusher.«

»Bin ich zu spät dran, Sir? Ich wollte mich nach der Inspektion meiner Abteilung offiziell bei Ihnen melden.«

Picard zögerte einige Sekunden lang, und sein Schweigen ließ ein vages Unbehagen in Beverly entstehen. Schließlich seufzte der Captain und musterte sie offen. »Um ganz ehrlich zu sein: Ich war gegen Ihre Versetzung zur *Enterprise*, und ich möchte Ihnen auch die Gründe dafür nennen.«

»Glauben Sie, mir fehlt die notwendige Qualifikation?«

»Das wäre absurd. Ich weiß, daß Sie kompetent sind. Immerhin gelten Sie als die beste Ärztin in der ganzen Flotte, und daher gibt es keinen Anlaß für mich, Ihre beruflichen Fähigkeiten in Frage zu stellen.«

Beverly schob trotzig das Kinn vor. Sie wußte, daß irgend jemand versucht hatte, ihre Versetzung in die Krankenstation der *Enterprise* zu verhindern. Doch erst jetzt erfuhr sie, daß sie ihre Schwierigkeiten der zweifelhaften Intervention Picards zu verdanken hatte. »Dann erheben Sie also persönliche Einwände«, erwiderte sie eisig. »Mit einem solchen Motiv wird es Ihnen bestimmt nicht leichtfallen, bei Starfleet eine erneute Abkommandierung durchzusetzen.«

»Ich versuche nur, Rücksicht auf Ihre Gefühle zu nehmen«, entgegnete Picard langsam. »Es wäre bestimmt nicht einfach für Sie, den Dienst an Bord eines Raumschiffes zu verrichten, dessen Kommandant Sie immerzu an den Tod Ihres Mannes erinnert...« Er hoffte, daß sie sein Mitgefühl verstand.

Beverly konnte ihren Zorn nicht länger zurückhalten und schlug mit der Faust auf das Bett neben ihr. »Sie unterschätzen mich, Jean-Luc Picard. Wenn ich Ihre Präsenz als Belastung empfände, hätte ich wohl kaum darum gebeten, hierher versetzt zu werden.«

Picard starrte sie verblüfft an. »Sie haben darum *gebeten?*« Er hatte das Gegenteil angenommen – ohne irgendeine Faktenbasis, was nur selten geschah. Und das erwies sich nun als Fehler.

»Offensichtlich bin ich in dieser Sache von falschen Voraussetzungen ausgegangen«, sagte er.

»Das scheint tatsächlich der Fall zu sein«, schnappte Beverly.

»Ich ziehe hiermit alle Einwände gegen Ihre Anwesenheit an Bord zurück.« Picard wandte sich zur Tür um. »Wenn Sie mich jetzt entschuldigen würden...«

Er hatte das Schott fast erreicht, bevor sich Beverly von ihrer Überraschung erholte und ihm nachrief: »Captain!« Picard blieb stehen, sah zurück und fragte sich, welche Worte sie an ihn richten mochte. Als er versuchte, sich in ihre Lage zu versetzen, lag die Antwort auf der Hand. »Ich versichere Ihnen, daß meine Gefühle in bezug auf Jacks Tod nichts mit Ihnen oder meiner Stellung an Bord des Schiffes zu tun haben. Ich bin fest entschlossen, meine Arbeit als Bordärztin der *Enterprise* gewissenhaft zu erledigen.«

Picard dachte kurz nach und nickte. »Vielen Dank, Doktor.« Noch immer herrschte eine gewisse Anspannung, aber die Feindseligkeit existierte nicht mehr, hatte sich während ihres gegenseitigen Versuchs verflüchtigt, Verständnis aufzubringen.

Beverly suchte ihr Büro auf und ließ sich dort in den Sessel sinken. Sie bedauerte es jetzt, die Beherrschung verloren zu haben, aber es gab eine ganz einfache Erklärung dafür: Sie hatte nicht damit gerechnet, sich für ihre Entscheidung rechtfertigen zu müssen, die medizinische Abteilung der *Enterprise* zu leiten. Glücklicherweise war Jean-Luc Picard ebenso ruhig und mitfühlend wie vor fünfzehn Jahren. Beverlys Gedanken glitten in die Vergangenheit... Sie hatte ihn vor der zweiten Reise der *Stargazer* kennengelernt. Damals arbeitete sie bereits als Ärztin, in einer privaten Praxis, die ihr die Möglichkeit gab, acht Jahre lang unmittelbare Erfahrungen zu sammeln. Irgendwann kehrte Jack nach Hause zurück und berichtete ihr voller Stolz, man habe ihn zum neuen Ersten Offizier der *Stargazer* ernannt. Er verehrte Captain Picard aufgrund seiner Leistungen während der ersten zehnjährigen Forschungsmission. Es handelte sich nur um ein kleines Schiff, doch Jack hielt es für ein Privileg, in die Besatzung aufgenommen zu werden.

Drei Monate später erhielt Beverly die Nachricht, ihr Mann sei während eines Landeunternehmens ums Leben gekommen. Ein ganz normaler und nicht besonders riskanter Auftrag, wie es zunächst schien: Es ging darum, sich mit Ganzkörpermasken getarnt unter die Bewohner des betreffenden Planeten zu mischen und mehr über ihre Kultur in Erfahrung zu bringen. Nichts deutete auf irgendeine Gefahr hin – doch plötzlich wandten sich die Eingeborenen gegen das Erkundungsteam und griffen es an. Jack fand den Tod, weil er ausharrte, um es seinen Kameraden zu ermöglichen, sich an Bord des Schiffes zurückzubeamen. Seine Leiche blieb zurück, und seltsamerweise rührten die Fremden sie nicht an. Im Schutze der Dunkelheit begab sich Picard auf den Planeten, um die sterblichen Überreste seines Ersten Offiziers zu bergen.

Man bezeichnete Lieutenant Jack Crusher als Helden und beschloß, seinen Leichnam zur Erde zurückzubringen, um ihn dort mit einer Starfleet-Zeremonie zu ehren und zu bestatten. Beverly genügte den in sie gesetzten Erwartungen, nahm an dem feierlichen Ritual teil und verhielt sich wie die Witwe eines Helden. In aller Deutlichkeit erinnerte sie sich an den kühlen Novembertag, an einen strahlendblauen Himmel, den hellen Sonnenschein, der die Kälte nicht vertreiben konnte und in völligem Gegensatz zu ihren düsteren und schwermütigen Gefühlen stand. Starfleet stellte sowohl eine Ehrenwache als auch das Flottenorchester zur Verfügung, und mehrmals überflog eine Shuttlestaffel den Friedhof. Beverly entsann sich auch an die steinerne Miene Picards, der in ihrer Nähe stand, sah ihn als zutiefst erschütterten Mann. Die Subraum-Mitteilungen Jacks deuteten darauf hin, daß Picard und er innerhalb kurzer Zeit gute Freunde geworden waren und sich gegenseitig ergänzten.

Die Zeremonie erschien ihr viel zu lang. Beverly hatte bereits alle Tränen vergossen, nachdem ihr ein Starfleet-Kaplan die Nachricht vom Tod ihres Mannes brachte. Während der offiziellen Trauerfeier blieben ihre Wangen trocken: Sie fühlte sich leer und ausgehöhlt, und der Kummer lastete wie ein immaterielles Gewicht auf ihr. Nur Wesley war ihr geblieben. Sie beobachtete, wie die Ehrenwache die Flagge vom Sarg zog und sorgfältig zum traditionellen Dreieck zusammenfaltete. Sie entsann sich an den jungen Lieutenant, der ihr die Fahne respektvoll überreichte. *Die Witwe des Helden.* Voller Bitterkeit dachte sie daran, daß sie viel lieber eine normale Ärztin und Frau eines Starfleet-Offiziers gewesen wäre.

Am nächsten Tag bewarb sie sich beim Medizinischen Korps der Flotte. Jack Crusher konnte nicht mehr zu den Sternen fliegen, aber Beverly und ihrem gemeinsamen Sohn stand der Kosmos nach wie vor offen.

Wesley Crusher schob seine Koffer in die geräumige Unterkunft, die man ihm und seiner Mutter zugewiesen hatte, und anschließend machte er sich sofort auf die Suche nach Altersgenossen. Er brauchte sich nicht anhand der Bordkarte zu orientieren, um das Freizeitdeck zu finden. Wes besaß ein eidetisches Gedächtnis, und mit Hilfe des Informationspakets, das seine Mutter vor dem Transfer erhalten hatte, war es ihm möglich gewesen, sich die interne Struktur der *Enterprise* fest einzuprägen. Er nahm an, daß um diese Zeit kein Unterricht mehr stattfand. Vermutlich hielten sich die meisten anderen Teenager entweder im Freizeitbereich oder in den Holokammern auf.

Er begegnete den beiden Harris-Zwillingen – Adam und Craig – vor dem Zugang zum Holodeck 4. Wie sich herausstellte, waren sie in seinem Alter, und vielleicht teilte man sie der gleichen Klasse zu. Adam, Craig und ihre Eltern befanden sich an Bord, seit die *Enterprise* in Dienst gestellt worden war, und Wesley beneidete sie um ihre größere Erfahrung. Dennoch verhielten sich die beiden Zwillinge keineswegs herablassend. Holodeck 4 konnte programmiert werden, und Wesley entschied sich für einen heißen Regenwald, über dem sich ein purpurner Himmel wölbte. Schon in jungen Jahren hatte er Bücher geradezu verschlungen, und Abenteuergeschichten gefielen ihm besonders gut. Er liebte die Romane Edgar Rice Burroughs und träumte davon, mit Tarzan John Carter vom Mars auf Entdeckungsreise zu gehen.

Kurze Zeit später schwangen sich die drei Jungen an Lianen durch einen tropischen Dschungel und stießen dabei weithin hallende Schreie aus. Wesleys feuchte Hände verloren den Halt an einem dünneren Strang, und daraufhin fiel er zu Boden. Er landete mit dem Hinterteil im Schlamm und lachte glücklich. Die beiden Zwillinge kamen heran, und Wes ließ ihren gutmütigen Spott mit einem Lächeln über sich ergehen.

»Einfach großartig«, sagte er, stemmte sich wieder in die Höhe und versuchte vergeblich, seine nassen Sachen zu säubern. »Ich habe noch nie ein so großes Holodeck gesehen.«

»Möchtest du die Umgebung verändern?« fragte Adam. »Es dauert nur eine Minute, um ein neues Programm einzugeben.«

»Gestern haben wir uns den Mount Everest angesehen«, warf Craig ein. »Die Kontrollautomatik wollte keine Lawine zulassen, aber sie projizierte einen echt tollen Yeti, den wir verfolgten.«

»Ja, und der Zufallsgenerator sorgt dafür, daß man ihn manchmal sogar erwischen kann.«

Wesley spürte ein flaues Gefühl in der Magengrube und sah auf sein Chronometer. »Jetzt nicht. Ich muß gleich zurück. Wie wär's nach dem Abendessen?«

»Einverstanden«, sagte Adam. »Wir können dir auch das Ökodeck zeigen. Niemand hat etwas dagegen, wenn wir uns dort die Vögel und andere Tiere ansehen.«

Ökodecks waren zwar interessant, aber Wesley kannte sie bereits. Manchmal erlaubten es die Techniker den Kindern, ihnen bei der Fütterung zahmer Tiere zu helfen. Doch Wesleys Interesse galt etwas ganz anderem: Sein größter Wunsch bestand darin, die Kommandozentrale zu besuchen. »Ich würde gern die Brükke sehen.«

Craig schüttelte den Kopf. »Unmöglich, Wes. Das ist völlig ausgeschlossen.«

»Gibt es hier keine Besichtigungstouren oder etwas in der Art?«

»Nicht an Bord eines Raumschiffes, das von Captain Picard befehligt wird«, antwortete Adam. »Unser Vater meinte, die meisten Besatzungsmitglieder kämen nie auf die Brücke. Sie haben dort einfach nichts zu suchen.«

»Hm«, machte Wesley nachdenklich. »Nun, wir sehen uns später. Um 20.15 Uhr, auf dem Ökodeck. In Ordnung?«

Craig und Adam nickten, und Wesley stapfte durch den Regen in Richtung Ausgang. Er berührte die Kontrollfläche neben der Tür, und das große Schott glitt beiseite. Als der Junge durch den Korridor lief, ließ er eine nicht zu übersehende Spur aus Wasser und Schlamm zurück.

Ein Besatzungsmitglied, das kurz darauf durch den Gang schritt, starrte mißmutig auf den nassen und verschmutzten Boden, blieb dann neben dem Zugang zum Holodeck stehen und schüttelte den Kopf. »Schon wieder Regenzeit«, seufzte der Mann.

Riker stand vor dem großen Wandschirm und beobachtete, wie die *Hood* langsam Fahrt aufnahm und den Orbit verließ. Er wußte, daß die anderen Brückenoffiziere hinter ihm die Anzeigen ihrer Konsolen im Auge behielten und kaum auf die Darstellung des Projektionsfeldes achteten, während er sich stumm von dem Raumschiff verabschiedete, in dem er drei Jahre lang seinen Dienst verrichtet hatte. Die *Hood* galt als eins der besten Schiffe in der Flotte, und Riker war Captain DeSoto für die Möglichkeit dankbar, daß er dort als Erster Offizier Erfahrungen hatte sammeln können. Er würde ihn vermissen. Als er hörte, wie sich die Tür des Turbolifts öffnete, drehte er sich um und sah Picard.

»Bekommen Sie allmählich ein Gefühl für die *Enterprise,* Commander Riker?«

Picard nahm im Kommandosessel Platz, und Riker trat auf ihn zu. »Ich würde sie gern aus der Umlaufbahn steuern und auf Warp fünf beschleunigen, um festzustellen, wie sie bei Überlichtgeschwindigkeit reagiert.« Er deutete auf den Wandschirm. »Wir könnten der *Hood* einige Parsec in Richtung Erde folgen.« Er lächelte verschmitzt. »Wenn Sie nichts dagegen haben...«

»Ich fürchte, unter den gegebenen Umständen bleibt uns dafür keine Zeit«, erwiderte Picard trocken. »Obwohl ich Sie sehr gut verstehe. Haben Sie der *Hood* meine Nachricht übermittelt?«

»Ja, Sir. Der genaue Wortlaut. *Bon voyage, mon ami.*«

Ein dünnes Lächeln umspielte die Lippen Picards. »Captain DeSoto ist ein alter Freund von mir.« Er stand auf, näherte sich dem Projektionsfeld und fragte: »Wie lautete die Antwort, Computer?«

Das Bild auf dem großen Schirm flackerte, und plötzlich flutete grelles Licht in die Kommandozentrale der *Enterprise*. Als es verblaßte, zeigte der Wandschirm das Abbild *Q's*. Der Fremde war noch immer wie ein Richter gekleidet, und seine Stimme dröhnte: »Sie vergeuden

Zeit! Oder dachten Sie etwa, ich könnte Sie hier nicht erreichen?«

Picard und Riker zuckten zusammen, doch der Captain erholte sich sofort von seiner Überraschung. Der am Navigationspult sitzende Worf reagierte aus einem Reflex heraus: Er sprang jäh auf und riß den Phaser aus dem Halfter. Mit zwei raschen Schritten trat er zwischen Picard und das Projektionsfeld, richtete die Waffe auf die Darstellung *Q's*.

»Wollen Sie ein Loch in den Bildschirm schießen, Lieutenant?« fragte Picard ruhig.

Worf starrte erst auf die große Sichtfläche, blickte dann den Captain an und senkte verlegen den Kopf. Er steckte den Phaser wieder ein und kehrte an seinen Platz zurück.

Picard richtete seinen Blick wieder auf das Abbild des Fremden. »Euer Ehren«, sagte er gelassen, »bei dem Test geht es darum festzustellen, ob die Menschen aus den Fehlern der Vergangenheit gelernt und sich weiterentwickelt haben. Um das zu beweisen, müssen wir auf unsere eigene Art und Weise vorgehen.«

»Sie wollen mich nur hinhalten!« donnerte *Q*. »Ich gebe Ihnen vierundzwanzig Stunden Zeit! Wenn es zu weiteren Verzögerungen kommt, riskieren Sie ein Schnellverfahren, Captain.« Das strahlende Licht verblaßte, und einige Sekunden später zeigte der Wandschirm wieder den Planeten Farpoint.

Riker sah Picard an und schüttelte den Kopf. »Schnellverfahren?«

»Offenbar liebt *Q* dramatische Auftritte. Und da wir gerade dabei sind… Mister Worf.«

»Tut mir leid, Sir.«

»Sie haben schnell reagiert, Lieutenant«, sagte Riker anerkennend. Er machte dem Klingonen keine Vorwürfe: Worf hatte nur gehandelt, um den Captain zu schützen, und das entsprach seinen eigenen Grundsätzen.

»Aber auf die falsche Weise«, sagte Picard knapp.

»Ein solcher Fehler wird mir nicht noch einmal unterlaufen, Sir.«

»Nun, Sie haben viel Zeit, um zu lernen. Schließlich steht uns eine lange Mission bevor.« Picard nickte Worf zu und nahm seinen Worten durch ein angedeutetes Lächeln die Schärfe. Der Klingone wandte sich wieder seiner Konsole zu.

Riker deutete kurz auf den Wandschirm und erinnerte damit an *Q*. »Was unternehmen wir jetzt, Sir? Wenn der Fremde uns ständig überwacht und alles verstehen kann, was wir sagen...«

»Wir verhalten uns so, als existiere *Q* überhaupt nicht«, unterbrach ihn der Captain. »Wenn wir schon verurteilt werden sollen, dann für das, was wir wirklich sind.«

Aufgrund der verspäteten Ankunft sowohl des Rumpfsegments als auch der Diskussektion fand Picard erst am nächsten Tag Zeit, einen Termin mit *Groppler* Zorn zu vereinbaren. Riker berichtete von den sonderbaren Vorkommnissen, die er in Farpoint Station beobachtet hatte, und Picard beorderte ihn auf die Brücke zurück. Der Commander saß im Sessel des Captains, als der seltsam aussehende Offizier, der ihm bereits aufgefallen war, den Kontrollraum betrat.

»Lieutenant Commander Data meldet sich zum Dienst, Sir.«

Riker musterte ihn eingehend: ein mittelgroßer und schlanker Mann, das dunkle Haar zurückgekämmt, die Augen gelb, die Haut gelbbraun. »Wie ich hörte, haben Sie Admiral McCoy zur *Hood* zurückgebracht, Mister Data. Es ist schon eine ganze Weile her, seit sie den Rückflug zur Erde begonnen hat.«

»Bitte entschuldigen Sie, Sir. Der Admiral behielt mich so lange an Bord, bis die *Hood* fast außer Shuttlereichweite war. Er bestand darauf, mir einen sogenannten ›Julep‹ anzubieten, aber er konnte keine Pfefferminze finden.« Er runzelte verwirrt die Stirn. »Anfrage: Was ist ein Julep?«

»Ein alkoholisches Eisgetränk, Lieutenant«, antwortete Riker. »Von der Erde. Im Süden der Vereinigten Staaten erfreut es sich besonderer Beliebtheit – und der Admiral stammt aus jener Region.«

»Oh.« Data speicherte die Information automatisch ab. »Aber ich trinke natürlich nicht.«

Riker zögerte und spürte, wie eine gewisse Anspannung in ihm entstand. Nach einer Weile sagte er: »Ihre Personalakte steht nur dem Captain zur Verfügung, Mister Data, aber... Nun, ich habe den Eindruck, Sie sind kein Mensch.«

»Und in gewisser Weise haben Sie damit vollkommen recht. Ich bin ein Androide, von einer Ihnen fremden Spezies konzipiert und konstruiert. Es kommt ganz auf die Perspektive an, nicht wahr, Sir?«

»Mister Data...«, begann Riker.

»Nennen Sie mich einfach nur Data, Sir«, unterbrach ihn der Androide. »Wie auch alle anderen. Soll ich eine Kontrolle der Bordsysteme vornehmen, Sir? Der Captain legt Wert darauf, daß eine solche Überprüfung alle zwölf Stunden stattfindet.«

»Wie Sie meinen, Mister...«

»Data.«

»In Ordnung«, brummte Riker. Ein Computer als Zweiter Offizier der *Enterprise* – diese Vorstellung gefiel ihm nicht sonderlich. An Logikcomputern gab es soweit nichts auszusetzen – aber sie trafen ihre Entscheidungen nach festgelegten Programmen. Sie waren nicht in der Lage, spontan auf neue Situationen zu reagieren. Er beobachtete den geraden Rücken des Androiden, als Data den Platz des Operators einnahm und einen Systemcheck einleitete. Was mochte Picard von ihm halten?

Als der Computer am nächsten Morgen zur gewünschten Zeit den Wecker summen ließ, rollte sich Riker in seinem Bett auf die andere Seite. Er gähnte, streckte seinen hageren Leib und setzte sich auf. Er hatte wieder von ihr geträumt, und oft wachte er auf, weil er wußte, daß es sich nur um einen Traum handelte – und weil er sich davon befreien wollte. Doch wenn er in die wohlige Dunkelheit des Schlafs zurücksank, schob sich *ihr* hübsches Gesicht in seinen geistigen Fokus und schenkte ihm ein zärtliches Lächeln. Er hatte sich nicht einmal von ihr verabschiedet, bevor er die *Yorktown* verließ – eine Flucht, wie er sich eingestehen mußte. Um ihrer Schönheit und seinen Gefühlen für sie zu entrinnen. Er war ehrgeizig und wollte Karriere machen. Und die Logik sagte ihm, daß sich eine feste Beziehung bei diesen Plänen nur als Behinderung herausgestellt hätte. Als sie ihn *Imzadi* nannte, begriff er von einem Augenblick zum anderen, daß er fort mußte – und zwar unverzüglich. Er wußte nicht genau, was jener Begriff zum Ausdruck brachte, doch die allgemeine Bedeutung war die einer permanenten Bindung. Riker stöhnte leise, als er sich an all diese Dinge erinnerte, daran, wie mies er sich gefühlt hatte. Zunächst kam er sich wie ein Mistkerl vor, aber im Laufe der Zeit überzeugte er sich davon, richtig gehandelt zu haben. Doch manchmal regte sich noch immer das alte Schuldbewußtsein in ihm und störte seinen Schlaf, konfrontierte ihn erneut mit ihrem zauberhaften Lächeln.

Das Nahrungsmittelterminal bot ihm ein Frühstück an, das aus Schinken, Eiern, Butter, Toast und einer Tasse mit dampfendem Kaffee bestand. Er machte sich gerade darüber her, als sich das Computerfeld an der Wand erhellte. Eine melodische Sprachprozessorenstimme verkündete: »Commander Riker, bitte melden Sie sich bei Captain Picard im Bereitschaftsraum. Bestätigung.«

Riker warf einen betroffenen Blick auf das Frühstückstablett. »Bestätigung erfolgt hiermit«, antwortete er. »Hat es der Captain sehr eilig, oder darf ich mir zehn Minuten Zeit lassen?«

Er trank noch einen Schluck Kaffee und trat unter die Dusche, bevor das Kontrollfeld noch einmal aufglühte und die Computerstimme verkündete: »Zehn Minuten sind akzeptabel, Commander.« Rikers »Danke« wurde vom Rauschen des Wassers übertönt.

Als er wenig später das Bereitschaftszimmer betrat, bot ihm Picard eine zweite Tasse Kaffee an. Riker lehnte höflich ab und nahm im Sessel auf der anderen Seite des Tisches Platz. »Inzwischen sind elf Stunden vergangen, seit *Q*...«

»Das ist mir durchaus klar, Commander. Bisher ist nichts Außergewöhnliches geschehen. Und doch deuteten die Worte des Fremden darauf hin, daß uns hier ein schwieriger Test erwartet.«

»Auf Farpoint.«

»*Q* wies ausdrücklich auf diesen Planeten hin.« Picard beugte sich vor und schaltete den Monitor ein. »Ich habe mich noch einmal mit all dem befaßt, was wir über die Bandi, ihre Welt und die Starbase wissen. Dabei bin ich auf einige interessante Punkte gestoßen. Nehmen wir nur die Energiequelle der Bandi...«

»Ja, Sir. Die hohen Temperaturen im Innern des Planeten stellen den Bewohnern von Deneb IV große Ressourcen an geothermischer Energie zur Verfügung. Aber das wär's auch schon. Viel mehr hat Farpoint nicht anzubieten.«

»Glauben Sie, das ist der Grund, warum die Bandi in der Lage waren, innerhalb erstaunlich kurzer Zeit einen großen Raumhafenkomplex nach den Starfleet-Standards zu bauen?«

Riker nickte und holte seine eigenen Unterlagen hervor. »Vielleicht tauschten sie überschüssige Energie gegen die Konstruktionsmaterialien ein, die beim Bau verwendet wurden. Bevor Sie eintrafen, führte das wissenschaftliche Personal der *Hood* mehrere Sondierungen durch, und die Resultate wurden uns anschließend übermittelt. Die Sensoren der *Enterprise* bestätigen, daß die Starbase zu einem großen Teil aus Substanzen besteht, die auf Farpoint nicht vorkommen.« Er sah zu Picard auf und stellte fest, daß ihm der Captain aufmerksam zuhörte. Er war immer konzentriert, ließ sich nie ablenken. »Daraus ergibt sich folgende Frage: Wer sind die Handelspartner der Bandi? Das erste Erkundungsteam berichtete, die Bewohner des Planeten hätten keine eigene Raumfahrt entwickelt...«

»Es handelt sich um eine rein planetare Kultur.«

»Ja, Sir. Aber bestimmt wissen Sie auch, daß die Bandi den Mitgliedern der Landegruppe mitteilten, *sie* seien die ersten interstellaren Reisenden, die Kontakt zu ihnen aufnähmen. Wenn das stimmt, gab es zumindest bis zu jenem Zeitpunkt keinen Handel mit anderen Spezies. Hat sich das inzwischen geändert? Und wenn: Mit *wem* schließen die Bandi ihre Geschäfte ab?«

»Dabei fallen einem natürlich sofort die Ferengi ein.«

»Deneb IV liegt ein ganzes Stück abseits ihres kosmischen Territoriums«, sagte Riker skeptisch.

Picard lächelte dünn und schüttelte den Kopf. »Commander, ich kenne die Aktivitäten der Ferengi nun schon seit mehr als fünfundzwanzig Jahren, und ich kann Ihnen versichern: Wenn ein verlockender Profit in Aussicht steht, würden sie *Hunderttausende* von Lichtjahren zurücklegen, um die gute Gelegenheit zu nutzen.«

In diesem Punkt mußte Riker dem Captain recht geben. Die Ferengi stellten ein immer noch recht geheimnisvolles Volk dar, und bisher war es noch zu keinen direkten Begegnungen zwischen ihnen und Menschen gekommen. Aber auf vielen Planeten, die von Forschungsschiffen Starfleets angesteuert wurden, ließen sie ihre Verträge als Visitenkarten zurück. Die ersten Hinweise auf jene Spezies fand die Föderation vor rund fünfzig Jahren in einem bis dahin unbekannten Quadranten. Seitdem gab es deutliche Anzeichen für eine beständige Expansion der Ferengi-Allianz, und da sich die Föderation ebenfalls ausdehnte, waren Konflikte unvermeidlich.

Soweit man wußte, bestand die Ferengi-Allianz aus einer Planetenunion, in der den Ferengi eine hegemoniale Rolle zukam. Einige Informationen von Prospektoren und freien Händlern, die sich ohne Starfleet-Eskorte in unerforschte Raumbereiche vorwagten, gaben Anlaß zu der Vermutung, daß nicht alle Völker die Vorherrschaft der Ferengi begrüßten. Einige Welten waren ihrem Heimatplaneten so nahe, daß sie sich ihrem Einfluß nicht entziehen konnten. Andere hatte man mit militärischen Unternehmungen zur Räson gebracht, und Unabhängigkeitsbestrebungen wurden im Keim erstickt. Hinzu kam der politische und wirtschaftliche Druck. Offenbar dachten die Ferengi vor allen Dingen in Begriffen interstellarer Ökonomie.

In gewisser Weise ähnelten die Ferengi den irdischen Kapitalisten des neunzehnten Jahrhunderts. Vermutlich fühlten sie sich geschmeichelt, wenn man ihnen Habgier vorwarf. Es kam ihnen nur darauf an, *Profit* zu machen. Wenn sie eine neue Spezies entdeckten, schlossen sie Verträge – natürlich mit dem Ziel, einen ordentlichen Gewinn zu erzielen. Sie standen in dem Ruf, harte und gefährliche Verhandlungspartner zu sein, aber man sagte ihnen auch nach, daß sie sich bis ins kleinste Detail an vereinbarte Kontrakte hielten. Natürlich erwarteten sie deshalb, daß auch die andere Seite alle Vertragsbestimmungen respektierte. Es kursierten einige ziemlich erschütternde Geschichten über das Schicksal derjenigen, die versuchten, Ferengi übers Ohr zu hauen.

Die Ferengi-Männer beschrieb man als kleine, dünne und braunhäutige Humanoiden, die sich trotz ihrer fragil anmutenden Statur durch eine erstaunliche Körperkraft auszeichneten. Sie waren kahlköpfig, und die trichterförmigen Ohren lagen nicht am Kopf an, sondern ragten nach vorn. Bisher hatte niemand eine Ferengi-Frau zu Gesicht bekommen, vielleicht ein Zeichen der hohen – oder niedrigen – Wertschätzung, die man ihnen entgegenbrachte.

»Nun, es wäre *denkbar*, daß sich die Ferengi ohne das Wissen Starfleets mit den Bandi in Verbindung gesetzt und einen Vertrag abgeschlossen haben«, sagte Riker nachdenklich. »Mit der Klausel, den Kontakt geheimzuhalten.«

Picard lächelte. »Vielleicht läßt sich diese Sache auch mit den Zwischenfällen vergleichen, die Sie in Ihrem Bericht als ›fast magische‹ Versuche beschrieben, uns zufriedenzustellen.«

»Jene Dinge haben sich tatsächlich zugetragen, Sir. Nicht nur ich wurde Zeuge solcher Vorkommnisse, sondern auch andere Personen. Ich behaupte nicht, die Bandi seien dazu in der Lage, magische Kräfte zu entfalten. Aber sie erwecken zumindest den *Anschein*.«

Picard stand abrupt auf. »Nun, mit der Zeit finden wir bestimmt eine Erklärung dafür. Bisher deutet nichts auf eine Bedrohung hin. Ich wünschte, *jede* Lebensform wäre so versessen darauf, fremden Besuchern zu gefallen. Begleiten Sie mich nach unten? Ich bin gespannt auf die Begegnung mit *Groppler* Zorn.« Der Captain öffnete die Tür und wartete auf Riker.

»Ich glaube nach wie vor, daß mehr dahintersteckt als nur der Wunsch, uns zu gefallen.« Der Erste Offizier stand auf und ließ Picard den Vortritt, als sie auf die Brücke zurückkehrten.

»Vermuten Sie irgendeinen Trick *Q's*?«

Riker war so sehr auf den Captain konzentriert, daß er das leise Zischen überhörte, mit dem sich der Zugang des Turbolifts öffnete. »Sie sind *Q* von Angesicht zu Angesicht gegenübergetreten, Sir. Wäre er imstande, ein derartiges Szenarium zu schaffen, um uns hinters Licht zu führen?«

»Farpoint Station besteht aus festem Material, Riker. Und das Erlebnis, mit dem uns *Q* konfrontierte, halte ich inzwischen für eine überaus geschickt gestaltete Illusion.« Picard blieb stehen und winkte jemandem zu. »Ich habe unseren Bordcounsellor gebeten, uns zum Administrator zu begleiten.«

Der Captain trat beiseite – und Riker hatte das Gefühl, als setze sein Herzschlag für einige Sekunden aus.

Die Frau war ebenso schön wie in seinen Träumen: langes, dunkles Haar, das wie ein seidener Schleier zu den Schultern herabreichte, große, braunschwarze Augen, ein sanftes Lächeln. Als er ihre atemberaubende Figur sah, spürte er, wie unsichere Verlegenheit in ihm entstand.

»Wenn ich Sie vorstellen darf… Unser neuer Erster Offizier, Commander William Riker. Commander Riker, das ist Bordcounsellor Deanna Troi.«

Sie reichte ihm förmlich die Hand, schien überhaupt nicht überrascht zu sein, ihn wiederzusehen. *Natürlich nicht,* fuhr es Riker durch den Sinn. Zu den Pflichten des Counsellors gehörte die Durchsicht der Akten neuer Besatzungsmitglieder. Bestimmt hatte sie auf diese Weise von seiner Versetzung erfahren. War das der Grund für den besonders intensiven Traum während der vergangenen Nacht? Vielleicht hatte Deannas Nähe seine unterbewußten Reaktionen auf sie stimuliert.

Betazoiden besaßen starke telepathische Fähigkeiten, doch bei Deanna wurden sie von menschlichen Genen abgeschwächt. Oftmals konnte sie Gefühle und Stimmungen anderer Personen wahrnehmen, sogar die von völlig fremdartigen Wesen. Und jemand, zu dem sie eine besondere emotionale Beziehung geknüpft hatte, war imstande, ihre projizierten Gedanken klar zu empfangen.

Sie begrüßten sich, und Deannas Stimme flüsterte in

Rikers Bewußtsein: »Erinnerst du dich an das, was ich dich lehrte, *Imzadi?* Kannst du noch immer meine Gedanken verstehen?« Laut sagte sie: »Angenehm, Commander.«

»Äh...« Riker schluckte. »Sehr... erfreut, Counsellor«, stotterte er.

Picard musterte sie und spürte instinktiv, daß zwischen ihnen eine seltsame Verbindung bestand. »Kennen Sie sich?«

»Ja... ja, Sir«, brachte Riker nervös hervor.

Interessant, dachte der Captain. Er glaubte zu verstehen, was die Antwort seines Ersten bedeutete. Raumschiffkommandanten erhoben keine Einwände gegen Affären zwischen männlichen und weiblichen Offizieren, also mußte es einen anderen Grund für das offensichtliche Unbehagen Rikers geben. Um ihn zu beruhigen, sagte Picard: »Ausgezeichnet. Ich halte es für angebracht, daß meine wichtigsten Offiziere über ihre Fähigkeiten Bescheid wissen.«

»Das ist bei uns der Fall, Sir«, erwiderte Troi leise. Riker scharrte mit den Füßen.

»Können wir jetzt?« Picard deutete auf den Turbolift und setzte sich in Bewegung.

Troi bedachte Riker mit einem freundlichen Lächeln, und erneut vernahm er ihre mentale Stimme: »Ich bin froh, daß wir uns wieder begegnet sind, *Imzadi*.«

KAPITEL 7

Wind wehte Staub über die freien Plätze in der alten Stadt, als Zorns Assistent Picard, Riker und Troi ins Büro des Administrators führte. Die Böen fauchten und zischten an den Fensterläden vorbei, und gelbbrauner Sand schmirgelte über steinerne Mauern.

Zwar war der *Groppler* an ein solches Wetter gewöhnt, aber es stimmte ihn trotzdem mürrisch. Die aufgewirbelten Staubmassen trübten das Licht der Sonne, und das schwefelgelbe Glühen über der Stadt deprimierte ihn. Dennoch nahm er sich vor, die Besucher betont freundlich zu empfangen und nicht aus der Rolle zu fallen – bis er sah, daß der Captain von seinem Ersten Offizier Riker und einer Betazoidin begleitet wurde. Zu den Informationen, die Zorn von Starfleet erhalten hatte und die über die vielen Völker und Planeten der Föderation berichteten, gehörte auch eine ausführliche Beschreibung der telepathischen Fähigkeiten von Betazoiden. Wollte ihm Picard eine Falle stellen?

Er begrüßte sie förmlich, wenn auch ein wenig knapp. Riker spürte die Reserviertheit des *Gropplers* und bemerkte, daß er keine Anstalten machte, den Besuchern die Hände zu schütteln. Er warf Picard einen kurzen Blick zu. Der Captain sah den Administrator nun zum erstenmal und konnte daher nicht wissen, daß er ein ungewöhnliches Gebaren offenbarte. Um über seine Unsicherheit hinwegzutäuschen, bot Zorn seinen Gästen Kaffee, Fruchtsaft, Kuchen und andere Dinge an, doch Picard und seine Begleiter lehnten höflich ab.

Daraufhin setzte sich Zorn und beobachtete die Gruppe, die auf der anderen Seite seines Schreibtischs Platz nahm. Nervös faltete er die grauen Hände, und sein Blick richtete sich immer wieder auf Troi. »Nun, was kann ich für Sie tun, Captain?«

»Sie haben den Raumhafenkomplex inzwischen fertiggestellt und Starfleet offiziell zur Nutzung angeboten. Ich bin beauftragt, die Starbase zu inspizieren, bevor ich eine Empfehlung ausspreche.«

»Dagegen habe ich natürlich nichts einzuwenden«, sagte Zorn mit einem neuerlichen Blick auf Troi. »Allerdings frage ich mich, warum Sie eine Betazoidin zu dieser Besprechung mitgebracht haben. Wenn sie meine Gedanken lesen soll...«

Troi beugte sich vor und lächelte beruhigend. »Meine Fähigkeiten beschränken sich darauf, starke Gefühle wahrzunehmen, *Groppler,* denn ich bin nur zur einen Hälfte Betazoidin. Mein Vater war Starfleet-Offizier.«

»Selbstverständlich habe ich nichts zu verbergen. Sehen Sie sich ganz nach Belieben in der Starbase um, Captain.«

»Ich beziehe diese Einladung nicht nur auf mich, sondern auch auf meine Offiziere«, sagte Picard scharf. Zorn nickte und lächelte unsicher.

»Ja. Wie Sie wollen.«

»Gut.« Picard nickte. »Das, was wir bisher von Ihrer Konstruktionstechnik gesehen haben, beeindruckt uns sehr. Es müssen überaus fähige Ingenieure gewesen sein, die es fertigbrachten, einen hochmodernen Raumhafen in so kurzer Zeit zu bauen. Vielleicht bittet Sie Starfleet darum, auch woanders solche Stationen zu errichten.«

»Captain, wir sind nicht am Bau weiterer Basen interessiert, erst recht nicht auf anderen Planeten.«

Troi hörte dem Wortwechsel aufmerksam zu und suchte im Mienenspiel und der Körpersprache des Administrators nach Hinweisen, die sie als ausgebildete Counsellor zu interpretieren vermochte. Als sie ihre Sinne erweiterte, spürte sie die Nervosität des *Grepplers.* Dann plötzlich fühlte sie noch etwas anderes, an der Peripherie ihrer Wahrnehmung... Kummer und Schmerz.

»Möglicherweise ließe sich ein Handelsabkommen in

bezug auf die von Ihnen verwendeten Baumaterialien treffen«, schlug Picard vor.

»Aber sie sind ganz gewöhnlich und stehen Ihnen sicher auf vielen Planeten zur Verfügung, Captain.«

Das fremde Empfinden bohrte sich tiefer in Trois Bewußtsein. Dumpfe, endlose Pein. Einsamkeit. Heimweh. Wie aus weiter Ferne hörte Deanna die Stimme Rikers, und sie versuchte, sich wieder auf das Gespräch zu konzentrieren.

»Wenn Sie erlauben, Captain...?« Als Picard nickte, wandte sich Riker an Zorn. »Vielleicht könnten wir ins Geschäft kommen, *Groppler*. Sie schicken uns Architekten und Ingenieure, um Ihre Konstruktionstechnik zu demonstrieren, und dafür liefern wir Ihnen Dinge, die Sie brauchen. Starfleet würde Ihren Leuten angemessene Unterkünfte zur Verfügung stellen und sie bezahlen...«

»Es geht uns nicht ums Geld, Commander. Bandi verspüren nicht den Wunsch, ihre Heimatwelt zu verlassen. Wenn Starfleet diese kleine Schwäche nicht akzeptieren kann, sind wir leider gezwungen, mit einem anderen Volk eine Allianz einzugehen, zum Beispiel mit den Ferengi...«

Troi stöhnte leise und war nicht imstande, sich vor den Emanationen kummervollen Schmerzes abzuschirmen. Picard drehte den Kopf und sah sie an. »Was ist mit Ihnen, Counselor?«

Troi atmete tief durch und bemühte sich, nicht die Kontrolle zu verlieren. Trotzdem vibrierte ihre Stimme ein wenig, als sie erwiderte: »Kann ich ganz offen sprechen?«

»Ja!« sagte Picard sofort und warf Zorn einen kurzen Blick zu. »Wir haben keine Geheimnisse vor dem Administrator. Schließlich sind wir *Freunde*, nicht wahr, *Groppler?«*

Zorns Anspannung wuchs, und die Finger seiner zusammengefalteten Hände wirkten fast weiß. »Wir Bandi haben nichts zu verbergen.«

Troi stöhnte erneut, als sich die fremde Gefühlsflut weiter verstärkte. »*Schmerz*... Pein, Einsamkeit... schreckliche Einsamkeit... Verzweiflung...« Deanna schüttelte den Kopf. »Die Emoticnen stammen nicht etwa vom *Groppler*, Sir. Auch nicht von einem anderen Bandi. In diesem Punkt bin ich völlig sicher... Aber sie haben ihren Ursprung ganz in der Nähe.«

»Was hat es damit auf sich, Zorn?« fragte Picard scharf. »Können Sie uns irgendeine Erklärung anbieten?«

Der Administrator erhob sich ruckartig. »Nein! Absolut nicht. Und außerdem finde ich Ihr Verhalten weder hilfreich noch in irgendeiner Art und Weise konstruktiv!«

Picard stand ebenfalls auf. »Das ist alles? Mehr haben Sie uns nicht zu sagen?«

»Was erwarten Sie von mir? Die Starbase Farpoint Station wurde von uns so errichtet, daß sie genau den Anforderungen Starfleets entspricht. Es handelt sich um eine Basis, die Ihren Bedürfnissen gerecht wird und selbst nach menschlichen Maßstäben luxuriös ist. Wir haben sie mit allen Dingen ausgestattet, die Sie sich nur erträumen können – um Sie zufriedenzustellen. Was verlangen Sie sonst noch?«

»Antworten«, entgegnete Picard kühl. »Bisher sind Sie selbst den einfachsten Fragen ausgewichen. Ich glaube, wir sollten die Besprechung vertagen und noch einmal unseren Standpunkt prüfen.« Er winkte den beiden Offizieren zu, und Troi und Riker folgten ihm zur Tür.

»Captain, die Ferengi wären sicher *sehr* an einem solchen Raumhafenkomplex interessiert.«

Picard sah sich noch einmal um und musterte den Administrator mit einem durchdringenden Blick. »Wie Sie meinen. Ich hoffe, Sie sammeln mit ihnen ebenso angenehme Erfahrungen wie die anderen Völker vor Ihnen.«

Picard knallte die Tür nicht hinter sich zu, aber das war auch gar nicht nötig. Er hatte seine Meinung in aller Klarheit zum Ausdruck gebracht. Die Ferengi verdienten kein Vertrauen – obwohl man ihnen nachsagte, sich strikt an abgeschlossene Verträge zu halten. Die Informationsmodule der Föderation enthielten auch Angaben über die interstellare Wirtschaftspolitik der Ferengi – und ihre Auswirkungen auf planetare Kulturen. Wenn die ökonomische Falle erst einmal zugeschnappt war... Die einzige Alternative bestand in einem gegenseitigen Kooperationspakt mit Starfleet – oder der Möglichkeit, Farpoint Station in eigener Regie zu betreiben und darauf zu hoffen, daß sich genügend Handels- und Passagierschiffe in diesen abgelegenen und bisher nur wenig erforschten Raumquadranten vorwagten.

Zorn sank in seinen Sessel zurück und starrte sorgenvoll ins Leere. Die Zukunft der Bandi hing zum großen Teil von der Starbase ab. Es gab keinen materiellen Mangel, und sie konnten ein recht angenehmes Leben führen, aber die Bevölkerungszahl verringerte sich ständig, und erst das Eintreffen der von Starfleet ausgeschickten Landegruppe beendete den Zustand allgemeiner Hoffnungslosigkeit und Apathie. Zorn erinnerte sich daran, wie sehr die Menschen von der großen Neugier der Bandi in Hinsicht auf Starfleet und den interstellaren Verkehr überrascht gewesen waren. Man hatte ihnen ausführlich die Erste Direktive erklärt, doch der *Groppler* bestand darauf, daß die einzige Rettung für sein Volk in einer kulturellen Intervention durch die Föderation bestand. Deshalb die Konstruktion der Starbase. Doch Starfleet mußte sich offiziell bereit erklären, das Angebot der Bandi zu akzeptieren. Solange eine entsprechende Entscheidung ausblieb, stand zuviel auf dem Spiel.

Verärgert verließ Picard das Büro des Administrators; Riker und Troi folgten ihm mit langen Schritten. Nachdem er sich ein wenig beruhigt hatte, blieb der Captain abrupt stehen und wandte sich an Troi. »Zorn weicht unseren Fragen aus, und das gefällt mir überhaupt nicht. Konnten Sie irgend etwas über ihn in Erfahrung bringen?«

»Ich spürte nervöse Anspannung und... Enttäuschung. Ich glaube, er hat versucht, uns etwas vorzumachen. Vermutlich wollte er uns mit dem Hinweis auf die Ferengi unter Druck setzen.« Deanna zögerte kurz. »Aber da war noch etwas anderes...«

»Ja?«

»Ich nahm Aufregung wahr, als ich von den Emanationen der Einsamkeit und des Schmerzes berichtete, die aus der Nähe stammten.« Troi musterte den Captain besorgt. »Ich bin sicher, er log, als er behauptete, nichts davon zu wissen.«

Picard sah auf, als der Türmelder des Bereitschaftszimmers summte. »Herein!« rief er und schaltete den Monitor ab, der ihm einmal mehr alle bekannten Daten über Deneb IV und die Bandi gezeigt hatte. Riker trat ein, und Picard deutete auf einen nahen Sessel. »Nehmen Sie Platz.«

»Sie wollten mich sprechen, Sir?«

»Ja. Wie ich Zorn bereits während der Besprechung ankündigte: Ich möchte in Farpoint Station eine *gründliche* Inspektion durchführen. Sie werden das Team leiten.«

»Eine umfassende Untersuchung«, erwiderte Riker und nickte. »Bedeutet das, wir sollen selbst durch die kleinsten Wartungsschächte kriechen und uns alle Nieten, Schweißnähte und Trägerstrukturen ansehen?«

»In der Tat, Riker. Zählen Sie die Spinnweben – falls Sie welche finden.«

»Ja, Sir.« Der Erste Offizier lächelte kurz. »Wir erstellen auch eine Liste aller Fliegen in den Netzen.«

»Tja, wer weiß? Vielleicht stellt sich das als sehr wichtig heraus.«

Riker rückte seinen Sessel näher an den Tisch heran und beobachtete den Captain nachdenklich. »Glauben Sie, Zorn hat es ernst gemeint, als er die Möglichkeit erwähnte, die Starbase den Ferengi anzubieten? In ökonomischer Hinsicht ergäbe das einen gewissen Sinn. Vielleicht haben die Ferengi den Bandi nach der Fertigstellung des Raumhafenkomplexes ein besseres Angebot unterbreitet als Starfleet. Es gäbe den galaktischen Händlern einen großen wirtschaftlichen Vorteil, in diesem Quadranten eine Basis zu unterhalten.«

Picard schüttelte den Kopf. »Starfleet hat noch gar kein Angebot gemacht. Die Starbase wurde konstruiert, weil uns die Bandi beeindrucken wollten. Andererseits: Vielleicht hoffen Sie, Starfleet zu erheblichen finanziellen Zugeständnissen zu bewegen, indem sie ein Bündnis mit den Ferengi androhen.«

»Nun, wenn sie ihnen die Station tatsächlich zur Verfügung stellen, bekäme es Starfleet in diesem Sektor mit nicht unerheblichen Problemen zu tun. Wie Sie eben schon sagten: Deneb IV ist ziemlich weit vom Einflußgebiet der Ferengi entfernt. Mit anderen Worten: Sie könnten ihr Territorium schlagartig erweitern. Und wenn sie Farpoint als Ausgangsbasis benutzen, hätten sie die Möglichkeit, die Welten der Föderationsperipherie zu erreichen. Ich hoffe, Zorn hat wirklich nur geblufft.«

Stille schloß sich an, als beide Männer darüber nachdachten, welche Konsequenzen sich aus einer Ferengi-Präsenz auf Farpoint ergeben mochten. Die galaktischen Händler hatten bereits ökonomische Brückenköpfe in Sonnensystemen errichtet, die von der Föderation beansprucht wurden. Für gewöhnlich folgten den wirtschaftlichen Kontakten bald politische Abkommen.

Etwas anderes kam hinzu: Starfleet hatte bereits mehrfach die bittere Erfahrung machen müssen, daß Welten, die sich der Ferengi-Allianz anschlossen, nicht in die Föderation zurückkehren konnten.

»Ich schlage vor, Sie nehmen Data in Ihre Inspektionsgruppe auf, Commander. Seine analytischen Fähigkeiten...«

»...sind die eines Computers. Wir benutzen Tricorder, Sir. Und sicher ist der Bordcomputer in der Lage, die von uns übermittelten Informationen auszuwerten.«

»Ich verstehe.« Picard musterte Riker mit neuem Interesse. Es erstaunte ihn, daß sein Erster Einwände gegen die Zusammenarbeit mit einem der besten Offiziere Starfleets erhob. Aber natürlich sah Riker in Data keinen *Offizier,* sondern nur eine Maschine. Außerdem hatte er noch keine Gelegenheit gehabt, die besonderen Qualitäten des Androiden schätzen zu lernen. »Vermutlich wissen Sie bereits, daß die medizinisch-technische Akte Datas nur mir zur Verfügung steht.« Riker nickte. »Andererseits: Seine Dienstunterlagen sind nicht klassifiziert und können von allen Senioroffizieren eingesehen werden. Vielleicht wäre es ganz angebracht, daß Sie sich einmal damit beschäftigen.«

»Ja, Sir«, erwiderte Riker zurückhaltend.

»Darüber hinaus schlage ich vor, Sie nehmen sich die Zeit, Data besser kennenzulernen.«

»Als *Person,* Sir?«

Picard ignorierte den kaum verhohlenen Sarkasmus. »Als *Offizier,* der ebenfalls zur Besatzung der *Enterprise* gehört, Commander Riker. Ich nehme an, es fällt Ihnen nicht weiter schwer, Klingonen oder Vulkanier als Kollegen zu akzeptieren, oder?«

»Nein, Sir.«

»Vielleicht werden Sie den Umgang mit Data als leichter empfinden, wenn Sie feststellen, welchen Standpunkt er Menschen gegenüber vertritt. Klingonen, Vulkanier und andere Völker halten *uns* für Aliens. Data sieht die Dinge aus einer anderen Perspektive. Es wäre bestimmt nützlich für Sie, sich einmal damit zu befassen.«

»Ja, Sir. Darf ich jetzt gehen?« Riker wandte den Blick vom Captain ab, und auf seinen Wangen bildeten sich einige rote Flecken. Die letzten Worte Picards machten ihn verlegen. »Um Ihren Rat zu beherzigen?« fügte er hinzu.

Picard nickte knapp und schaltete wieder den Monitor ein. Riker stand auf und verließ das Bereitschaftszimmer. Der Captain sah auf, als sich die Tür hinter seinem Ersten Offizier schloß. Er glaubte, den Charakter des jüngeren Mannes richtig eingeschätzt zu haben, und das bedeutete, daß ihm eine interessante Erfahrung bevorstand.

Eine halbe Stunde lang ging Riker die Dienstakte des Androiden durch. Sie führte viele verschiedene Bereiche an, in denen Data als Experte galt. Starfleet hatte ihm zwei akademische Grade verliehen, und aufgrund seiner Leistungen war er regelmäßig befördert worden. Die Kommandanten von drei verschiedenen Raumschiffen sprachen ihm ihre Anerkennung aus, und anschließend erfolgte die Versetzung zur *Enterprise*, als Zweiter Offizier. Riker schüttelte verwirrt den Kopf. Die Unterlagen waren so beschaffen, als handele es sich um einen ganz normalen Flottenangehörigen, der sich jedoch durch enorme Kompetenz auszeichnete. Aber Riker sah noch immer in erster Linie einen Androiden in ihm, und dieser Umstand beeinträchtigte sein Urteilsvermögen. Offenbar gründete sich die hohe Meinung Picards auf mehr als nur die Dinge, die in der Dienstakte zum Ausdruck kamen. Der Erste Offizier beschloß, mit dem Mann – dem *künstlichen* Wesen – zu sprechen und sich auf diese Weise einen unmittelbaren Eindruck zu verschaffen.

Riker erkundigte sich nach dem gegenwärtigen Aufenthaltsort Datas, und der Computer teilte ihm mit, der Androide befinde sich auf dem Holodeck 2. Er betrat den Turbolift und erreichte kurz darauf die entsprechende Sektion des Schiffes. Eine dunkelhaarige Frau – sie trug die Uniform der technischen Abteilung – kam vorbei, und Riker rief ihr nach:

»Entschuldigen Sie bitte, Fähnrich...«

Sie drehte sich um und nahm sofort Haltung an, als sie die drei goldenen Scheiben seiner Rangabzeichen sah. »Sir?«

»Könnten Sie mir helfen, Lieutenant Commander Data zu finden? Soweit ich weiß, ist er irgendwo auf diesem Deck.«

»Oh, natürlich, Sir. Hier entlang.« Die junge Frau streckte die Hand aus und deutete auf eine schwarze Fläche an der Korridorwand. Riker erkannte sie als ein Computer-Interface. »Kennen Sie sich noch nicht mit den Schiffen der Galaxis-Klasse aus, Sir?«

»Bisher fehlte es mir an der Zeit, mich ausreichend damit vertraut zu machen«, gestand Riker ein.

Die Frau berührte das schwarze Kontaktfeld. »*Auskunft:* gegenwärtiger Aufenthaltsort von Lieutenant Commander Data.«

Die dunkle Fläche erhellte sich, und Riker beobachtete, wie sich ein Lichtmuster formte, das den Hinweis ›Bereich 4-J‹ bildete. Die sanfte Stimme des Computers erwiderte: »Lieutenant Commander Data... in Holodeck-Sektion 4-J lokalisiert.« Kurz darauf glühte eine strukturelle Karte, die alle Gänge, Korridore und Kammern zeigte. Eine farbige Linie kennzeichnete den kürzesten Weg zum angegebenen Ziel.

Die dunkelhaarige Frau lächelte freundlich und nickte in Richtung der Darstellung. »Wie Sie sehen, Sir, gibt Ihnen der Computer eine Wegbeschreibung. Folgen Sie einfach den Signalen.«

»Vielen Dank, Fähnrich.«

Er wandte sich von ihr ab, und die junge Frau sah ihm nach. »Nichts zu danken, Sir«, sagte sie und deutete ein sanftes, hoffnungsvolles Lächeln an.

Als Riker durch den Korridor schritt, erhellten sich andere Wandbereiche, und ein blinkendes Zeichen wies ihm den Weg. »Das nächste Schott auf der rechten Seite«, sagte die Sprachprozessorenstimme.

»Danke«, antwortete er automatisch.

»Ich stehe immer zu Ihren Diensten, Commander Riker«, erwiderte der Computer.

Riker warf einen kurzen Blick auf die Interfacewand und begriff, daß die Computer an Bord der *Enterprise* weitaus aufmerksamer und – er zögerte, bevor er in Gedanken das nächste Wort formulierte – *einfühlsamer* waren, als er es für möglich gehalten hätte. Wenn es sich bei den Rechnern wirklich nur um Maschinen handelte, deren Aufgabe darin bestand, der Besatzung zu Diensten zu sein... Welches Leistungspotential kam dann einem so elaborierten Mechanismus wie Data zu?

Er näherte sich dem nächsten Schott und blieb davor stehen. »Wenn Sie eintreten möchten, Commander...«, fügte die Computerstimme melodisch hinzu.

Riker zwinkerte mehrmals und erwiderte ein wenig schroff: »Das war tatsächlich meine Absicht.« Sofort glitt das Schott beiseite und gab den Blick auf eine weite und herrliche Parklandschaft frei. Der Erste Offizier sah üppige Vegetation in satten Grüntönen, beobachtete Bäume, Büsche und Sträucher, die in verschiedenen Niederungen und an sanften Hängen wuchsen. Kühle Schatten luden zum Ausruhen ein. Einige Dutzend Meter entfernt gluckerte das klare Wasser eines Baches über glatte Kiesel. Verwundert stellte Riker fest, daß sich der Wald über viele Kilometer hinweg zu erstrekken schien. Faserige Wolkenschleier glitten langsam über den dunkelblauen Himmel. Weiter links hörte der Erste Offizier das Krächzen einer Krähe, und in den Baumwipfeln zwitscherten kleinere Vögel. Er lächelte unwillkürlich, als ein Kolibri an ihm vorbeisauste und über einem nahen Busch verharrte. Er hatte schon viele Holodecks gesehen, aber dies war einzigartig. Es vermittelte Besuchern den Eindruck, sich wirklich auf der Erde zu befinden. *Es ist nur eine Illusion*, erinnerte er sich. *Geschaffen von einer Maschine.*

Dann plötzlich hörte er außer dem Trillern der Vögel und dem leisen Quieken von Eichhörnchen noch etwas anderes, ein seltsames, ziemlich disharmonisches Pfeifen. Er erkannte die Melodie, hatte sie oft als Kind gesummt, und er schüttelte den Kopf, als die letzten Töne verklangen. Er orientierte sich und glaubte festzustellen, daß die pfeifenden Laute von rechts vorn kamen. Als er sich in Bewegung setzte, begann die Melodie erneut, und wieder kam es zu auffallenden Dissonanzen.

Auf der Kuppe eines niedrigen Hügels blieb Riker stehen, sah über den kleinen Fluß hinweg und hielt nach dem unbekannten Pfeifer Ausschau. Die Laute schienen ihren Ursprung irgendwo am anderen Ufer zu haben, doch die Bäume und einige dicht an dicht wachsende Sträucher verwehrten ihm den Blick. »Hallo!« rief Riker. Er bekam keine Antwort.

Im Bach lagen einige breite Steine, die es erlaubten, ihn trockenen Fußes zu überqueren. Riker zögerte nicht, setzte mit langen Schritten über die kachelartigen Erhebungen hinweg und hielt auf das andere Ufer zu. Plötzlich gab einer der Steine unter ihm nach, und der Erste Offizier schwankte einige Sekunden lang. Er schaffte es, das Gleichgewicht zu wahren und sprang mit einem Satz an die Böschung. Er hielt es für sonderbar, daß die Holoprogrammierung Platz ließ für einen lockeren Stein – aber das entsprach genau dem, was man von einem echten Bach erwartete. Offenbar hatte der Entwicklungstechniker ›Fehler‹ programmiert, die in der Natur vorkamen.

Er zögerte am Ufer und lauschte einige Sekunden lang dem fast schrill klingenden Pfeifen. Kurz darauf ging er wieder los und folgte dem Verlauf des schmalen Pfades, der durch das Dickicht führte. Nach einer Weile erreichte er eine Lichtung, auf der Veilchen und dreiblättrige Zeichenwurz in den Schatten der Bäume wuchsen. *Die Holoprojektoren sind auf ›Frühling‹ justiert,* dachte Riker geistesabwesend.

Der Unbekannte stimmte das Lied zum drittenmal an, und Riker setzte den Weg in die entsprechende Richtung fort. Wenig später sah er einen dicken Baumstamm, dessen Äste ein breites ›Y‹ formten. Data hockte in der Gabelung, schürzte die Lippen und versuchte, die Melodie stimmgenau zu pfeifen. Erneut erwischte er den falschen Ton; offenbar mangelte es dem Androiden an einem genau genug ausgeprägten musikalischen Gehör. Riker pfiff die letzten Takte, und Data wandte sich zu ihm um. Als er ihn erkannte, sprang er zu Boden und trat auf ihn zu.

»Ich finde es erstaunlich, wie leicht Menschen so etwas fällt«, sagte er bewundernd. »Ich brauche noch viel Übung. Sind Sie aus einem bestimmten Grund hierher gekommen, Sir?«

»Auf Farpoint gibt es einige Rätsel, die Captain Picard lösen möchte.«

»Ja, unsere Informationen in Hinsicht auf die Bandi und die Konstruktion der Starbase sind noch immer unvollständig.«

»Der Captain riet mir, Sie in die Inspektionsgruppe aufzunehmen, die sich den Raumhafenkomplex ansehen soll.«

»Ich werde mich bemühen, auf adäquate Weise zu funktionieren, Sir.«

Riker musterte den Androiden, der seinen Blick geduldig erwiderte. »Daran zweifle ich nicht.« Der Erste Offizier zögerte und fügte dann hinzu: »Auf Picards Rat hin habe ich mir Ihre Dienstakte angesehen.«

»Ja, Sir. Daran gibt es nichts auszusetzen. Sie kennen mich nicht, und ich kann verstehen, daß Ihnen daran gelegen ist, meine Fähigkeiten und Fachkenntnisse einzuschätzen.«

Riker spürte, wie vages Unbehagen in ihm entstand, und er verlagerte das Gewicht vom einen Bein aufs andere. Warum begegnete ihm dieser Mann – die *Maschine* – mit solcher Offenheit? Data war ganz ruhig, und seine Stimme klang höflich und zuvorkommend. Sein Gebaren offenbarte keine Unterwürfigkeit, und es kam ihm auch nicht darauf an, sich bei dem ranghöheren Offizier einzuschmeicheln. Er verhielt sich schlicht und einfach neutral. Das Gesicht des Androiden war zu sehr menschlich wirkender Mimik in der Lage, aber Riker bezweifelte, ob das Mienenspiel echte Emotionen widerspiegelte.

»In den Unterlagen stand, man habe Sie auf einem Planeten gefunden, dessen einheimische Lebensformen durch eine verheerende biologische Katastrophe ausgerottet wurden.«

»Das stimmt, Sir.«

»Es handelte sich dabei um eine irdische Kolonie.«

»Ja, Sir.«

»Andererseits behaupteten Sie, das Produkt einer fremden Spezies zu sein.«

»Das ist ebenfalls korrekt«, erwiderte Data unbewegt. »Die ausgelöschte menschliche Kolonie, die Sie eben erwähnten, betraf den Planeten Kiron III. Die Siedler wußten nicht, daß dort auch eine hochentwikkelte Roboterzivilisation existierte. Als die Maschinen feststellten, daß den Kolonisten der Tod drohte, bauten Sie mich. Sie wollten das bewahren, was sie für die wichtigste menschliche Qualität hielten: ihr Wissen. Da sie selbst anorganischer Natur waren, erachteten sie Informationen als die bedeutendste Errungenschaft überhaupt. Offenbar wurde ich kurz vor der Katastrophe fertiggestellt.«

»Worin bestand sie?«

»Darauf kann ich Ihnen leider keine Antwort geben,

Sir. Ich erinnere mich nur an die Dinge, die sich *nach* dem Tod der menschlichen Siedler zutrugen. Irgend jemand startete eine Kom-Sonde und steuerte sie in eine Umlaufbahn. Schließlich traf ein Starfleet-Schiff ein und entdeckte mich als einzige überlebende Person auf dem Planeten. Menschen waren die erste intelligente Spezies, die ich kennenlernte.« Data lächelte ein wenig scheu. »Man brachte mich zur Erde, und dort wurde ich von Starfleet-Wissenschaftlern untersucht. Doch selbst dabei fanden sich keine Hinweise auf das, was die Kolonie auf Kiron III zerstörte. In meinen Gedächtnisspeichern sind keine entsprechenden Daten enthalten.«

»Was ist mit den Fremden, von denen Sie konstruiert wurden?«

»Ihr Schicksal ist mir ebenfalls ein Rätsel. Offenbar gingen sie zusammen mit den Siedlern zugrunde.«

»Seltsam, daß man Ihnen die Gestalt eines Menschen gab...«

»Vielleicht glaubten meine Schöpfer, auf diese Weise fiele es Menschen leichter, Kontakte zu mir zu knüpfen. Nun, meine körperliche Struktur weist einige Unterschiede zu der des Homo sapiens auf, aber das ist auch nicht weiter verwunderlich. Schließlich kannten meine Konstrukteure nicht alle menschlichen Aspekte.«

»Hm.« Riker beobachtete die gelben Augen des Androiden, seine glänzende, goldfarbene Haut – die einzigen Anzeichen dafür, daß er ein Fremder war. »Sie sind ein biomechanisches Wesen. Bedeutet das, Sie müssen essen?«

»Ich kann fast jedes feste Material aufnehmen und Betriebsenergie daraus gewinnen, und außerdem brauche ich Sauerstoff für diverse chemische Reaktionen. Flüssigkeiten haben keinen Nutzen für mich; aus diesem Grund war ich recht verwirrt, als der Admiral darauf bestand, mir einen Drink anzubieten.«

»Machen Sie sich deshalb keine Sorgen.« Riker lächelte. »Ein typisches Verhalten des Admirals.«

Zwischendurch: [redacted] Data ist ein Androide, also ein biomechanisches Wesen. Aber auch er muß essen, auch wenn dies nichts anderes bedeutet, als aus festem Material Betriebsenergie zu gewinnen... [redacted] Wir Menschen sehen das zum Glück etwas anders und nicht ganz so prosaisch. Essen hat auch etwas mit Muße zu tun, damit, eine Pause einzulegen und mit Genuß etwas zu sich zu nehmen. Selbst wenn es nur eine Kleinigkeit für den Appetit zwischendurch ist... [redacted]

»Ja, Sir, ich verstehe«, erwiderte Data und fügte rasch hinzu: »Vielleicht könnten Sie mir etwas erklären, Sir. Wissen Sie, warum er mich immer wieder ›Junge‹ nannte? Mir ist zwar klar, daß ich alle Funktionen eines erwachsenen männlichen Exemplars Ihres Volkes wahrnehmen kann, aber...«

Riker räusperte sich und suchte nach den richtigen Worten. »Ich glaube... Nun, vermutlich handelt es sich dabei um einen Ausdruck, den der Admiral bei allen Männern verwendet, die jünger sind als er.«

»Oh.« Diese Antwort schien Data vollkommen zufriedenzustellen.

Rikers Unbehagen hatte sich noch nicht gelegt, und er beschloß, festeren thematischen Boden zu betreten. »Sie nehmen den Rang eines Lieutenant Commander ein. Vermutlich ehrenhalber.«

Data schüttelte den Kopf und entgegnete fröhlich: »Nein, Sir. Ich gehöre zum Starfleet-Jahrgang '78 und habe das Studium der Wahrscheinlichkeitsmechanik und das der Exobiologie mit Auszeichnung abgeschlossen.«

Der Androide lächelte, als er Rikers Überraschung bemerkte. »Die Vorschriften Starfleets geben allen Flottenkandidaten, die als intelligente Lebensform eingestuft sind, volle Rechte. Stört Sie das in meinem Fall, Sir?«

»Um ganz ehrlich zu sein: ein wenig.«

Data nickte betroffen. »Ich verstehe, Sir. Vorurteile sind eine sehr menschliche Eigenschaft.«

»Das ist genau der Punkt. Halten Sie sich für überlegen?«

»Ich *bin* es in vielerlei Hinsicht. Aber...« Data zögerte. »Ich würde gern darauf verzichten, wenn ich ein Mensch sein könnte.«

Riker musterte ihn erneut und analysierte seine Empfindungen. Die Tatsache, daß Data ein Androide war, schien immer unwichtiger zu werden. Eine weitaus größere Rolle spielten seine Aufrichtigkeit, das sanfte Wesen und der mitleiderweckende Wunsch, mehr zu sein als nur eine biomechanische Apparatur. Schließlich sagte Riker: »Nett, Sie kennenzulernen – Pinocchio.« Data starrte ihn verwirrt an. »Ein Scherz«, fügte der Erste Offizier hinzu.

»Oh. *Faszinierend*. Bitte erklären Sie ihn mir.«

Riker grinste plötzlich. »Ich schätze, Sie werden sich als interessanter Kamerad erweisen, Data.« Er warf einen kurzen Blick aufs Chronometer. »Wir sollten jetzt zurückkehren. Der Captain möchte, daß die Inspektionsgruppe so rasch wie möglich mit der Arbeit beginnt.«

Sie schritten über den Pfad, der zum Bach zurückführte. Riker sah sich immer wieder um, bewunderte den Wald und schüttelte den Kopf. »Eine herrliche Landschaft«, sagte er. »Natürlich gibt es auch an Bord der *Hood* ein Holodeck, aber es hält keinen Vergleich mit diesem hier stand. Soweit ich weiß, existieren praktisch unendliche Programmiermöglichkeiten.«

»Ja, Sir. Einige Varianten scheinen beliebter zu sein als andere. Das trifft in besonderem Maße auf diesen Wald zu. Vielleicht deshalb, weil er so sehr an die Erde erinnert. Wenn ich hierher komme, fühle ich mich fast... wie ein Mensch.«

Riker blieb stehen, griff nach einem langen Grashalm und betrachtete ihn eine Zeitlang. »Ich hätte nicht gedacht, daß Simulationen so real wirken können.«

»Viele Dinge, die Sie hier sehen, *sind* echt, Sir. Denken Sie nur an die Transporter, die in der Lage sind, unsere Körper in Energie umzuwandeln und am Ziel wieder rematerialisieren zu lassen...«

»Ja, natürlich.« Riker streckte die Hand aus. »Die molekulare Struktur der Felsen und Vegetation ist wesentlich einfacher. Auf dem Weg zu Ihnen habe ich einen Kolibri gesehen, Eichhörnchen und Vögel gehört...«

»Projektionen, Sir.« Data deutete auf einen nahen Bereich. »Die rückwärtige Wand der Holokammer.«

Riker sah genauer hin, konnte jedoch kein Ende der Waldlandschaft erkennen. Überall wuchsen hohe Bäume, Sträucher und Büsche, und hier und dort bildeten Blumen bunte Flecken im Grün. »Sind Sie sicher?«

»Wir stehen direkt davor.« Der Androide bückte sich und nahm einen Stein zur Hand, während Riker nach irgendeinem Hinweis auf eine Begrenzung Ausschau hielt. Data holte aus und warf den Kiesel. Mitten in der Luft stieß er an ein Hindernis, prallte mit einem dumpfen Pochen ab und fiel ins dichte Gras. »Haben Sie gesehen?« fragte Data.

»Unglaublich.« Riker wußte, daß seine Augen volle Sehschärfe hatten, doch nach wie vor bot sich nur der Wald seinen Blicken dar. Einige Sekunden später drehte sich der Erste Offizier um, als er etwas weiter entfernt die Stimme Wesleys hörte.

»Ist das nicht großartig?« rief der Junge.

Wes eilte am Hang des gegenüberliegenden Ufers herab und näherte sich dem Bach. »Dies ist eins der *einfachen* Programme, Commander Riker. Es gibt noch *tausend* andere, und die meisten davon sind weitaus komplexer.« Er begann damit, den Bach zu überqueren, sprang flink von Stein zu Stein. »Ich war gerade im Himalaya und habe einen Yeti verfolgt...«

Riker erinnerte sich plötzlich an die lockere Platte. »Vorsicht beim nächsten Stein!« rief er.

Aber es war bereits zu spät. Wesley spürte, wie unter ihm etwas nachgab, und er verlor das Gleichgewicht und fiel mit einem lauten Platschen ins Wasser. Data lief sofort los, brachte die Böschung mit weiten Sätzen hinter sich und sprang auf die schiefe Platte. Offenbar fiel es ihm überhaupt nicht schwer, die Balance zu wahren, als er sich bückte und nach dem Kragen des Jungen griff. Verblüfft beobachtete Riker, wie der Androide

Wesley mit einer geschmeidigen und mühelos wirkenden Bewegung aus dem Bach zog.

Wes strich sich das nasse Haar aus dem Gesicht und starrte Data voller Ehrfurcht an. »*Wow!*« entfuhr es ihm. Data lächelte und setzte den Jungen auf einem festen Stein ab. »Sie sind bestimmt der Androide. Ich meine, *Sir*... äh, vielen Dank. Ich kann zwar schwimmen, aber...«

»Die Temperatur des Wassers beträgt nur zehn Grad Celsius, um einen Gebirgsbach zu simulieren. Ich glaube, du solltest jetzt in dein Quartier zurückkehren und dir trockene Sachen anziehen. Sonst holst du dir noch eine Erkältung.«

»Er hat recht, Wes«, sagte Riker. Er sah die stumme Bitte in den Augen des Jungen und ahnte, was er sich wünschte. In seinem Alter hatte er ähnlich empfunden. »Lieutenant Commander Data«, fügte er förmlich hinzu, »darf ich Ihnen Wesley Crusher vorstellen?«

»Sehr erfreut, Mr. Crusher«, erwiderte Data. Er reichte dem Jungen die Hand und drückte vorsichtig zu. Wesley strahlte. Jetzt hatte er ein *richtiges* Abenteuer erlebt, von dem er Adam und Craig Harris erzählen konnte.

Das breite Schott, das die Holodecksektion 4-J vom Korridor trennte, schob sich beiseite, als sich die drei Personen näherten. Data, Riker und der völlig durchnäßte Junge traten auf den Gang. Wes achtete nicht auf die deutlich sichtbaren Schlammspuren, die er auf dem Flurboden zurückließ, während er den beiden Männern folgte und ihrem Gespräch zuhörte.

Picard befand sich ebenfalls auf dem Holodeck und nahm einen Bericht von Commander Reasons entgegen, der die Bestandsabteilung der *Enterprise* leitete. Er wurde sofort auf die drei Gestalten aufmerksam, die die Parklandschaft verließen. Riker und Data erkannte er auf den ersten Blick, doch der Junge mit der tropfnassen und schmutzigen Kleidung war ihm nicht bekannt. Der Captain runzelte unwillig die Stirn, als er die Pfützen beobachtete, die auf dem sauberen Korridorboden zurückblieben. Reasons unterbrach sich und sah ihn fragend an. Picard winkte ab. »Sie können jetzt gehen, Mark. Wir treffen uns in Ihrem Büro.« Dann wartete er auf Riker und seine beiden Begleiter.

Wesley spürte, wie ihm das Blut in den Kopf schoß. Er war sich sehr wohl seiner durchnäßten Kleidung bewußt, hörte das Quietschen der Schuhe und starrte betroffen auf die Schlammspuren, die er zurückließ. Er ahnte, um wen es sich bei dem einschüchternd wirkenden Mann mit dem strengen Blick handelte, der an der Korridorkreuzung stand. Selbst wenn er die vier kleinen, goldenen Scheiben des Rangabzeichens übersehen hätte: Nur zu deutlich erinnerte er sich an die Holografien, die seine Eltern zusammen mit Jean-Luc Picard zeigten. Als sie vor dem Captain stehenblieben, wäre Wesley am liebsten im Boden versunken. Aber er konnte sich nicht einfach in Luft auflösen, und seine Verlegenheit nahm immer mehr zu, als das von Hose und Jacke tropfende Wasser eine große Lache bildete.

»Es freut mich, daß wir uns hier begegnen, Captain«, sagte Riker. »Ich wollte gerade zur Brücke zurückkehren, um mich bei Ihnen zu melden.« Er warf Data einen kurzen Blick zu und sah dann wieder Picard an. »Ich habe mich mit den Dingen befaßt, die Sie mir nahelegten, und es war sehr aufschlußreich.«

»Das freut mich für Sie, Commander«, erwiderte der Captain. Er richtete seinen Blick auf die Pfütze vor Wesleys Füßen.

»Data ist damit einverstanden, sich der Inspektionsgruppe anzuschließen«, fuhr Riker fort. »Außer ihm möchte ich noch Lieutenant Yar und Lieutenant Commander Troi mitnehmen.«

»Eine gute Wahl.«

Wes konnte die Peinlichkeit der Situation kaum mehr

ertragen, hatte das Gefühl, als ströme das ganze Wasser des Baches an ihm herab. *Es sind nur ein paar Tropfen,* versuchte er sich einzureden. Gleichzeitig wußte er, daß selbst *ein einziger* Tropfen bereits zuviel gewesen wäre.

»Ich möchte Ihnen noch einen anderen Vorschlag machen, Sir. Als ich an Bord eintraf, begleitete mich ein junger Lieutenant. Nach den Med-Unterlagen besitzt er eine besondere visuelle Wahrnehmungsgabe, die uns bei der Inspektion von großem Nutzen sein könnte. Sein Name lautet LaForge.«

»In Ordnung.« Erneut betrachtete Picard die Pfütze vor den Schuhen des Jungen.

Wes räusperte sich und brachte unsicher hervor: »Sir, vielleicht sollte ich einen Lappen holen, um hier sauberzumachen.«

»Gute Idee«, entgegnete Picard kühl, drehte sich um und ging davon.

Wes sah ihm verdutzt nach.

Wesley betrat die Krankenstation und bat seine Mutter um ein Handtuch. Nachdem er alle Schlammspuren im Korridor des Holodecks beseitigt hatte, trocknete er sich in Beverlys Büro ab und berichtete ihr von seinem Abenteuer.

»... und außerdem gibt es auch noch eine Sporthalle mit Niedrigschwerkraft. Wußtest du, daß zu den Tieren auf dem Ökodeck auch zwei sondrianische Sumpfbären gehören? Meine Güte, an Bord dieses Schiffes fällt es einem wirklich nicht leicht, sich zu langweilen...«

»Ich möchte vor allen Dingen wissen, wieso du so naß bist.« Beverly griff nach einem weiteren verschmutzten Handtuch. »Sieh dir nur diesen Dreck an.«

»Es war nicht meine Schuld, Mom. Als ich den Bach überquerte, gab ein Trittstein unter mir nach. Dadurch verlor ich das Gleichgewicht und fiel ins Wasser. Commander Data zog mich heraus.«

Beverly setzte die Kontrolle der medizinischen Vorräte fort und überprüfte sie anhand einer Inventarliste. »Ich schätze, hinter diesen schlichten Worten verbirgt sich eine ziemlich lange Geschichte. Was hältst du davon, sie mir beim Abendessen zu erzählen?«

»Einverstanden.«

»Gut. Und jetzt zieh dich um.«

»Ja, sofort.« Wes sah hoffnungsvoll zu seiner Mutter auf und beschloß, ihr jetzt die Frage zu stellen, die ihm schon seit einer ganzen Weile durch den Kopf ging. »Mom... ich würde mir gern die Brücke ansehen. Könntest du mir dabei helfen, die Erlaubnis dafür zu bekommen?«

»Das widerspricht den Anweisungen des Captains. Ich darf die Kommandozentrale nur dann aufsuchen, wenn ein medizinischer Notfall besteht oder Picard mich ausdrücklich dazu aufgefordert hat.«

»Hast du ebenfalls Angst vor dem Captain?«

Beverly drehte sich zu ihrem Sohn um und sah ihn verärgert an. »Natürlich *nicht!*«

»Aber Captain Picard ist ziemlich streng, nicht wahr?«

Beverly zögerte und überlegte sorgfältig, welche Antwort sie darauf geben sollte. Wenn sie Wes zustimmte, hatte sie ihre Ruhe, aber andererseits: Sie wußte, daß eine große Verantwortung auf ihr lastete, denn sie mußte ihren Sohn allein erziehen, ohne die Hilfe des Vaters. Aus diesem Grund bemühte sie sich immer, ehrlich und offen Auskunft zu geben. »Dein Vater hat ihn sehr geschätzt. Berühmte Forscher... und Raumschiffkommandanten... sind oft sehr einsam... können keine Familie gründen...«

»Ich möchte nur *einen* Blick auf die Brücke werfen, Mom. Wenn sich die Tür öffnet, bleibe ich im Turbolift stehen, das verspreche ich dir. Dagegen gibt es doch nichts einzuwenden, oder? Der Captain wird mich nicht einmal *bemerken.*«

»Du forderst Schwierigkeiten geradezu heraus, Wes«, sagte Beverly unheilvoll. Dann musterte sie ihn und stellte fest, wie sehr er es sich wünschte, den Kontrollraum der *Enterprise* zu sehen. Sie seufzte. *Ich konnte ihm noch nie etwas abschlagen.* »Mal sehen«, gab sie leise zurück.

KAPITEL 8

Geordi LaForge war überrascht, als er hörte, daß die Lautsprecherstimme seinen Namen nannte. »Lieutenant LaForge, bitte melden Sie sich beim Ersten Offizier Riker im Transporterraum Drei. Lieutenant LaForge, bitte begeben Sie sich unverzüglich in den Transporterraum Drei.«

Hughes starrte ihn verblüfft an. »Was will er von Ihnen?«

»Keine Ahnung. Aber ich sollte wohl keine Zeit verlieren und mich sofort auf den Weg machen.«

»Was ist mit Commander Barton? Wir haben die Order, uns um Punkt 13.00 Uhr bei ihm zu melden. Und es ist gleich soweit.«

Geordi zuckte mit den Schultern. »Der Erste Offizier nimmt einen höheren Rang ein. Seine Anweisungen gehen vor.«

Als Geordi den Transporterraum betrat, sah er Riker und drei andere Offiziere der Brückencrew. Er nahm Haltung an und sagte förmlich: »Lieutenant LaForge meldet sich wie befohlen, Sir.«

»In Ordnung, LaForge. Sie begleiten uns auf den Planeten.« Riker hob kurz die Hand. »Commander Data, Commander Troi und Lieutenant Yar.«

Geordi begrüßte sie und fragte sich, was er in einer Gruppe so ranghoher Offiziere zu suchen hatte. Er richtete seinen Blick wieder auf Riker und sagte: »Sir, Commander Barton erwartet mich in Kürze...«

»Ich weiß. Captain Picard wird den Commander informieren. Und nun... Treten Sie auf die Transporterplattform, Lieutenant.«

Geordi kam der Aufforderung rasch nach, und die anderen bezogen ebenfalls Aufstellung. »Darf ich fragen, was Sie von mir erwarten, Sir?«

»Ich brauche Ihre Augen, Lieutenant.« Riker nickte dem Techniker an der Kontrollkonsole zu. »Energie.«

Sie rematerialisierten in der Nähe des Foyers vor dem Einkaufszentrum. Dutzende von dienstfreien Besatzungsmitgliedern der *Enterprise* wanderten durch die Promenade, plauderten mit den Zivilisten und Verkäufern. Die Bandi begegneten den Besuchern mit ausgesuchter Höflichkeit, und Riker fiel auf, daß die meisten von ihnen sogar recht fröhlich wirkten. Sie schienen ehrlich erfreut zu sein, die Wünsche ihrer Gäste zu erfüllen.

Tasha sah sich kurz um und trat an die Seite Rikers. »Ich empfehle, mit der Untersuchung der unteren Sektoren zu beginnen, Sir. Wenn das Konstruktionsmuster dieser Starbase den anderen entspricht, die wir bereits kennen, müßte es unter dem Komplex ein ausgedehntes Netzwerk aus Wartungstunneln geben. Vielleicht finden wir dort irgendwelche Hinweise.«

»Unsere Sensoren bestätigen die Existenz solcher Tunnel, Sir. Was halten Sie davon, wenn wir uns die Kellergewölbe ansehen? Unterdessen könnten die anderen hier mit der Inspektion beginnen.« Troi warf ihm einen bedeutungsvollen Blick zu, und Riker vermutete, daß sie aus einem ganz bestimmten Grund mit ihm allein sein wollte. Unsicher wandte er sich von ihr ab.

»Tasha – Sie und die Counsellor.«

»Sir.« Lieutenant Yar ging sofort los. Troi sah den Ersten Offizier noch einmal an, und Riker glaubte, in ihren dunklen Augen ein amüsiertes Funkeln zu erkennen. Dann folgte sie Tasha.

Riker sah Geordi und Data an und forderte sie mit einem Wink auf, sich ihm anzuschließen. »Wir nehmen uns die oberen Sektoren der Starbase vor. Lieutenant LaForge?«

»Sir, ich weiß noch immer nicht, worin mein Auftrag besteht.«

»Es gibt eine Menge Fragen in bezug auf den Bau dieser Station, Mr. LaForge«, erklärte Data. »Vor allen Dingen müssen wir in Erfahrung bringen, was die Bandi in die Lage versetzte, den Raumhafenkomplex in so kurzer Zeit fertigzustellen und welche Materialien sie verwendeten.«

»Sehen Sie sich aufmerksam um, Lieutenant. Fällt Ihnen in Hinblick auf die Substanzen in unserer Nähe irgend etwas auf?«

Geordi begann mit einer Sondierung und drehte langsam den Kopf. Das VISOR ermöglichte ihm nicht nur mikroskopische und teleskopische Wahrnehmungen, sondern erweiterte seine optische Sensibilität auch auf wesentlich breitere Spektralbereiche.

»Nun, Lieutenant?« fragte Riker nach einer Weile.

Geordi wandte sich wieder um und schüttelte den Kopf. »Ich bin nicht imstande, durch feste Materie zu sehen, aber... Nun, Sir, die Bausubstanzen machen einen ganz normalen Eindruck auf mich. Legierungen, reine Metalle, Holz, molekularverdichteter Beton und synthetische Stoffe. Nichts Außergewöhnliches.«

Datas Brauen kamen einige Millimeter weit in die Höhe. »Eine faszinierende Fähigkeit, Lieutenant. Sie sind ganz sicher, daß es sich ausschließlich um natürliche Materialien handelt?«

»Ja, Sir. Bis auf die Kunststoffe.«

»Und wir haben es nicht mit irgendwelchen Trugbildern zu tun?« fragte Riker. »Alles ist echt?«

»Ja, Sir. Daran kann gar kein Zweifel bestehen.«

Riker war enttäuscht, gab die Hoffnung jedoch nicht auf. »Danke, Lieutenant. Ich glaube, Sie sollten sich Lieutenant Yar und Commander Troi anschließen und im Tunnelsystem eine weitere Sondierung vornehmen. Data, bitte kommen Sie mit.«

Als die beiden Männer davongingen, berührte Geordi seinen Kommunikator. »LaForge an Yar. Nennen Sie mir Ihre Koordinaten.«

Riker führte den Androiden zum rückwärtigen Bereich der Promenade. Von jener Stelle aus hatte man Zugang zur alten Stadt. »Data, kennen Sie die Informationen, die uns die Bandi zukommen ließen, als sie Starfleet ersuchten, die Starbase offiziell in Betrieb zu nehmen?«

»Ja, Sir. Die *Enterprise* bekam eine Kopie des Antrags. Sie ist im Bordcomputer gespeichert, und wenn Sie möchten, kann ich Ihnen die einzelnen Abschnitte nennen.«

»Darum wollte ich Sie bitten. Stichwort: Baumaterialien.«

Der Androide horchte kurz in sich hinein und hob dann den Kopf. »Die Bandi legten uns detaillierte Pläne und Blaupausen vor, forderten jedoch weder Rohstoffe noch Halbfertigprodukte für die Konstruktion an. Offenbar stellten sie alle notwendigen Komponenten selbst her.«

»Das erste Kontaktteam berichtete, auf Farpoint gebe es weder Fabriken noch Laboratorien für die Produktion solcher Materialien. Andererseits aber waren die Bandi imstande, Luxuswaren anzubieten, alles was das Herz begehrte.«

»Vielleicht gibt es subplanetare Fabrikationskomplexe, die von unseren Sensoren nicht geortet werden konnten.

Riker berührte seinen Kommunikator und sagte leise: »Yar.«

»Hier Yar«, meldete sich Tasha sofort.

»Möglicherweise verfügen die Bandi in den tiefergelegenen Basisebenen oder unter der alten Stadt über geheime Laboratorien oder verborgene Produktionsanlagen. Halten Sie insbesondere nach Rampen, Klimaschächten und Wartungsfluren Ausschau – nach allen Dingen, die auf ein industrielles oder technologisches Zentrum dort unten hindeuten.«

»Ja, Sir.«

Tasha drehte den Kopf, als sich Geordi näherte. Seine

Stiefel kratzten über die Sprossen der Leiter, die von der oberen Luke herabreichte. Er sprang zu Boden, wandte sich den beiden Frauen zu und lächelte. »Commander Riker meinte, Sie könnten hier vielleicht meine spezielle Wahrnehmung gebrauchen.«

»Ich wollte mich gerade mit ihm in Verbindung setzen, als er einen Komkanal zu mir öffnete«, erwiderte Tasha. »Was halten Sie hiervon?« Sie streckte den Arm aus, und Geordi sah sich im Tunnel um.

Nach einigen Sekunden pfiff er leise durch die Zähne. »Was *ist* das?«

Die Wände des Korridors erweckten einen überaus seltsamen Eindruck. Die glatte Substanz wies hier und dort einige Buckel mit sonderbar anmutenden Markierungen auf. Außerdem glühte sie matt und reflektierte das diffuse Licht.

»Das habe ich mich ebenfalls gefragt«, sagte Tasha.

Aufmerksam betrachtete Geordi die glänzende Oberfläche. »Solche Wände habe ich noch nie zuvor gesehen.«

»Erstatten Sie dem Commander Bericht«, schlug Troi vor. »Er sollte davon erfahren.«

Erneut berührte Tasha ihren Kommunikator. »Gruppenführer, wir haben etwas Interessantes entdeckt.«

»Wo?« erkundigte sich Riker.

»Wir befinden uns in einem Gang direkt unter dem Einkaufszentrum, Sir. Lieutenant LaForge untersucht das hiesige Material, und er meint, er sehe so etwas zum erstenmal.«

»Auf welche Weise analysieren Sie die Substanzen, LaForge?«

»Mikroskopisch und thermisch, Sir. Darüber hinaus versuche ich, die reflektiven Eigenschaften in Hinsicht auf das elektromagnetische Spektrum festzustellen. Die Werte sind alles andere als normal, Sir. Sehr rätselhaft.«

Rikers Stimme klang nachdenklich. »Rätselhaft. Genau das richtige Wort, Lieutenant. Was ist mit Ihnen, Troi? Spüren Sie etwas Ungewöhnliches?«

Troi runzelte die Stirn, als sie ihren Kommunikator aktivierte. Sie zögerte mit der Antwort, denn sie ahnte, welche Anweisung sie vom Ersten Offizier zu erwarten hatte. Unbehagen regte sich in ihr. »Sir, bisher habe ich es vermieden, meine Sinne zu erweitern. Die Präsenz, die ich im Büro des *Gropplers* wahrnahm, konfrontierte mich mit ausgesprochen unangenehmen Empfindungen.«

»Tut mir leid, Counsellor«, sagte Riker sanft und gleichzeitig fest. Er konnte sich vorstellen, welchen mentalen Belastungen sich die Betazoidin ausgesetzt sah. »Aber wir brauchen mehr Informationen.«

»Ja, Sir, ich verstehe.« Troi warf Tasha und Geordi einen kurzen Blick zu. Yar sah sie mitfühlend an, aber bestimmt begriff sie nicht ganz, was geschah, wenn Deanna ihre psychischen Schilde senkte, mit denen sie sich bisher geschützt hatte. Der junge LaForge hingegen verstand sie vielleicht ein wenig besser. Sein visueller Sinn wurde elektronisch verstärkt, während Trois mentale Sensibilität eine Steigerung durch telepathische Energien erfuhr. Möglicherweise wußte er, daß ihre besondere Gabe manchmal einer schweren Bürde gleichkam.

Langsam senkte Deanna ihre geistigen Barrieren. Sie spürte viel geistige Aktivität in der Nähe, und jedes davon war eine Quelle intensiver Gedanken. Troi war nicht in der Lage, die Bedeutung der einzelnen Überlegungen zu erfassen, spürte nur die damit einhergehenden Emotionen. Die Gefühlsflut, die nun in ihrem inneren Fokus wogte, wies einige individuelle Aspekte auf. LaForges Neugier. Etwas weiter entfernt die Besorgnis Rikers. Ein dünnes Lächeln umspielte Trois Lippen. Die mentalen Emanationen des Ersten Offiziers hätte sie überall lokalisieren können, denn zwischen ihren beiden Geistessphären herrschte eine ausgeprägte Affinität.

Tasha beobachtete sie aufmerksam und trat ungeduldig von einem Bein aufs andere. Offenbar konnte sie es gar nicht abwarten, endlich etwas zu unternehmen. Plötzlich gab Troi einen spitzen Schrei von sich und sank auf die Knie. »Solcher Schmerz«, kam es über ihre Lippen. Tasha sprang auf sie zu und legte ihr den Arm um die Schultern. Troi schwankte hin und her, und ihr Gesicht war eine Maske von Pein. »Ich nehme... Qual wahr...«

Wie aus weiter Ferne hörte sie Rikers Stimme aus dem kleinen Lautsprecher des Kommunikators. »Halten Sie durch. Ich bin gleich bei Ihnen. *Enterprise*, Signalanpeilung und sofortiger Transfer!«

Geordi trat an die Seite Tashas und versuchte, Troi zu helfen. Die Betazoidin vernahm das leise Murmeln ihrer Stimmen, doch der Schmerz wurde immer stärker, füllte den Kern ihres Ichs ganz aus. Sie versuchte, die geistigen Schutzmauern aufzubauen und sich abzuschirmen; es gelang ihr, einen Teil der Pein aus sich zu verbannen, als in unmittelbarer Nähe ein Transporterfeld glühte. Data und Riker rematerialisierten.

Der Erste Offizier war mit einigen raschen Schritten neben Troi, griff behutsam nach ihren Händen und half ihr auf. »Es tut mir leid. Ist alles in Ordnung mit Ihnen?«

Troi nickte und lehnte sich einige Sekunden lang an ihn. Seine liebevolle Sorge gab der Frau in ihr neue Kraft. Sie verdrängte ihre emotionale Reaktion auf das, was sie in Riker spürte, konzentrierte sich wieder auf ihre Rolle als Counsellor. »Bericht, Sir«, sagte sie. »Ich...«

»Was war es?« unterbrach Riker die Betazoidin. »Handelte es sich nur um Schmerz, oder...«

»Nein, mehr als das. Trauer und Schwermut... profunde Verzweiflung.«

»*Wer?*« fragte der Erste Offizier.

»Ich weiß es nicht! Die Impulse stammten nicht von

den Bandi, gingen von keiner uns bekannten Lebensform aus. Das psychische Muster unterschied sich von allem, was ich bisher kennengelernt habe.«

»Wer empfindet eine derartige Qual?« fragte Data nachdenklich.

Riker schüttelte den Kopf und starrte auf die glühenden Tunnelwände. »Lieber Himmel, was ist dies eigentlich für ein Ort?«

In der Kommandozentrale der *Enterprise* hielten sich nur wenige Offiziere auf, und Picard gewann fast den Eindruck, die Brücke ganz für sich allein zu haben. Worf saß vorn an der Operatorstation, und die restlichen Angehörigen der Dienstcrew arbeiteten im rückwärtigen Bereich an den wissenschaftlichen Konsolen. Ihre Aufgabe bestand darin, die Bordsysteme zu überwachen. Picard war zu nervös, um im Bereitschaftszimmer auf den Bericht der Inspektionsgruppe zu warten. Auf der großen Brücke hatte er wenigstens Platz genug, um sich ein wenig Bewegung zu verschaffen, wenn ihm der Sinn danach stand. Als er hörte, wie sich die Tür des hinteren Turbolifts öffnete, drehte er sich um – und versteifte sich unwillkürlich, als er die beiden Personen in der Transportkapsel sah.

Beverly Crusher stand in der Liftkabine und senkte unwillkürlich den Kopf, als sie den mißbilligenden Blick des Captains bemerkte, der sowohl ihr als auch Wesley galt. Sie sah ihren Sohn vorwurfsvoll an, aber Wes bemerkte gar nichts davon. Staunend beobachtete er die Brücke und versuchte, innerhalb weniger Sekunden alles in sich aufzunehmen. Nach einer Weile gab sich Beverly einen Ruck, trat vor und bedeutete ihrem Sohn, in der Liftkabine zu bleiben. *Am besten, ich bringe es so schnell wie möglich hinter mich,* dachte sie.

Sie hatte sich einen einigermaßen triftigen Grund einfallen lassen, um zu erklären, warum sie die Brücke aufsuchte und nicht etwa das Interkom-System benutzte, um sich mit Picard in Verbindung zu setzen. Als Vorwand wollte sie einen Mangel an wichtigen medizinischen Versorgungsmaterialien verwenden: Die Lagerräume der *Enterprise* beinhalteten zwar ausreichende Vitaminpräparate und alle notwendigen Arzneien, doch es fehlte an den Substanzen, mit denen sich künstliches Blut herstellen ließ – das bei Notfällen dringend gebraucht wurde. Vermutlich war eine fehlerhafte Kennzeichnung verschiedener Transportbehälter dafür verantwortlich. Dr. Crusher wollte den Captain darauf aufmerksam machen und ihn bitten, die Vorräte sobald wie möglich zu ergänzen.

»Bitte um Erlaubnis, dem Captain Bericht zu erstatten...«, begann Beverly.

Picards Stimme klang so kühl, daß die Temperatur in der Kommandozentrale um zehn Grad zu sinken schien. »Kinder sind auf der Brücke *nicht* zugelassen, Doktor.«

Beverly holte tief Luft. Sie hatte natürlich mit Schwierigkeiten gerechnet, als sie die Entscheidung traf, Wesley mitzunehmen, aber dennoch war sie der Ansicht, daß es der Captain mit seiner Strenge übertrieb. »Mit allem Respekt, Sir: Mein Sohn, befindet sich nicht *auf* der Brücke, sondern steht nach wie vor im Turbolift.«

Picard zögerte. »Ihr *Sohn?*« Er erkannte den Jungen, den er in Rikers und Datas Begleitung gesehen hatte, erinnerte sich dabei an die Schlammspur im Korridor.

»Er heißt Wesley. Sie sind ihm schon einmal begegnet, vor einigen Jahren, als...«

»Oh«, machte Picard. »Ja.« Er entsann sich des kleinen Kindes, das er gesehen hatte, als er Jack Crushers Leiche zurückbrachte...

Der Junge machte keine Anstalten, die Liftkabine zu verlassen, sah sich noch immer mit eulengroßen Augen um. Er mußte etwa fünfzehn sein, überlegte Picard, aber er war ein wenig zu klein für sein Alter. Er hatte das kastanienbraune Haar seiner Mutter, auch ihre zarten Züge. Doch die intelligent blickenden, nußfarbenen Augen entsprachen denen seines Vaters. *Wenn Jack damals nicht den Tod gefunden hätte...* dachte der Captain. *Wäre ich dann bereit gewesen, seinen Sohn auf der Brücke zu dulden – als Zugeständnis einem Mann gegenüber, den ich respektierte und schätzte?*

Picard räusperte sich. »Nun, da du schon einmal hier bist...« Wesley sah ihn hoffnungsvoll an, und in seinem Blick kam eine stumme Bitte zum Ausdruck. Beverly wartete.

Picard zuckte mit den Schultern und versuchte, freundlicher zu klingen, als er hinzufügte: »Ich kannte deinen Vater, Wesley. Möchtest du dir die Brücke ansehen?« Der Junge sprang mit einem Satz aus dem Lift. »Aber rühr nichts an«, sagte der Captain rasch.

Die Kommandozentrale war weitaus größer, als Wes angenommen hatte, und der Wandschirm erschien ihm geradezu riesig. Sein Interesse galt vor allen Dingen den Konsolen des etwas höher gelegenen Achterdecks auf der Brücke, doch seine Mutter trat die Rampe herab, und Wesley folgte ihr gehorsam. Er hatte noch immer gehörigen Respekt vor dem Captain und versuchte, sich so still und unauffällig wie möglich zu verhalten.

Picard stand auf und wich vom Kommandosessel zurück, als Beverly und ihr Sohn herankamen. Was versprach sich der Junge von einem Aufenthalt auf der Brücke? Als der Captain genauer darüber nachdachte und sich in Wesleys Lage versetzte, entwickelte er ein gewisses Verständnis für seinen Wunsch. Er deutete auf den Sessel. »Was hältst du davon, dort Platz zu nehmen? Aber nur für eine Minute.«

Wesley strahlte überglücklich. Vorsichtig setzte er sich und beobachtete die Kontrollflächen in den Armlehnen.

Picard blieb neben ihm stehen und deutete auf die einzelnen Schaltsegmente. »Das Paneel auf der linken Seite dient für Logbucheintragungen. Außerdem kann man damit Daten aus dem Bibliothekscomputer abrufen, die Darstellungen des Wandschirms modifizieren und die Interkom-Anlage aktivieren. Faß bloß nichts an.«

»Nein, Sir.« Wesley zeigte auf die Sensorpunkte in der linken Armlehne. »Ersatzsysteme für die Kontrolle der Navigations- und Operatorstationen; außerdem Bedienungselemente für die Bordgeschütze und Deflektoren.«

»Sei vorsichtig damit.«

»Ja, Sir.« Wes blickte sich bewundernd um. »Dieses Schiff hat *wirklich* was auf dem Kasten.«

Picard sah Beverly an, runzelte die Stirn und richtete seine Aufmerksamkeit dann wieder auf Wes. »Ich nehme an, das ist ein Kompliment, oder?«

Beverly nickte und lächelte dünn. »Jugendlicher Jargon...«

»Ich wollte sagen, die *Enterprise* ist großartig, Sir«, warf Wes ein.

»Oh, ich verstehe«, gab Picard trocken zurück. »Danke. Falls du dich für den Wandschirm interessierst: Er wird von der Konsole des Operators aus kontrolliert...«

Wesley nickte. »Die externen Sensoren übertragen ein multispektrales Bild mit ultrahoher Auflösung, und die internen Modifikatoren erlauben jede gewünschte Vergrößerung.«

»Woher weißt du das, Junge?« fragte der Captain scharf. Wes schien klüger zu sein, als er erwartet hatte.

Bevor Beverly oder ihr Sohn antworten konnten, erklang ein leises Summen von der Kontrollfläche in der linken Armlehne des Kommandosessels. Aus einem Reflex heraus streckte der Junge die Hand aus und betätigte einen Schalter. »Perimeteralarm, Captain.« Und als er begriff, was er sich erlaubt hatte, erstarrte er förmlich.

Beverly errötete verlegen, und in Picards Augen blitzte es zornig auf. Drei Stimmen ertönten gleichzeitig.

»Das hättest du nicht tun dürfen, Wes.«

»Entschuldigung!« stieß Wesley hervor und sprang auf. »Ich wollte es gar nicht. Ich habe ganz automatisch gehandelt.«

»Verschwinde von der Brücke«, brummte Picard. »Und das gilt auch für Sie, Dr. Crusher.«

Worf saß nach wie vor an der Konsole des Operators, drehte sich um und wußte nicht so recht, wie er sich verhalten sollte. Das Signal mußte beantwortet werden, doch der Captain schien nicht weiter darauf zu achten.

Beverly schob ihren Sohn in Richtung Turbolift und warf Picard einen kurzen Blick zu. »Es tut mir leid...«

»Ich habe ihn ausdrücklich darauf hingewiesen, nichts zu berühren.«

Das Summen wiederholte sich, und Worf entschied sich zu einem Hinweis. »Perimeteralarm, Sir.«

Beverly blieb stehen und drehte sich zu Picard um. Wesley mochte sich falsch verhalten haben, aber wie sich nun herausstellte, hatte er sich nicht geirrt. Deshalb hielt sie es für unangebracht, daß ihm der Captain Vorwürfe machte. »Wie Ihnen mein Sohn mitzuteilen versuchte!« erwiderte sie spitz. Dann trat sie hoch erhobenen Hauptes in den Lift, zog Wesley zu sich heran und sagte: »Unterkunftsdeck 3.«

Als sich die Tür schloß, schlug der Captain wütend mit der Faust in die flache Hand, trat an den Kommandosessel heran und schaltete das Interkom ein. »Hier Picard.«

Die Stimme des stellvertretenden Leiters der Sicherheitsabteilung ertönte aus dem Lautsprecher. »Die Sensoren haben ein Objekt geortet, das sich Deneb IV nähert. Derzeit wird kein anderes Raumschiff erwartet, Sir.«

»Handelt es sich vielleicht um die *Hood,* die aus irgendeinem Grund zurückkehrt?«

»Energetische Struktur und Masse des fremden Objekts entsprechen nicht den Werten der *Hood*.«

»Worf, justieren Sie den Hauptschirm.«

Der Klingone betätigte einige Tasten, und sofort veränderte sich die Darstellung des Projektionsfeldes. Trotz der großen Entfernung war kein Teleskopeffekt notwendig, um das Raumschiff zu erkennen. Es schien riesig zu sein, wirkte düster und unheilvoll. Nur einige wenige Positionslichter glühten matt, und es hatte den Anschein, als absorbiere die graue Außenhülle das Glimmen der Sterne. Selbst das Leuchten der Sonne, die Deneb IV Licht und Wärme spendete, zeigte das gewaltige Schiff nur als einen Schatten, der sich deutlich sichtbar vor dem Feuerrand der Milchstraße bewegte. Es kam rasch näher.

»Identifikation?« fragte Picard.

Worf schüttelte verwirrt den Kopf. »Schiff unbekannt«, erwiderte er voller Unbehagen. »Konfiguration fremdartig. Ursprung: keine Angaben möglich, Sir.«

»Nehmen Sie Kontakt mit dem Objekt auf!«

»Das habe ich bereits versucht, Sir. Automatische ID-Nennung mit Bitte um Antwort. Negativ, Sir.«

»Deflektoren aktivieren, Lieutenant.«

Worfs Finger tanzten über die Kontrollen der Operatorstation. »Schilde stabil, Sir. Volle Energiestärke.«

»Phaser vorbereiten.«

»Phaser geladen und feuerbereit, Sir.« Dieser Hinweis stammte vom Sicherheitsoffizier an der Waffenkonsole.

»Geben Sie Alarmstufe Gelb.«

Das Heulen der Sirenen hallte durch die Korridore und Kammern der *Enterprise*, und kurz darauf traten die Männer und Frauen der Alarmcrew ein und nahmen an den Pulten Platz. Picards Aufmerksamkeit galt noch immer dem fremden Objekt, das sich weiterhin näherte. Er hatte ein solches Raumschiff noch nie zuvor gesehen, aber das bedeutete nicht unbedingt, daß es von fremden Wesen konstruiert worden war. »Öffnen Sie einen Komkanal zu *Groppler* Zorn, Lieutenant. Und senden Sie weiterhin Grußsignale auf allen Frequenzen.«

Worf führte einige weitere Schaltungen durch. Es summte kurz, und dann klang die Stimme des Administrators von Farpoint aus dem Lautsprecher.

»Hier ist *Groppler* Zorn, Captain.«

Picard verschwendete keine Zeit mit Höflichkeitsfloskeln. Ganz gleich, wer sich an Bord des unbekannten Raumschiffs befinden mochte: Der Captain hatte das unangenehme Gefühl, daß der oder die Betreffenden nicht mit friedlichen Absichten kamen. Steckte *Q* dahinter? Oder bekamen sie es jetzt mit einem ganz anderen Gegner zu tun? »Ein fremdes Objekt nähert sich dem Planeten, und bisher ignoriert es unsere Anfragen. Wissen Sie, was es damit auf sich hat?«

»Derzeit werden keine Schiffe erwartet...«

»Ich habe Sie gefragt, ob Sie wissen, *wer* Farpoint ansteuert. Sie erwähnten die Ferengi-Allianz...«

Zorns Stimme vibrierte nervös. »O ja. Aber um ganz ehrlich zu sein: Es fanden keine Verhandlungen zwischen uns und den Ferengi statt. Es war nur eine... eine Idee.«

»Sind Sie da ganz sicher? Oder haben Sie den galaktischen Händlern eine Botschaft übermittelt und um die Entsendung eines Schiffes gebeten? Heraus damit!«

»Nein.« Der Administrator klang nahezu verzweifelt. »Captain, ich versichere Ihnen, es war nur eine leere Drohung. Ich wollte Sie unter Druck setzen, Sie dazu veranlassen, Starfleet gegenüber eine Empfehlung auszusprechen. Bitte verzeihen Sie mir...«

»Unbekanntes Objekt schwenkt in eine Umlaufbahn«, meldete Worf. »Die von den Sensoren ermittelten Werte deuten darauf hin, daß es zwölfmal so groß ist wie die *Enterprise*.«

»Was wollen die Fremden?« fragte Zorn besorgt. Er wußte um die Ausmaße der *Enterprise* – und ein so viel größeres Raumschiff stellte sowohl für die Bandi als auch die von ihnen errichtete Starbase eine enorme Gefahr dar.

»Offenbar haben sie nicht die Absicht, uns darüber Auskunft zu geben«, entgegnete Picard kühl.

»Captain, können Sie sie nicht dazu zwingen, sich zu identifizieren? Wenn sie uns angreifen wollen...«

»Wir werden alles tun, um Sie zu schützen, *Groppler*. Picard Ende.«

»Irgendein Trick *Q's*, Sir?«

Picard hatte bereits an diese Möglichkeit gedacht und schüttelte den Kopf. »Ich schätze, wir haben ihn nicht zum letztenmal gesehen. Aber dieses Schiff weist keine Ähnlichkeiten mit dem auf, das uns während des Fluges nach Deneb IV mit einer Ergbarriere aufhielt.«

Der Captain sah wieder auf den Wandschirm und beobachtete, wie das kolossale Raumschiff herankam und in einem geostationären Orbit verharrte, nicht weit von der *Enterprise* entfernt. Picard stellte sich die gewaltige Masse des riesigen, diskusförmigen Objekts vor und schauderte unwillkürlich. Plötzlich flammte an der Unterseite ein pulsierendes Licht auf und tastete nach der *Enterprise*.

Der helle Glanz flutete durch die Brücke und tauchte alles in einen silbrigen Schein. Picard drehte den Kopf und stellte fest, daß sich die Konturen sowohl der anwesenden Offiziere als auch der diversen Installationen seltsam scharf abzeichneten. Die Männer und Frauen sahen sich verblüfft um, aber niemand schien Schmerzen zu empfinden.

Langsam verblaßte das Gleißen wieder, und Picard schaltete das Interkom ein. »An alle Stationen – Schadensbericht.« An die Brückencrew gerichtet fügte er hinzu: »Statusmeldung.«

»Alle Bordsysteme funktionieren einwandfrei, Sir«, antwortete Worf.

Die restlichen Offiziere bestätigten. Das sonderbare Glühen hatte auch die anderen Abteilungen des Schiffes erfaßt, jedoch nirgends Beschädigungen verursacht. Niemand war verletzt worden. Der Captain nickte zufrieden.

»Wissenschaftliche Station: Analyse der eingesetzten Energieform.«

Der wissenschaftliche Offizier prüfte die Anzeigen der Konsolen. »Offenbar handelte es sich um eine energetische Sonde, Sir, vermutlich sensorischer oder telepathischer Natur.«

Worf sah vom Pult des Operators auf. »Die Detektoren registrieren eine umfassende Sondierung aller Systemkomponenten der *Enterprise*, Sir.«

KAPITEL 9

Der unterirdische Tunnel war recht groß, aber Riker spürte dennoch, wie sich ein Hauch von Platzangst in ihm regte. Unruhig beobachtete er die sonderbar glatten und glänzenden Wände, von denen ein mattes Glühen ausging. Troi wirkte ruhig und gefaßt, schien sich weder der bedrückenden Atmosphäre noch ihrer Kameraden bewußt zu sein, als sie sich an die Wand lehnte und auf die emotionalen Emanationen konzentrierte, die nach wie vor ihrem mentalen Fokus entgegenfluteten. Der Erste Offizier musterte sie und wußte, daß sich die Counsellor vor ihnen abschirmte und es einer fremden Präsenz gestattete, auf den Pfaden ihrer Bewußtseinssphäre zu wandeln. Geordi untersuchte weiterhin die Substanzen, aus denen der Tunnel bestand, und Data bemühte sich, Kontakt mit der *Enterprise* aufzunehmen.

Tasha trat auf Troi zu und berührte sie an der Schulter. »Spüren Sie wieder Schmerzen?« fragte sie direkt. Auf einer rein intellektuellen Ebene wußte Lieutenant Yar, daß Troi die Gefühle anderer Personen empfangen konnte. Aber da sie keine telepathischen Fähigkeiten besaß, sah sie sich außerstande, die besonderen Erfahrungen der Betazoidin nachzuvollziehen.

»Troi, das genügt jetzt!« sagte Riker scharf.

»Nein«, erwiderte Deanne und schüttelte den Kopf. »Ich komme der Antwort immer näher, fühle... Einsamkeit und ein dringendes Verlangen.« Tränen quollen ihr in die Augen, und Troi wischte sie mit ruckartigen Bewegungen fort.

Data versuchte auf allen Kommunikatorfrequenzen, sich mit der *Enterprise* in Verbindung zu setzen. Nach einer Weile wandte er sich zu Riker um und runzelte verwirrt die Stirn. »Commander, irgend etwas neutralisiert die Signale.«

»Befinden wir uns zu tief in der planetaren Kruste?«

»Nein, Sir. Die Reichweite der neuen Komgeräte ist groß genug, und gewöhnliche Baumaterialien dürften nicht zu einem Energieverlust der Sendungen führen.«

»Es handelt sich nicht um normale Substanzen«, wandte Geordi ein.

Troi zwinkerte einige Male und richtete ihren Blick auf Riker und die anderen. Ein Teil ihres Geistes hatte die Bedeutung des kurzen Wortwechsels erfaßt, und als sie antwortete, reagierte sie auf beide Feststellungen. »Das bestätigt meinen Eindruck«, sagte sie und wandte sich an Data. »Es ist, als wolle irgend jemand eine Kommunikation zwischen uns und der *Enterprise* verhindern.«

»Na schön«, brummte Riker. »Ich schlage vor, wir kehren zur Oberfläche zurück.«

Der große Wandschirm zeigte nach wie vor das fremde Raumschiff, das nicht sehr weit von der *Enterprise* entfernt über dem Planeten Deneb IV schwebte. Picard beobachtete den gewaltigen, unheilvoll wirkenden Diskus, und seine Besorgnis nahm immer mehr zu. »Irgendwelche Reaktionen, Worf?«

Der große Klingone schüttelte den Kopf. »Die Analyse der im Bibliothekscomputer gespeicherten Daten brachte kein Ergebnis. Kein Starfleet-Schiff ist jemals einem solchen Objekt begegnet.«

Der Operator drehte sich um und informierte Picard: »Unsere Signale werden weiterhin ignoriert, Sir. Wir haben alles versucht – abgesehen von Drohungen.«

»Sensorerfassung, Mr. Worf.«

»Negativ, Sir. Die Sondierungsfelder werden abgelenkt.«

»Sie bekommen keine Anzeigen?«

»Nicht die geringsten, Sir.« Worf richtete seinen Blick auf den Wandschirm und beobachtete das gewaltige Schiff. »Ich frage mich, mit wem wir es zu tun haben...«

Plötzlich löste sich ein blauweißer Blitz von dem riesenhaften Diskus und zuckte zum Planeten herab. Nach einigen Sekunden erfolgte eine zweite Entladung. Alarmiert sah Worf den Captain an. »Die Fremden feuern auf Farpoint, Sir!«

»Photonentorpedos vorbereiten!« wies Picard den stellvertretenden Leiter der Sicherheitsabteilung an. »Schadensbericht, Lieutenant Worf. Gilt der Angriff dem Raumhafenkomplex?«

Worf betätigte einige Schalter seiner Konsole und sagte über die Schulter hinweg: »Keine Beschädigungen feststellbar. Die Unbekannten haben es nicht etwa auf die Starbase abgesehen, sondern die alte Bandi-Stadt.«

Riker und die Angehörigen seiner Inspektionsgruppe eilten durch den unterirdischen Tunnel. Troi und Tasha hatten die Führung übernommen. Nach kurzer Zeit bemerkte der Erste Offizier, wie die glatten, gewölbten Wände den aus gewöhnlichem Stein bestehenden Mauern eines kantigen Korridors wichen. Er verharrte kurz, beobachtete die Übergangsstelle und winkte Geordi heran. Lieutenant LaForge blieb neben ihm stehen und prüfte das Material mit Hilfe der VISOR-Apparatur.

»Nun?« fragte Riker.

»Hier besteht die Wand aus ganz normalem Fels, Sir. Die chemische Struktur entspricht dem Gestein auf der Oberfläche des Planeten.« LaForge runzelte die Stirn. »Erstaunlicherweise ist kein Saum zu erkennen. Es hat den Anschein, als gingen die beiden unterschiedlichen Materialien nahtlos ineinander über.«

»Die Treppe dort vorn«, warf Troi ein. »Sie führt nach oben.«

Riker drehte den Kopf. Etwa zwanzig Meter weiter vorn – dort, wo sich der Tunnel verbreiterte – sah er einige dunkle Stufen. Plötzlich vernahm er das dumpfe Donnern einer Explosion, und unmittelbar darauf folgte eine heftige Erschütterung. Der Erste Offizier taumelte an die Wand und versuchte, das Gleichgewicht zu wahren. Tasha erholte sich als erste von der Überraschung. »Eine Phaserentladung, Sir.«

»Negativ«, widersprach Data ruhig. »Aber eine ähnliche Energieform.«

»Wo?« fragte Riker knapp.

Data schaltete seinen Tricorder ein und hob den Kopf. »Eintausendzweihundert Meter entfernt. In der alten Stadt.« Eine zweite Explosion krachte und ließ den Boden erbeben.

Riker warf Troi einen kurzen Blick zu. »Versuchen Sie erneut, Kontakt mit der *Enterprise* aufzunehmen. Geben Sie dem Transporterraum die Anweisung, Sie, Yar und LaForge an Bord zu beamen. Los!« Er sah den Androiden an und nickte in Richtung Treppe. »Data, Sie begleiten mich. Ich möchte feststellen, was oben geschieht.« Er hielt auf die Stufen zu, und Data schloß sich ihm sofort an.

»Nein!« entfuhr es Troi. Riker blieb stehen und drehte sich um. Deanna wußte, daß sie einen Fehler machte, aber ihre Besorgnis war zu groß. *Nein!* riefen ihre Gedanken. *Wenn du verletzt wirst...*

Rikers Züge verhärteten sich. »Ich habe Ihnen einen Befehl gegeben, Commander! Halten Sie sich daran!«

Troi senkte den Kopf, und rote Flecken der Verlegenheit bildeten sich auf ihren Wangen. Sie spürte Rikers Zorn und bereute ihre Reaktion. »Ja, Sir. Es tut mir leid.« Der Erste Offizier und Data stiegen bereits die Treppe hoch, als Deanna ihren Kommunikator berührte. »*Enterprise*«, sagte sie. »Retransfer an Bord, drei Personen.«

Kurz darauf erreichten Riker und Data die Geschäftspromenade, in der das reinste Chaos herrschte. Zwar war es nirgends zu Beschädigungen gekommen, doch die Bandi flohen panikerfüllt. Eine dritte Detonation dröhnte, und dort, wo die Passage zur alten Stadt führte, wallte aufgewirbelter Staub. Riker nickte dem Androiden zu und lief in die entsprechende Richtung.

Mark Hughes war beauftragt worden, dem Techniker im Transporterraum 7 zu assistieren. Es langweilte ihn, einfach nur neben dem Pult zu stehen und zuzusehen, wie der Mann seinen Pflichten nachkam. An der Akademie hatte er Gelegenheit gehabt, sich mit den grundlegenden Funktionen des Transportersystems vertraut zu machen, und deshalb glaubte er, die Kontrollen problemlos bedienen zu können. Andererseits jedoch war er nur ein Fähnrich, der gerade erst seinen Dienst begonnen hatte, und während des ersten Jahres an Bord der *Enterprise* bestand seine Aufgabe darin, in allen Abteilungen Erfahrungen zu sammeln.

Der Techniker bestätigte die Mitteilung Trois, peilte die Kom-Signale an und justierte seine Konsole auf die Koordinaten des Raumhafenkomplexes. »Warum befinden sie sich *unter* der Starbase?« überlegte er laut, zuckte dann mit den Schultern und leistete den Transfervorgang ein.

Auf der Plattform vor dem Pult bildeten sich drei schimmernde Energiesäulen, und kurz darauf rematerialisierten Tasha Yar, Deanna Troi und Geordi LaForge. Als sie vom Podest heruntertraten, näherte sich Hughes seinem Bekannten. Tasha schenkte dem Fähnrich keine Beachtung und sagte über die Schulter hinweg: »Mr. LaForge – begleiten Sie uns bitte zur Brükke.«

»Ja, Ma'am.« Geordi zögerte und blieb hinter den beiden Frauen zurück, als Hughes neben ihm stehenblieb.

»He, Geordi, was ist denn los?« fragte der Fähnrich. »Sie sind gerade erst an Bord, und schon teilt man Sie einer Landegruppe zu. Jetzt werden Sie sogar zur Brücke beordert...«

Lieutenant Yar sah zurück und stellte fest, daß ihr der

dunkelhäutige Mann mit der VISOR-Prothese nicht folgte. »Mr. LaForge«, sagte sie scharf.

»Bin schon unterwegs«, erwiderte Geordi. Er sah Hughes wortlos an, breitete hilflos die Arme aus und beeilte sich, um zu den beiden weiblichen Offizieren aufzuschließen.

Hughes beobachtete, wie sie den Transporterraum verließen, drehte sich dann um und richtete seinen Blick auf den Techniker an der Konsole. »Manche Leute wären zu großen Opfern bereit, um Karriere zu machen – und anderen legt man sie geradezu in den Schoß.« Er beneidete Geordi um sein Glück – obgleich er zugeben mußte, daß LaForge einen höheren Rang einnahm. *Aber der Unterschied zwischen uns beiden spielt kaum eine Rolle,* dachte er ein wenig verbittert. Er war ehrlich genug sich selbst gegenüber, um zu dem Schluß zu gelangen, daß er sich schlicht und einfach übergangen fühlte. Er kannte kaum jemanden aus der regulären Besatzung der *Enterprise,* fühlte sich noch immer wie ein Fremder an Bord. Und der Mann, in dem er einen Freund sah, entfernte sich von ihm, setzte mit weiten metaphorischen Sprüngen über die Hindernisse auf der Karrierepiste hinweg... Vielleicht gewann er bald einen solchen Vorsprung, daß ihm nichts mehr an der Gesellschaft eines Mannes lag, der nur den Rang eines Fähnrichs einnahm.

Riker und Data erreichten eine der peripheren Bereiche zwischen Farpoint Station und der alten Bandi-Stadt. Es handelte sich um eine freie Fläche, die wie ein Dorfplatz anmutete und nun nicht mehr zum Ausruhen einlud: Auf der gegenüberliegenden Seite platzte ein steinernes Gebäude auseinander, als sich die destruktiven Energien eines blauweißen Blitzes entluden. Eine stählerne Tür unterbrach den Verkehrsstrom zwischen den beiden Sektionen, und Data stellte fest, daß sie verriegelt war.

»Setzen Sie Ihren Phaser ein«, wies Riker den Androiden an. Data justierte die Waffe auf einen gebündelten Strahl, und der Erste Offizier berührte seinen Kommunikator. »*Enterprise*, hier ist Riker.« Er bekam nicht sofort Antwort. Data sah kurz auf, zielte dann auf das Schloß der Tür und drückte ab. Das Metall verdampfte, und anschließend fiel es dem Androiden nicht schwer, die Pforte aufzustoßen.

»*Enterprise*, bitte kommen«, sagte Riker. Er schüttelte den Kopf und folgte Data nach draußen. »Vielleicht sind Captain Picard und seine Offiziere zu beschäftigt – mit dem Angreifer...«

Das Fauchen und Krachen einer weiteren energetischen Entladung übertönte seine Stimme. Riker und Data drehten sich ruckartig um und beobachteten, wie ein weiteres Gebäude einstürzte. Staub wallte in dichten Schwaden. Der Erste Offizier preßte die Lippen zusammen und versuchte erneut, sich mit der *Enterprise* in Verbindung zu setzen.

Ruhig betrachtete Picard die Darstellung des großen Wandschirms. Das geheimnisvolle Raumschiff feuerte einmal mehr auf die Oberfläche des Planeten. Doch selbst bei maximaler Vergrößerung waren keine Einzelheiten zu erkennen. Worf rutschte auf seinem Sitz vor der Operatorstation hin und her. Der Captain sah, wie sich die Schultermuskeln des Klingonen anspannten, und er ahnte, was in ihm vorging. Schließlich preßte Worf hervor: »Feuerbereitschaft, Sir.«

Picard zögerte, holte tief Luft und schüttelte den Kopf. »Auf Bereitschaft bleiben. Welche Ziele nimmt das fremde Schiff unter Beschuß?«

»Das läßt sich von hier aus nur schwer feststellen, Sir. Es hat den *Anschein*, als hätten es die Unbekannten auf die alte Stadt abgesehen, aber einige Strahlblitze zerstörten Bereiche in unmittelbarer Nähe des Raumhafenkomplexes.«

»Noch keine Antwort von Riker?«

»Nein, Sir – obgleich ich auf mehreren Frequenzen versucht habe, Kontakt mit ihm aufzunehmen.« Worf deutete auf den Schirm. Ein weiterer Energiestrahl raste zum Planeten hinab. »Vielleicht steckt er in Schwierigkeiten.«

Plötzlich erklang die Stimme des *Gropplers* aus den Brückenlautsprechern. »Enterprise, Enterprise! *Bitte helfen Sie uns!«*

»Das fremde Schiff feuert wieder, Sir«, knurrte Worf.

»Was sollen wir jetzt machen?« fragte Zorn ängstlich.

Picard betätigte die Kommunikationskontrollen in der linken Armlehne. »*Groppler*...«

»Captain! Retten Sie uns! Wir werden angegriffen, und es gibt bereits viele Verletzte...«

»Wir schicken Ihnen Hilfe, *Groppler*«, unterbrach ihn Picard scharf. »Wo befinden sich die Verwundeten?«

»In der Stadt.« Zorns Stimme vibrierte, und deutlich war das Krachen einer Explosion zu hören. »Im Zentrum der alten Stadt. Ich flehe Sie an: Beeilen Sie sich! Unternehmen Sie etwas!«

»Ja«, sagte Picard knapp und aktivierte das Interkom. »Krankenstation, Dr. Crusher.«

Sofort ertönte die Stimme Beverlys. »Hier Crusher.«

»Die alte Stadt wird angegriffen, und die Bandi brauchen medizinische Hilfe. Stellen Sie ein Einsatzteam zusammen. Notausrüstung.«

»Wird sofort erledigt. Crusher Ende.«

Picard brummte bestätigend und schaltete auf einen anderen Komkanal um. »Commander Riker, bitte melden Sie sich. Wo sind Sie?« Als er das leise Zischen hörte, mit dem sich die Tür des Turbolifts öffnete, drehte er den Kopf. Troi, Tasha und Geordi eilten auf die Brücke. »Was ist mit Riker?« fragte Picard rasch.

»Er befindet sich noch immer auf dem Planeten«, erwiderte Troi.

»Ich verstehe. Mr. LaForge?«

»Sir?«

»Sie sind als Navigator ausgebildet, nicht wahr?« Als Geordi nickte, deutete der Captain auf den freien Sessel neben Worf. »Nehmen Sie dort Platz. Vielleicht müssen wir einige rasche Manöver durchführen.«

»Ja, Sir.« Geordi trat an die entsprechende Konsole heran, setzte sich und überprüfte die Anzeigen. Unterdessen löste Tasha den stellvertretenden Leiter der Sicherheitsabteilung an der Waffenstation ab. Troi ließ sich auf den Sitz links neben Picard sinken.

»Wo hielt sich Riker auf, als Sie ihn zum letztenmal sahen?« wandte sich der Captain an die Counsellor.

Genau in diesem Augenblick klang die Stimme des Ersten Offiziers aus den Lautsprechern. »Riker an *Enterprise*. Bitte kommen.«

»Endlich«, seufzte Picard. »Wo sind Sie, Commander?«

»Am Rande der alten Stadt, Captain. Zusammen mit Data. Hier geht alles drunter und drüber.«

»Das hörte ich bereits. Und Farpoint Station? Irgendwelche Beschädigungen?«

Im Hintergrund krachte es noch einmal, bevor Riker antwortete: »Negativ, Sir. Der Raumhafenkomplex ist bisher nicht getroffen worden. Wer auch immer die Angreifer sind: Offenbar kommt es ihnen darauf an, die Starbase zu schonen.«

»Ein fremdes Raumschiff«, informierte der Captain seinen Ersten Offizier. »Es ist in eine Umlaufbahn geschwenkt und nicht allzu weit von uns entfernt. Keine ID-Kennung. Und bisher hat es nicht auf unsere Signale reagiert..«

»In der Bandi-Stadt kommt es zu ausgedehnten Verwüstungen. Ich befürchte viele Opfer unter der Bevölkerung.«

»Verstanden, Commander Eine medizinische Einsatzgruppe mit Notausrüstung trifft in Kürze ein.« Picard machte eine Pause und schürzte die Lippen. *Es gibt eine Zeit zum Nachdenken und Überlegen,* fuhr es ihm durch den Sinn. *Und eine andere zum Handeln.* Er legte sich seine Worte sorgfältig zurecht, bevor er hinzufügte: »Erheben Sie irgendwelche Einwände, wenn Ihr Captain Sie mit einer zweifellos illegalen Entführung beauftragt?«

»Nein, Sir – wenn Sie so etwas für notwendig halten.«

»Das ist der Fall. Vielleicht kennt Zorn die Antworten, die wir brauchen. Bringen Sie ihn hierher!«

»Aye, Sir!« erwiderte der Erste Offizier sofort. »Riker Ende.«

»Mr. Worf, schalten Sie die visuelle Erfassung wieder auf das fremde Schiff.« Der Klingone betätigte einige Tasten, und das Bild auf dem großen Wandschirm wechselte. Es zeigte nun wieder den dunklen Diskus, der hoch über Farpoint schwebte. Picard beobachtete ihn eine Weile und fragte sich, was er davon halten sollte. Nach einer Weile schüttelte er den Kopf und sah Troi an. »Warum greifen die Fremden nur die alte Stadt an? Wenn sie etwas gegen uns hätten, würden sie das Feuer auf die *Enterprise* oder die Starbase eröffnen. Warum beschränken sie sich darauf, die Bandi-Stadt zu zerstören?«

»Was die erste Frage angeht, muß ich leider passen«, erwiderte Deanna. »Aber wie dem auch sei: Wir sind moralisch verpflichtet, die Bewohner von Deneb IV zu schützen.«

»Sie stellen mich vor eine sehr schwierige Entscheidung, Counsellor.«

»Ich bezweifle, ob es einer Verletzung der Ersten Direktive gleichkäme, zugunsten der Bandi einzugreifen. Sie haben uns um Hilfe gebeten. Sicher, es sind keine offiziellen Verbündeten...«

»Aber wir führen diplomatische Verhandlungen mit ihnen.« Picard nickte. »Sie haben recht. Wir dürfen nicht einfach die Hände in den Schoß legen.« Ohne sich zu Tasha umzudrehen, befahl der Captain: »Zielerfassung der Phaser auf das fremde Schiff justieren, Lieutenant.«

Die dünnen Finger Lieutenant Yars huschten flink über die Kontrollen. »Zielerfassung positiv, Captain.«

Unmittelbar darauf gleißte weißes Licht auf der Brükke, und Captain Picard sprang mit einem Satz auf. Eigentlich überraschte es ihn nicht sonderlich, *Q* zu sehen. Er trug noch immer die rotschwarze Richterkutte, in die er bei der Verhandlung gekleidet gewesen war. Spöttisch sah er sich in der Kommandozentrale der *Enterprise* um, musterte die Offiziere und bedachte Tasha an der Waffenkonsole mit einem besonders verächtlichen Blick. »Typisch«, sagte er. »So typisch. Unzivilisierte Lebensformen halten sich nicht einmal an ihre eigenen Regeln. Und damit entlarven sie sich selbst.«

»Was soll das heißen, *Q*?«

Der hochgewachsene Humanoide wandte sich zu Picard um, und seine Lippen deuteten ein ironisches Lächeln an. »Ich erinnere mich an eine recht beeindrukkende Rede, die ich vor nicht allzu langer Zeit hörte… an den Vortrag einer jungen Frau, die ich bei einer gewissen Gelegenheit kennenlernte…« Er richtete seinen Blick wieder auf Tasha. »Wie hieß es noch? Ah, ja. ›Dieses sogenannte Gericht sollte vor Starfleet und dem, was die Flotte repräsentiert, auf die Knie sinken.‹ Wissen Sie noch, Captain? Und entsinnen Sie sich auch an Ihre eigene Bemerkung? Lassen Sie mich nachdenken…« *Q* schnippte mit den Fingern. »Ich hab's. ›Wir geben zu, daß zumindest ein Teil der menschlichen Geschichte die Annahme des Gerichts stützt, unser Volk sei blutrünstig und barbarisch. Aber das hat sich inzwischen geändert. Testen Sie uns. Stellen Sie fest, ob sich die *heutigen* Menschen verändert haben oder nicht.‹ Dieser Vorschlag gefiel mir, Captain. Ich fand ihn überzeugend. So überzeugend, daß ich Sie an Bord Ihres

Schiffes zurückbrachte und Ihnen erlaubte, sich hier einem Test zu unterziehen.«

»*Verschwinden Sie von meiner Brücke!*« donnerte Picard.

Q lächelte mitleidig und schüttelte den Kopf. »Ihr Befehl in Hinsicht auf die Phaser... sehr interessant.«

»Phaser nach wie vor feuerbereit, Captain«, sagte Tasha kühl. Q sah sie kurz an, aber die junge Frau ignorierte ihn. Ihre Aufmerksamkeit blieb auf Picard gerichtet.

Der Humanoide wandte sich dem Captain zu, hob die Hände und lächelte. »Lassen Sie sich nicht stören.« Und mit einem anzüglichen Brummen fügte er hinzu: »Setzen Sie ruhig Ihre Bordgeschütze ein.«

»Da ich nicht weiß, wer sich an Bord des fremden Schiffes aufhält, war meine Anweisung nur eine routinemäßige Vorsichtsmaßnahme. Man hat uns nicht angegriffen. Der Diskus feuert auf die Bandi-Stadt, und wir haben keine Ahnung, was für Kontroversen zwischen den Bewohnern und jenen Fremden bestehen...«

Q rollte mit den Augen und lachte schallend. »Ach, wirklich? Sie wissen nicht, um was es sich bei dem Schiff dort handelt?« Erneut schüttelte er den Kopf, verwundert von der dummen Naivität der Menschen. »Die Bedeutung des Objekts liegt auf der Hand, aber Sie sind offensichtlich nicht dazu in der Lage, über Ihren begrenzten Primatenhorizont hinauszublicken. Übrigens, Captain: Sie behaupten doch, zivilisiert zu sein. Warum unternehmen Sie nichts, um den Verwundeten in der Stadt zu helfen?«

Aha! dachte Picard. *Vielleicht weiß er nicht alles.* Er betätigte die Komkontrolle in der Armlehne des Kommandosessels. »Captain an Erste Bordärztin. Haben Sie mitgehört?«

Es knackte in den Lautsprechern, und Beverly antwortete: »Die medizinische Hilfsgruppe bereitet sich auf den Transfer vor, Captain. Sie erreicht das Einsatzgebiet in fünf Minuten.«

»Kompliment, Doktor.« Picard sah *Q* an, der noch immer spöttisch lächelte. »Irgendwelche Fragen? Das Starfleet-Personal ist ausgebildet, um überall dort zu helfen, wo...«

»Wo Sie es zulassen, daß intelligente Wesen zu Schaden kommen?«

»Dieser Vorwurf ist völlig ungerechtfertigt, und das wissen Sie auch«, entgegnete Picard.

»Mag sein. Dennoch entspricht er der Wahrheit. Und da wir gerade dabei sind, für Sie unliebsame Tatsachen beim Namen zu nennen, Captain: Die Angehörigen von Starfleet *können nicht logisch denken,* denn sonst wüßten Sie bereits, was hier geschieht. Wenn Sie zu den richtigen Schlußfolgerungen gelangt wären, hätte kein einziger Bandi sterben müssen.«

»Und was ist mit Ihnen, *Q* – mit Ihrer angeblich so überlegenen Intelligenz? Sie bezeichnen uns als ›Wilde‹, aber offenbar *wußten* Sie, was sich hier anbahnte. Warum gaben Sie uns keinen Hinweis? Warum unternahmen Sie nichts, um die Bandi zu schützen? Rechtfertigt der ›Test‹ den Tod unschuldiger Personen? Meiner Ansicht nach sind *Sie* es, der ein unzivilisiertes Verhalten zeigt.«

»Sir, das fremde Schiff feuert erneut auf den Planeten«, sagte Worf.

Picard drehte den Kopf und beobachtete den blauweißen Blitz, der zur alten Stadt hinabzuckte und ein Gebäude im Zentrum vernichtete. Nur wenige Sekunden später folgte eine weitere Entladung.

»Impulstriebwerk: Positivschub! Bringen Sie uns zwischen den Planeten und das fremde Schiff. Deflektoren auf volle Energie!«

»Aye, Sir«, erwiderte Geordi knapp, beugte sich zur Navigationskonsole vor und führte die notwendigen Schaltungen durch. »Impulstriebwerk auf...« Er unterbrach sich und starrte verwundert auf die Anzeigen der Konsole. »Sir, wir haben keine Kontrolle mehr über die *Enterprise*. Die Bordsysteme sind *blockiert!*«

Riker und Data liefen durch die schmalen Gassen der alten Stadt und näherten sich dem Büro des Administrators. Unter normalen Umständen wäre es den beiden Männern möglich gewesen, sich von einem Transporterfeld innerhalb eines Sekundenbruchteils zum Ziel bringen zu lassen; doch kurz nachdem Riker den Befehl des Captains bestätigte, brach die Verbindung zur *Enterprise* ab. Der Erste Offizier besaß eine gute Kondition, aber nach dem Sprint durch die Stadt schnappte er keuchend nach Luft. Für Data existierten solche Probleme natürlich nicht. Die Entfernung zum Amtssitz des *Gropplers* betrug nur noch wenige Meter, als sich ein besonders greller Energieblitz direkt neben der Tür in den Boden brannte. Der felsige Untergrund bebte, und Riker und Data verloren das Gleichgewicht. Das Dach eines nahen Gebäudes stürzte ein, und Staub und Sand rieselten auf die beiden Männer herab. Als es um sie herum still geworden war, bewegte sich der Androide vorsichtig und setzte sich auf. Neben ihm stemmte sich Riker in die Höhe und duckte sich, als sich ein lockerer Mauerstein ganz löste und herunterfiel.

»Sind Sie verletzt, Sir?« fragte Data.

»Nein. Und Sie?«

Datas Blick trübte sich, als er seine internen Systeme kontrollierte. Nach einigen Sekunden zwinkerte er und schüttelte den Kopf. »Alle meine Komponenten funktionieren einwandfrei.«

»Dann los.«

Sie standen auf und näherten sich dem Büro. Die Tür hing schief in den Angeln, und Rauch wallte träge durchs Zimmer. Von der Einrichtung waren nurmehr Trümmer übriggeblieben: Einer der letzten Strahlen mußte ein Volltreffer gewesen sein. Draußen hallte das dumpfe Donnern einer neuerlichen Entladung über die Stadt.

Riker und Data betraten das Büro vorsichtig und sahen sich betroffen um. Nur der prächtige Schreibtisch schien den Angriff unbeschadet überstanden zu haben.

»Zorn?«

Riker vernahm ein leises, ächzendes Stöhnen, das seinen Ursprung irgendwo unter dem Tisch hatte. Rasch setzte er sich wieder in Bewegung. *Groppler* Zorn?« Der alte Bandi-Administrator hockte hinter dem wuchtigen Möbelstück und zitterte vor Furcht. »Bitte stehen Sie auf, Sir. Wir beamen Sie an Bord der *Enterprise.*« Riker streckte die Hände aus und zog den Bandi mit behutsamem Nachdruck auf die Beine.

Zorn schien ihn überhaupt nicht gehört zu haben, starrte ihn flehentlich an. »Bitte... Sorgen Sie dafür, daß es aufhört. Verjagen Sie es.«

»*Was* sollen wir verjagen, *Groppler?*«

Der alte Mann zuckte zusammen und biß sich auf die Lippen, so als hätte er bereits zuviel gesagt. »Ich weiß es nicht«, erwiderte er hastig.

»Das glaube ich kaum, Sir«, ließ sich Data vernehmen. Er sah den Administrator an. »Nach den uns vorliegenden Berichten waren Sie für alle Kontakte mit Starfleet verantwortlich. Daher nehme ich an, andere Außenweltler wandten sich ebenfalls direkt an Sie.«

»Wir haben uns nichts zuschulden kommen lassen!«

»Wenn das stimmt, brauchen Sie auch nichts zu befürchten. An Bord der *Enterprise* droht ihnen keine Gefahr...«

»Ich habe Ihrem Captain nichts zu sagen.«

»Ich fürchte, dann können wir Ihnen nicht helfen«, antwortete Riker fest. »Leben Sie wohl, Sir.« Er wandte sich um, und Data machte Anstalten, ihm nach draußen zu folgen.

»Nein!« entfuhr es Zorn erschrocken. Er versuchte, die Fassung zu wahren und die Beherrschung nicht ganz zu verlieren. »Nein, bitte gehen Sie nicht«, fuhr er fort, und dabei klang seine Stimme fast ruhig. »Ich möchte Ihnen einige Dinge erklären...«

In unmittelbarer Nähe des Administrators entstand ein gespenstisches Glühen, und entsetzt starrte der *Groppler* an seinem Körper herab.

»Nein!« schrie er. »Nein...«

Riker trat einen Schritt auf ihn zu, als der funkelnde Glanz den alten Bandi ganz einhüllte.

Verzweifelt streckte Zorn die Hand nach ihm aus. »Helfen Sie mir!« entfuhr es ihm. »Bitte...«

Das Gleißen erweiterte sich auch auf den Leib Rikers, und er spürte ein sonderbares Prickeln in den Armen...

»Nein, Sir!« Data packte den Ersten Offizier an den Schultern und riß ihn zurück. Die enorme Kraft, die der Androide dabei entfaltete, überraschte Riker, und sein Erstaunen wuchs, als er feststellte, daß ihn Data nur mit wenigen Fingern berührt hatte.

Von einem Augenblick zum anderen verklang die Stimme des *Gropplers*. Data und Riker wirbelten herum.

Zorn war verschwunden.

KAPITEL 10

Riker starrte auf die Stelle, an der sich eben noch der Administrator befunden hatte. Hinter ihm murmelte Data: »Ich schätze, das bringt uns in Schwierigkeiten.«

»Offenbar neigen Sie zu Untertreibungen, Commander.« Riker berührte seinen Kommunikator und sagte: »Erster Offizier an *Enterprise.*«

Picards Stimme drang aus dem kleinen Lautsprecher. »Was ist los, Riker?«

Die Nachricht wird ihm bestimmt nicht gefallen, aber daran kann ich leider nichts ändern, dachte Riker. Er schüttelte andeutungsweise den Kopf und holte tief Luft. »Wir haben Zorn verloren, Sir. Eine Art Transporterfeld hat ihn entmaterialisiert und fortgebracht.«

»Eine *Art?* Der Transfer wurde nicht von uns eingeleitet?«

»Nein, Sir«, bestätigte Data.

»Anfrage, Captain«, fügte Riker hinzu. »Steckt *Q* vielleicht dahinter?«

Q hob spöttisch die Brauen und lächelte, als er die säuerliche Miene Picards sah. Eigentlich war die Sache ganz einfach – aber die Primitiven standen dennoch vor einem für sie unlösbaren Rätsel. »*Niemand* von ihnen weiß, wer den *Groppler* transferiert hat? Ihre Zeit läuft ab, Captain.«

Troi zuckte unwillkürlich zusammen, als ihre paranormalen Sinne auf etwas aufmerksam wurden. Sie hatte sowohl die Verärgerung des Captains als auch den Spott *Q's* gespürt, doch jetzt schob sich etwas anderes ins Zentrum ihrer mentalen Aufmerksamkeit – irgend etwas tastete behutsam an der Peripherie ihres Bewußtseins entlang. »Captain«, sagte sie schließlich. »Ich nehme etwas wahr...« Picard drehte sich um und sah sie fragend an. »Zufriedenheit. Tiefempfundene Zufriedenheit.«

»Ach, wie nett«, höhnte Q und kicherte.

Picard ignorierte ihn. »Der gleiche Ursprung wie zuvor?«

»Nein. Diesmal befindet sich der Ausgangspunkt der emotionalen Signale nicht auf dem Planeten, sondern ganz in der Nähe.«

Der Captain sah auf den Wandschirm und beobachtete das riesige, diskusförmige Raumschiff. Q wippte auf den Zehen und warf Troi einen anerkennenden Blick zu. »Ausgezeichnet, Counsellor!« Mit dem Daumen deutete er auf Picard. »Ihr Captain scheint ein wenig schwer von Begriff zu sein, wie?«

»Vielleicht«, gab Picard scharf zurück. »Aber Sie scheinen das alles nur für Rätselraterei zu halten – während wir die Angelegenheit für wesentlich ernster halten.«

Eine Stimme erklang aus dem Lautsprecher des Interkoms. »Transporterraum 6 an Captain. Der Erste Offizier und Mister Data sind an Bord zurückgekehrt und werden gleich auf der Brücke eintreffen.«

»Oh«, machte Q fröhlich. »Nicht schlecht! Vielleicht hilft es Ihnen, von anderen Primitiven beraten zu werden...«

Picard wirbelte um die eigene Achse und fuhr aus der Haut. Er verlor nur selten die Beherrschung, vertrat die Ansicht, daß Wutanfälle nichts nützten. Aber er konnte den arroganten Humanoiden nicht mehr ertragen. »Das *reicht* jetzt, verdammt!«

Q wich ein wenig zurück und grinste hochmütig. »Haben Sie unsere Übereinkunft vergessen? Ich wollte Sie nur daran erinnern, daß Ihnen nicht mehr viel Zeit bleibt.«

Picard hörte, wie sich die Tür des Turbolifts öffnete und jemand die Brücke betrat. Vermutlich Data und Riker. Doch er wandte den Blick nicht von Q ab. Mit einigen weiteren Schritten vergrößerte der Humanoide die Distanz zu ihm, und aus einem Reflex heraus folgte ihm der Captain. Seine Fechterfahrungen lehrten ihn: Wenn sich ein Gegner zurückzieht, so laß nicht locker und geh in die Offensive.

»Ja, wir haben ein Abkommen getroffen – das Sie gerade brechen, indem Sie dieses Schiff übernehmen und meine Handlungsfreiheit beschränken!« Picard blieb dicht vor *Q* stehen, und obgleich er betont ruhig sprach, war die Autorität in seiner Stimme unüberhörbar. »Verschwinden Sie endlich – oder machen Sie der Farce ein Ende!«

Q musterte ihn nachdenklich. Die Offiziere auf der Brücke hielten den Atem an und warteten gespannt auf die Reaktion des gefährlichen Fremden. Der plötzliche Vorstoß des Captains hatte ihn zwar überrascht, aber *Q* fand trotzdem Gefallen an der allgemeinen Situation. Schließlich deutete er ein sarkastisches Lächeln an und erwiderte mit zuckersüßer Freundlichkeit: »Immer mit der Ruhe, *mon capitaine*. Ich versuche doch nur, einer bemitleidenswert rückständigen Spezies zu einem kleinen Erfolgserlebnis zu verhelfen, bevor ich sie für immer auf ihren Heimatplaneten verbanne. Aber vielleicht verzichte ich darauf, wenn Commander Riker mir einen kleinen Gefallen erweist.«

»Gehen Sie nicht darauf ein!« wandte sich Picard an seinen Ersten Offizier.

Riker hatte auch gar nicht die Absicht und warf dem Captain einen bestätigenden Blick zu. *Q* näherte sich ihm, und seine Stimme klang liebenswürdig, als er sagte: »Ich verlange doch gar nicht viel. Und außerdem ist es nötig, wenn Sie dieses Rätsel lösen wollen.«

»Was wollen Sie?« fragte Riker.

Q deutete wie beiläufig auf den großen Wandschirm. »Beamen Sie sich an Bord des fremden Schiffes. Zusammen mit Ihrer...« Er zögerte und sah Picard fragend an. »Inspektionsgruppe? Ist das der richtige Ausdruck?«

»Ich dulde es nicht, daß meine Leute unwägbare Risiken eingehen.«

Der Humanoide schüttelte mitleidig den Kopf. Der Umgang mit Menschen war wirklich nicht leicht. Sie lehnten sogar seine Hilfe ab. »Eigentlich sollten Sie bereits wissen, was Sie dort drüben erwartet, Captain. Aber vielleicht ist das Rätsel zu kompliziert für Sie, zu anspruchsvoll. Vielleicht übersteigt es Ihre Intelligenz…« Er zögerte. »Wie wäre es, wenn Sie die Phaser abfeuern? Das ist doch üblich bei Ihnen, um Probleme aus der Welt zu schaffen, nicht wahr?«

»Ich warne Sie, *Q*…«

»Captain…«, sagte Riker. »Mit allem gebührenden Respekt, Sir: *Q's* Vorschlag hat durchaus etwas für sich.«

Der Humanoide drehte sich zu ihm um. »Oh, was für ein vielversprechender junger Mann…«

Riker unterbrach ihn verärgert und nickte in Richtung Picard. »Haben Sie auch nur ein Wort von dem verstanden, was Ihnen der Captain klarzumachen versuchte? Wir Menschen sind keine barbarischen Wilden mehr!«

»Wie sagte man im zwanzigsten Jahrhundert so schön? Ja, jetzt fällt es mir wieder ein: ›Leere Worte‹. Ihre Behauptungen klingen zwar recht gut, lieber Riker, aber *Sie müssen sie erst noch beweisen!*« Die Gestalt des Humanoiden verflüchtigte sich in einem Blitz aus weißem Licht, und die Offiziere der Brückencrew kniffen die Augen zu, um nicht geblendet zu werden.

Nach dem grellen Gleißen wirkten die sanften Pastellfarben der Brücke fast wie verblaßt. Riker achtete nicht weiter darauf und wandte sich an den Captain. »Sir, bitte erlauben Sie mir, mich zusammen mit den anderen an Bord des fremden Schiffes zu beamen. Nur dort können wir hoffen, Antworten auf unsere Fragen zu finden.«

»Es überrascht mich, daß Sie das ebenfalls glauben«, erwiderte Picard.

Riker zuckte kurz mit den Schultern. »Warum nicht,

Sir? Wir haben sonst überall gesucht. Und ich bin sicher, in oder unter Farpoint Station läßt sich das Rätsel nicht lösen.«

Picard dachte darüber nach. Riker hatte natürlich recht, und der Captain wußte, daß ihm gar keine andere Wahl blieb, als seinem Ersten Offizier die gewünschte Genehmigung zu erteilen. Er nickte.

»Wenn es dort drüben irgend etwas Interessantes gibt, so werden wir es finden, Sir.«

Picard nickte erneut, ging die Rampe hoch und hielt auf den Turbolift zu. »Sir?« fragte Riker. »Was wollen Sie unternehmen, wenn Q nicht bereit ist, Beweise zu unseren Gunsten zu akzeptieren?«

Picard blieb am oberen Ende der Rampe stehen und drehte sich um. »Ich erfülle weiterhin meine Pflicht.«

»Bis zum bitteren Ende?«

Der Captain senkte kurz den Kopf und dachte darüber nach. Ein dünnes Lächeln umspielte seine Lippen, als er erwiderte. »Ich sehe nichts Bitteres darin.« Riker nickte ernst, streckte die Hand aus und deutete mit dem Daumen nach oben. Picard näherte sich dem Turbolift und betrat die Kabine, nachdem sich die Tür geöffnet hatte. »Krankenstation«, sagte er knapp, woraufhin sich das Schott wieder schloß.

Riker fand den Captain immer sympathischer. Wenn die gegenwärtige Krise überstanden war, so überlegte er, würde es ihm eine Freude sein, unter dem Kommando von Jean-Luc Picard mit der *Enterprise* auf große Fahrt zu gehen.

Beverly Crusher war noch damit beschäftigt, die zur *Enterprise* versetzten Besatzungsmitglieder routinemäßig zu untersuchen und die Resultate mit den Angaben in den entsprechenden Med-Akten zu vergleichen. Gerade hatte sich Lieutenant LaForge auf der Analyseliege ausgestreckt. Die von den Scannern ermittelten Werte deuteten auf einen ausgezeichneten körperlichen Zustand hin und bestätigten die Daten früherer Checkups. An seinen metabolischen Reaktionen war die Ärztin ebenso interessiert wie an der visuellen Prothese, die neben ihm auf dem Tisch lag. Er starrte blind ins Licht, und der Anblick seiner weißen und pupillenlosen Augen weckte vages Unbehagen in der Ärztin. Sie ließ das handliche Meßinstrument sinken und richtete sich auf. »Natürlich habe ich über Ihren Fall gelesen. Die VISOR-Vorrichtung befähigt Sie zu einer optischen Wahrnehmung, die weitaus besser als die normaler Menschen…«

»Ja, es ist erstaunlich, was die bioelektronische Technik heute zu leisten vermag. Mit der Prothese ›sehe‹ ich einen großen Teil des elektromagnetischen Spektrums. Ich kann nicht nur infrarote Strahlen erkennen, sondern auch Radiowellen und vieles andere.« Geordi klang ein wenig gelangweilt. »Ich habe solche Bemerkungen schon tausendmal gehört – und fast immer die gleiche Antwort darauf gegeben.« Er seufzte.

»In Ihrem Krankenbericht steht, Sie seien Ihr ganzes Leben lang blind gewesen.«

Dr. Crusher klopfte ihm kurz auf die Schulter, und daraufhin richtete sich Geordi auf und schwang die Beine über den Rand der Liege. »Ich bin blind geboren«, erwiderte er schlicht. Und das war ein Umstand, mit dem man sich abfinden mußte. Er hatte es längst aufgegeben, sich selbst zu bemitleiden, weil er nicht so sehen konnte wie gewöhnliche Menschen, erachtete das VISOR inzwischen als ein Werkzeug, das ihm wichtige Vorteile gab. Beverly griff nach dem Gerät und reichte es ihm.

»Und in all den Jahren hatten Sie dauernd Schmerzen?«

Geordi nickte gelassen. »Es heißt, der Grund dafür sei die unterschiedliche Stimulierung meiner neuralen Rezeptoren.«

Beverly nickte nachdenklich. Es war natürlich möglich, LaForge in diesem Zusammenhang Erleichterung zu verschaffen – doch nicht ohne gewisse Konsequenzen, über die er bestimmt Bescheid wußte. Inzwischen schien sich der junge Lieutenant an seine Situation gewöhnt zu haben und sie einfach hinzunehmen. Dennoch: Ein Versuch konnte nicht schaden. »Ich sehe zwei Möglichkeiten, Ihnen zu helfen. Die erste: schmerzstillende Mittel…«

»Die jedoch die Funktionsweise der Prothese beeinträchtigen«, entgegnete Geordi sofort. Er setzte die spangenartige Vorrichtung auf und sah die Ärztin direkt an. »Nein.«

Die Tür der Krankenstation öffnete sich, und Picard kam herein. Beverly blickte an Geordi vorbei und versteifte sich ein wenig, als sie den Captain erkannte. Dann richtete sie ihre Aufmerksamkeit wieder auf LaForge, als der Lieutenant fragte: »Und die andere Alternative?«

»Moderne Neurochirurgie. Eine Desensibilisierung des Hirnbereichs, der die Schmerzen projiziert.«

Geordi stand auf und schüttelte den Kopf. Er hatte diesen Vorschlag schon gehört, und er gefiel ihm ganz und gar nicht. Mühsam rang er sich ein Lächeln ab. »Dabei müßte ich mit ähnlichen Auswirkungen rechnen. Nein, vielen Dank.«

Beverly erwiderte das Lächeln verständnisvoll. »Ich hielt es nur für richtig, Sie auf die in Frage kommenden Behandlungsmethoden hinzuweisen. Außerdem bin ich sicher, daß sich bald noch andere Möglichkeiten ergeben.«

»Ich bin gern bereit, mir Ihre Ratschläge anzuhören, Doktor.«

Picard näherte sich ihnen und sah erst Beverly und dann LaForge an. »Irgendwelche Probleme, Doktor? Lieutenant?«

»Nein, Sir, absolut keine«, antwortete Geordi. Er nickte der Ärztin zu und wandte sich zur Tür um.

Picard sah ihm nach, als sich das Schott öffnete und der dunkelhäutige Mann auf den Korridor trat.

»Kann ich Ihnen helfen, Captain?« fragte Beverly. Picard drehte den Kopf und musterte sie. Er fühlte sich nicht ganz wohl in seiner Haut, aber er wußte, daß man unangenehmen Dingen nicht ausweichen konnte. Er hielt es für besser, offen zu sein und schwierige Situationen so schnell wie möglich zu bereinigen. »Ich bin gekommen, weil ich glaube, es sollte etwas geklärt werden. Ich möchte nicht, daß Sie glauben, ich sei herzlos und eingebildet.«

Beverly hob langsam die Brauen und schaffte es, ihr Lächeln zu verbergen. Ihre Stimme klang jedoch ein wenig amüsiert, als sie erwiderte: »Warum sollte ich mir ein solches Bild von Ihnen machen?«

Picard spürte ihre Erheiterung und entspannte sich ein wenig. Offenbar war Dr. Crusher bereit, seine Entschuldigung anzunehmen. Er hatte befürchtet, nach den beiden jüngsten Konfrontationen könne sie ihm distanziert oder gar feindselig begegnen, und jetzt überraschte sie ihn erneut. Einmal mehr mußte der Captain feststellen, daß ihr Gebaren nicht seinen Erwartungen entsprach. Interessant... Er verdrängte diesen Gedankengang hastig und konzentrierte sich auf das, was er der Ärztin sagen wollte. »Ich habe Sie nicht gerade mit offenen Armen empfangen, weder privat noch als Captain. Ich ließ mich dazu hinreißen, Ihren Sohn anzuschreien, der, wie Sie bemerkten, die Lage auf der Brükke richtig einschätzte. Offenbar kennt er sich mit den Bordsystemen von Raumschiffen ziemlich gut aus. Hiermit möchte ich mich in aller Form dafür entschuldigen. Ich... äh... ich habe keine große Erfahrung im Umgang mit Kindern.«

Beverly lächelte und nickte. »Das verstehe ich, Captain. Und ich darf Ihnen versichern: Weder Wesleys noch mein Seelengefüge kam dauerhaft zu Schaden.«

Picard dachte einige Sekunden lang über diese Bemerkung nach und streckte dann die Hand aus: »Willkommen an Bord, Doktor. Ich hoffe, wir können Freunde werden.«

Beverly drückte die ihr dargebotene Hand kurz. »Danke.« Rasch zog sie den Arm wieder zurück und wurde ernst. Picard musterte sie eingehend und fühlte, wie eine neue Barriere zwischen ihnen entstand. Er wußte, daß ihm keine andere Wahl blieb, als zu gehen, und deshalb nickte er knapp und verließ die Krankenstation. Beverly erinnerte sich an ihre Befürchtung, den Captain mit ihren offenen Worten so sehr beleidigt zu haben, daß er sich weigerte, sie in die Besatzung der *Enterprise* aufzunehmen. Doch ganz offensichtlich stimmte all das, was Jack über ihn gesagt hatte. Jean-Luc Picard war streng, aber gerecht. Er wußte, daß er Fehler machen konnte, und er gestand sie ein, wenn ihm welche unterliefen. Vielleicht... Ja, vielleicht lernte sie ihn im Verlauf der Zeit ebenso schätzen wie Jack. Kurzes Unbehagen regte sich in Beverly und verflüchtigte sich dann wieder.

Möglicherweise beschränkte sich ihre Beziehung in Zukunft nicht nur auf Freundschaft und gegenseitigen Respekt.

Rikers Begleiter traten auf die Transporterplattform und überprüften rasch und sorgfältig ihre Ausrüstung. Der Erste Offizier entschied sich für Lieutenant Yar, Troi und Lieutenant Commander Data, weil er während der Inspektion des Raumhafenkomplexes Gelegenheit erhalten hatte, die individuellen Fähigkeiten dieser drei Besatzungsmitglieder einzuschätzen. Die Bordcounsellor nahm er deshalb mit, weil sie sich durch eine besondere Sensibilität anderen Lebensformen gegenüber auszeichnete – was sich an Bord des fremden Schiffes als recht nützlich erweisen mochte. Der Androide war in der Lage, Informationen zu analysieren und innerhalb kurzer Zeit zu Schlußfolgerungen zu gelangen. Eine Eigenschaft, die ihn zu einem wertvollen Helfer machte – obgleich er dazu neigte, Menschen mit komplexen Anfragen zu verwirren, wenn er es mit Dingen zu tun bekam, denen eine konkrete Faktenbasis fehlte.

»Phaser auf Betäubung justieren«, befahl Riker. Er wartete, bis seine Gefährten bestätigten, bevor er sich umwandte und den Techniker hinter der Konsole ansah. »Alles klar.«

Der Mann kontrollierte die Anzeigen des Pults. »Ich habe Koordinaten gewählt, die etwa in der Mitte des Schiffes liegen, aber da die Signale unserer Sensoren abgelenkt werden, weiß ich nicht, was Sie am Ziel erwartet, Sir. Eins steht jedoch fest: Der Retransfer wird *nicht* in der Nähe des Triebwerks stattfinden, das sich aufgrund der intensiven energetischen Emissionen leicht lokalisieren läßt.«

Riker nickte. »Verstanden. Energie.«

Sie rematerialisierten in einer Art Tunnel, und Riker erkannte die glatten Wände und ihr sonderbares Glühen sofort wieder. Data nahm eine Sondierung mit seinem Tricorder vor und prüfte die angezeigten Werte. »In höchstem Maße interessant, Sir. Licht – aber keine feststellbare Lichtquelle. Beschaffenheit der Wände unbekannt. Der Tricorder kann das Material nicht analysieren.«

»Vermutlich handelt es sich um die gleichen Substanzen, die wir unter Farpoint Station fanden«, warf Tasha ein.

Data sah kurz auf. »Zu diesem Schluß bin ich ebenfalls gelangt«, sagte er. Riker glaubte, in der Stimme des Androiden einen Hauch von Ironie zu vernehmen. »Darüber hinaus bemerken Sie sicher, daß es völlig still ist. Offenbar existieren hier keine Bordsysteme, die irgendwelche Geräusche verursachen.«

»Dann frage ich mich, wie dieses Schiff funktioniert.«

Riker deutete nach vorn. »Versuchen wir, es herauszufinden.«

Tasha übernahm sofort die Spitze und führte ihre Kameraden in die entsprechende Richtung. Data hob immer wieder seinen Tricorder, schüttelte jedoch den Kopf. Offenbar blieben seine Analyseversuche ergebnislos.

Plötzlich zuckte Troi so heftig zusammen, als hätte sie einen Schlag erhalten. Riker war mit einigen eiligen Schritten an ihrer Seite.

»Was ist los, Deanna? Spüren Sie etwas?«

»Ja... Aber die Emanationen unterscheiden sich von denen, die ich auf dem Planeten wahrnahm.« Vorsichtig senkte sie ihre mentalen Barrieren, die ihr Bewußtsein abschirmten, und unmittelbar darauf empfand sie ein vages Prickeln an der Peripherie ihres Geistes. Die Betazoidin runzelte die Stirn und sah Riker an. »Die emotionalen Signale sind wesentlich stärker... voller *Wut*... und *Haß*.«

»Gegen uns gerichtet?«

»Nein. Sie gelten der alten Bandi-Stadt.«

Data setzte sich wieder in Bewegung. »Faszinierend. Dieses Schiff nahm nicht etwa den Raumhafenkomplex unter Beschuß, sondern die Gebäude derjenigen, die ihn bauten.« Er unterbrach sich abrupt und warf Riker einen verlegenen Blick zu. »Entschuldigen Sie bitte, Sir. Vielleicht stört es Sie, daß ich dauernd Kommentare abgebe.«

Riker unterdrückte ein Lächeln. »Ganz im Gegenteil, Data. Ich schätze Ihre Bemerkungen. Halten Sie sich nicht zurück.«

Vorsichtig setzten sie den Weg fort und beobachteten die seltsam gewölbten Wände des Tunnels, der kein Ende zu nehmen schien. Ab und zu zweigten links und rechts andere Korridore ab, aber auf Rikers Anweisung hin ging Tasha geradeaus weiter.

»Wenn es sich um Passagen wie an Bord der *Enter-*

prise handelt, müßten sie Zugang zu diversen Räumen und Kammern gestatten«, sagte Riker nach einer Weile. »Aber das ist ganz offensichtlich nicht der Fall.« Er sah seine Begleiter fragend an. »Wie erreicht man andere Etagen?«

»Eine Vermutung, Sir«, warf Data ein. »Vielleicht sind die Fremden imstande, feste Wände zu passieren, möglicherweise mit Hilfe von Dimensionstoren.«

Tasha neigte skeptisch den Kopf. »Warum sollten sie dann überhaupt erst Wände errichten?« Lieutenant Yar dachte immer praktisch. Der Hinweis leuchtete Data ein, und er nickte nachdenklich. Kurz darauf summte Rikers Kommunikator, und die Stimme des Captains drang aus dem kleinen Lautsprecher.

»Picard an Riker. Bericht.«

»Hier Riker. Unser Retransfer erfolgte in einem langen Tunnel, Sir. Weit und breit keine Spur von Besatzungsmitgliedern. Und bisher haben wir auch keine Anzeichen von installierten Geräten oder elektronischen Komponenten gefunden...«

»Halten Sie mich auf dem laufenden, Commander. Picard Ende.«

Riker sah seine Gefährten an. »Unser Captain scheint ein wenig ungeduldig zu sein.«

»O nein, Sir«, antwortete Data fröhlich. »Er möchte nur am liebsten alles selbst erledigen.«

»Danke für den Hinweis, Data.«

»Gern geschehen, Sir.«

Vermutlich hätte Data die Gelegenheit genutzt, um einen längeren Vortrag zu halten, aber Troi unterbrach ihn bereits im Ansatz. »*Groppler* Zorn«, sagte sie scharf. »Voller Angst.« Sie deutete auf eine Abzweigung. »Dort von.« Sie eilten los, und diesmal übernahm Troi die Führung. Während sie liefen, gab sie Riker ein Zeichen. Er verharrte dicht neben ihr, als die Counsellor stehenblieb. »In diesem Teil des Korridors empfange ich *völlig* andere Gefühle...«

Zorns schmerzerfüllte Stimme hallte ihnen entgegen. »Nein, *bitte!* Ich halte es nicht mehr aus!«

Riker und seine Begleiter betraten den Seitengang – und erstarrten förmlich. Vor ihnen schwebte der Administrator Zorn in einem zylindrischen Kraftfeld, dessen Ränder in einem bläulichen Ton schimmerten. Funken stoben, und als es leise knisterte, verzerrte sich das Gesicht des Gefangenen zu einer Fratze, der Pein.

»Nein! Bitte nicht! Hört endlich auf! Quält mich nicht länger!«

Riker und Tasha traten näher und spürten kurz darauf, wie sich ihnen ein unsichtbares Hindernis entgegenstellte. »Data, stellen Sie das Ausmaß des Kraftfeldes fest.« Der Androide nickte und hob erneut seinen Tricorder. Zorn stöhnte, und Riker beobachtete den leidenden *Groppler.* »Können Sie mich verstehen, Zorn?«

Der Bandi drehte langsam den Kopf und sah sie an. Seine Miene kam einer Grimasse gleich, und Riker spürte, wie es ihm kalt über den Rücken lief, als er die Qual in den Augen des alten Mannes sah. »Bitte. Es... ich ertrage es nicht. Bitte sorgen Sie dafür, daß es aufhört. Ich flehe Sie an...«

»Hat der Fremde versucht, sich mit Ihnen...?« Troi unterbrach sich und starrte Riker an, als sie plötzlich begriff. »Das ist es, Sir! Ich spüre hier nur *ein* fremdes Bewußtsein.«

Zorn wimmerte erneut und erbebte am ganzen Leib, als das Kraftfeld neuerlichen Schmerz in seinem Körper aufflammen ließ. *»Bitte!* Ich weiß nicht, was es von mir will...«

Troi warf Riker einen kurzen Blick zu und schüttelte den Kopf. »Das stimmt nicht. Er weiß genau Bescheid – und deshalb hat er solche Angst.«

Data beendete die Untersuchung des Kraftfeldes und machte Riker auf die Anzeigen des Tricorders aufmerksam. »Der Energiezylinder durchmißt einen halben Meter, reicht jedoch vom Boden bis zur Decke. Eine Strahlungsquelle kann ich zwar nicht lokalisieren, aber sehen Sie sich das hier an…« Er deutete auf ein bestimmtes Kontrollfeld, und Riker hob überrascht die Brauen, bevor er seinen Phaser zog und den Einstellregler der Waffe betätigte.

»Oberste Betäubungsstufe«, wies er seine Gefährten an. »Feuern Sie mit mir zusammen.« Er zielte direkt auf den *Groppler*.

»Nein, nein!« schrillte die Stimme des alten Bandi. »Bitte nicht!«

Die Phaserentladungen traten das Kraftfeld, das daraufhin bunt zu schillern begann. Einige Sekunden später löste es sich auf, und Zorn fiel zu Boden. Tasha und Data näherten sich der reglosen Gestalt, während der Erste Offizier seinen Kommunikator aktivierte. »Riker an *Enterprise*.«

Troi spürte, wie sich die fremde Präsenz am Rande ihres Bewußtseins verdichtete, und Besorgnis regte sich in ihr. Noch immer spürte sie eine Wut, die fast ausschließlich dem Administrator galt. Kurz darauf fühlte sie so etwas wie Neugier… Plötzlich versteifte sich die Counsellor. Ein sonderbarer Plasmatentakel wuchs auf der einen Wand und tastete Riker entgegen. *Imzadi!* riefen Deannas Gedanken.

Andere Pseudopodien zuckten auf Data und Tasha zu, die sich über den reglosen Zorn beugten. Troi fühlte eine Berührung am Rücken, und etwas Dünnes und Biegsames schlang sich um ihre Taille. »*Enterprise*, bitte kommen!« wiederholte Riker nervös. »Beamen Sie uns an…« Ein Tentakel schloß sich um seinen Hals und drückte ihm die Luft ab.

Picard befand sich nach wie vor auf der Brücke und hörte die gedämpft klingende Stimme seines Ersten Offiziers. Mit einer abrupten Bewegung betätigte er eine Taste in der Armlehne des Kommandosessels. »Transporterraum, holen Sie Riker und die anderen zurück. *Jetzt sofort!«*

Worf nahm den Platz des Operators ein, sah Picard an und deutete auf den Wandschirm. »Sehen Sie nur, Captain!«

Picard drehte den Kopf und starrte verblüfft auf die Darstellung. Das riesige Raumschiff *veränderte* sich: Die Konturen verschwammen, und der Diskus schien eine andere Form zu gewinnen. »Bei allen Raumgeistern, was...«

Weißes Licht blitzte und kündigte *Q's* Rückkehr an. Diesmal trug der Humanoide die Uniform eines Starfleet-Captains – deutlich waren die vier goldenen Scheiben des Rangabzeichens zu erkennen. Picard runzelte unwillig die Stirn und erachtete das Gebaren des Fremden einmal mehr als anmaßend.

»Ihre Zeit ist abgelaufen, Captain«, sagte *Q.*

Picard schenkte ihm keine Beachtung und sagte scharf: »Transporterraum, haben Sie die Koordinaten?« Er wartete einige Sekunden lang und rechnete mit einer raschen Antwort. Als sie ausblieb, beugte er sich besorgt vor. »Transporterraum!«

Q schlenderte an den Kommandosessel heran und lächelte zufrieden. »Der Techniker kann Sie nicht hören, Captain.«

Picard berührte seinen kleinen Insignien-Kommunikator und schaltete ihn ein. »Transporterraum, bitte melden!« Wieder reagierte niemand auf seine Anfrage, und *Q's* Lächeln wuchs in die Breite. Picard sah ihn zornig an. »*Q,* an Bord des fremden Schiffes befinden sich einige meiner Besatzungsmitglieder. Vielleicht sind sie in Gefahr...!« Er stand auf, trat einige Schritte vor und deutete auf das große Projektionsfeld.

Der Humanoide nahm im Kommandosessel Platz und streckte die Beine aus. Picard drehte sich um und hob die Hand, als einige Brückenoffiziere finstere Mienen schnitten und sich dem Eindringling näherten.

»Niemand unternimmt etwas. Das ist ein Befehl!« Daraufhin wichen die Männer und Frauen wieder zurück. Sie waren noch immer aufgebracht, gehorchten jedoch. Picard verabscheute die Vorstellung, *Q* um etwas zu bitten, aber er mußte handeln, um Riker und die anderen zu retten. »Meine Leute sind in Schwierigkeiten, *Q*. Geben Sie mir die Möglichkeit, ihnen zu helfen.« er zögerte kurz und fügte widerstrebend hinzu: »Anschließend unterwerfe ich mich Ihrem Willen.«

Q lächelte betont liebenswürdig, ließ die Hand sinken und breitete die Finger fächerförmig aus. Unmittelbar im Anschluß an diese Geste erklang ein seltsames Geräusch, das Picard nie zuvor gehört hatte. Es wies gewisse Ähnlichkeiten mit dem leisen Sirren eines Transporterfeldes auf, doch gleichzeitig spürte der Captain, daß es sich um etwas ganz anderes handelte. Zwischen dem Kommandosessel und den vorderen Konsolen begann die Luft zu flimmern. In dem vagen Flirren bildeten sich fünf Gestalten, und Picard seufzte erleichtert, als er Riker, Data, Troi, Tasha und Zorn erkannte. Niemand von ihnen schien verletzt zu sein.

»Und nun fügen Sie sich allen meinen Anweisungen?« fragte *Q* wie beiläufig.

Picard zögerte und nickte dann. Er hatte sein Wort gegeben, und sein Ehrgefühl verbot es, jetzt einen Rückzieher zu machen – obgleich er ahnte, daß *Q* keine Rücksicht auf das nehmen würde, was der Captain für richtig und angebracht hielt. Picard vermutete, daß ihn eine Demütigung erwartete. »Wenn ich mich recht entsinne, habe ich Ihnen ein solches Angebot gemacht – falls Sie für die sichere Rückkehr meiner Leute sorgen.«

»Dann brauchen Sie sich zu nichts verpflichtet zu fühlen, Sir«, sagte Troi. »Es war nicht etwa *Q*, der uns rettete.«

Picard warf ihr einen kurzen Blick zu, richtete seine Aufmerksamkeit dann wieder auf den Humanoiden, als *Q* aufsprang. »Schützen Sie sich!« Er zeigte auf den

Wandschirm. »Vielleicht werden Sie gleich angegriffen.«

Der Captain drehte sich um und stellte fest, daß das fremde Objekt nicht nur seine Form verändert hatte, sondern sich auch der *Enterprise* näherte. »Was ist das für ein Gebilde?«

»Es hat uns hierher zurückgeschickt, Captain«, sagte Riker.

»Woher wissen Sie das?«

Troi trat vor und wirkte sehr ernst. »Ich kann es spüren. Es handelt sich nicht etwa um ein Raumschiff, Captain, sondern um ein lebendes Wesen.«

»Sie lügt!« rief *Q*. »Zerstören Sie es, solange Sie noch dazu in der Lage sind.« Mit einigen raschen Schritten hielt er auf Tasha zu, die an der Waffenkonsole stand. »Machen Sie die Phaser und Photonentorpedos einsatzbereit!«

»Nein!« sagte Picard. »Hören Sie nicht auf ihn.« Er starrte *Q* wütend an. »Offenbar glauben Sie, die Uniform gebe Ihnen das Recht, meinen Offizieren Befehle zu erteilen. Sie irren sich.«

Zorn setzte sich in Bewegung und schwankte unsicher. Allem Anschein nach litt er noch immer an den Nachwirkungen des fremden Kraftfeldes. »Aber das Etwas hat Dutzende von Bandi getötet, Captain...«

»Das stimmt«, räumte Picard ein. »Aber warum? Gibt es einen Grund dafür?«

Der *Groppler* mied seinen Blick und schüttelte den Kopf.

»Es ist etwas Fremdes, Captain«, warf *Q* ein. »Genügt das nicht?«

»Wenn Sie sich jene Uniform verdient hätten, wüßten Sie, daß unsere Aufgabe gerade darin besteht, das *Fremde* zu untersuchen!« erwiderte Picard schroff.

Q schnaubte abfällig und wandte sich ab. »Vergebliche Bemühungen«, sagte er höhnisch »Sie sind nicht intelligent genug, um durch die Begegnung mit dem Unbekannten zu neuen Erkenntnissen zu gelangen.«

Picard spürte, daß der Humanoide in die Defensive gedrängt wurde. Er drohte ihnen jetzt nicht mehr, verzichtete darauf, sie unter Druck zu setzen, gab sich damit zufrieden, mit verächtlichen Bemerkungen seine angebliche Überlegenheit zu demonstrieren. Nach Picards Erfahrungen deutete ein solches Verhalten auf eine schwächer gewordene Position hin. »Das muß sich erst noch herausstellen«, erwiderte der Captain ruhig und wandte sich an Zorn. »Beginnen wir mit den Tunneln unter Farpoint Station, *Groppler*.«

»Sie sind mit denen an Bord des fremden Schiffes identisch«, stellte Riker fest. »Warum sind Sie bestraft worden, Zorn? Vielleicht deswegen, weil *Sie* einer anderen Lebensform Schmerzen zufügten?«

Picard trat auf den Administrator zu und blieb dicht vor ihm stehen. Der *Groppler* duckte sich unwillkürlich und senkte den Kopf. »Wir haben uns nichts zuschulden kommen lassen!« entgegnete er schließlich. »Das Wesen ging am Rande unserer Stadt nieder. Es war schwach... nahezu verhungert... Auf seiner langen Reise durchs All hatte es schwere Verletzungen erlitten... Und wir... wir versuchten, ihm zu helfen...«

»Danke«, unterbrach ihn Picard. »Das fehlende Glied in der Kette. Jetzt ist mir alles klar. Lieutenant Yar, beschicken Sie die Hauptphaser mit Energie und bereiten Sie alles für einen singulären Fokus vor.«

»Aye, Sir.« Tasha versuchte, sich ihre Verwirrung nicht anmerken zu lassen. Sie fragte sich, was der Captain plante, als ihre Fingerkuppen über die Sensorfelder der Waffenkonsole strichen. Anzeigen flackerten, und grüne Betätigungslichter glühten.

Picard wandte sich erneut an Zorn. »Sie meinten eben, Sie hätten versucht, dem Wesen zu helfen. Wollen Sie uns etwa weismachen, aus diesem Grund sei das

Geschöpf dort draußen so außer sich geraten, daß es die alte Stadt angriff?«

Voller Unbehagen wand sich Zorn hin und her. Die Bandi brauchten die Hilfe des Wesens. Es hatte alle ihre Wünsche erfüllt – obgleich manchmal ein wenig ›Nachhilfe‹ nötig gewesen war. »Jene Lebensform ernährt sich von Energie, und die stand uns im Übermaß zur Verfügung. Sie ist in der Lage, Gedankenbilder zu empfangen und schuf all das, was wir uns vorstellten... Aber um sie zu kontrollieren, mußten wir die Energie rationieren, die wir ihr zur Verfügung stellten...«

Riker seufzte. »Viele Exobiologen halten es für möglich, daß irgendwo in der Galaxis Leben existiert, das Energie direkt in Materie umwandeln kann.«

»Und imstande ist, der geschaffenen Materie eine bestimmte Struktur zu geben, so wie im Fall unserer Transporter und der Holodecks«, fügte Data hinzu.

Tasha justierte den energetischen Fokus für einen gebündelten Phaserstrahl und sah auf den Wandschirm. »Sehen Sie nur, Captain!« entfuhr es ihr.

Das fremde Schiff verformte sich weiter, schien auseinanderzufließen und gewann eine amorphe Gestalt. An den Außenflächen pulsierten bunte Farben. »Zorn, Sie haben ein solches Geschöpf gefangen, nicht wahr? Und für Ihre Zwecke mißbraucht.«

»Es wollte uns zu Diensten sein«, protestierte der Administrator. »Um sich für unsere Hilfe zu bedanken.«

»Sie haben es festgehalten«, stellte Troi richtig. »Es versklavt.«

»Nein, nein. Wir baten es nur darum, einen... Gebäudekomplex für uns zu errichten.«

»Es schuf Farpoint Station für Sie«, sagte Riker. Dann schüttelte er den Kopf und verbesserte sich: »Nein, es ist wie das Wesen, das wir zunächst für ein fremdes Raumschiff hielten... Umstrukturiertes Körpergewebe: Die gefangene Lebensform ist mit der Starbase *identisch*.«

Picard beobachtete die Darstellung des Projektionsfeldes. Die amorphe Präsenz in der Nähe der *Enterprise* sah nun aus wie eine gewaltige Meduse. An der Unterseite bildeten sich lange, fadenartige Auswüchse, als es langsam dem Planeten entgegensank und auf den angeblichen Raumhafenkomplex zuhielt.

»Bitte warnen Sie mein Volk!« stieß der *Groppler* besorgt hervor. »Es ist in Gefahr. Fordern Sie die Bandi auf, Farpoint Station unverzüglich zu verlassen!«

»Er hat Sie angelogen, Captain«, warf Q ein. »Warum lassen Sie seine Artgenossen nicht einfach sterben?«

»Ein interessanter Rat«, entgegnete Picard mit beißendem Spott. »Zumal er von dem Repräsentanten einer außerordentlich hochentwickelten Zivilisation stammt.« Er wartete keine Antwort ab und sah Data an. »Senden Sie den Bandi folgende Nachricht: ›Verlassen Sie Farpoint Station auf der Stelle und bringen Sie sich in Sicherheit.‹ Wiederholen Sie die Botschaft, ganz gleich, ob eine Reaktion darauf erfolgt oder nicht.«

»Aye, Sir.« Der Androide wandte sich sofort der Konsole zu und führte die notwendigen Schaltungen aus.

Troi hatte links vom Kommandosessel Platz genommen und blickte noch immer auf den Wandschirm. Das Raumwesen sank weiterhin dem Planeten entgegen. »Ich habe zwei verschiedene Bewußtseinssphären wahrgenommen. Die eine auf dem Planeten, voller Kummer, Verzweiflung und Schmerz – und die andere hier im Orbit, erfüllt von Wut und Haß...«

»Und die zweite feuerte nicht etwa auf die Starbase, sondern auf die alte Stadt der Bandi.«

Picard sah Troi an und war gespannt, ob sie seine nächste Bemerkung bestätigen konnte. »Griff sie diejenigen an, die... die ihren Partner gefangennahmen?«

Die Counsellor prüfte die Empfindungen, die sie zuvor gespürt hatte, schüttelte schließlich den Kopf. »Diese Bezeichnung ist nicht ganz richtig.« Sie bedachte Riker mit einem kurzen Blick. »Vielleicht wäre der betazoidische Begriff ›Imzadi‹ angemessener.«

Der Erste Offizier errötete.

»Fokus vorbereitet und stabil, Sir«, meldete Tasha.

»In Ordnung, Lieutenant Yar. Koordinaten: Farpoint Station.«

Es gefiel *Q* ganz und gar nicht, von den Menschen ignoriert zu werden. Hatten sie die Übereinkunft zwischen ihm und Picard vergessen? Niemand berücksichtigte seine Wünsche. Alle schienen die Ansicht zu vertreten, er sei nicht weiter von Bedeutung. »Offenbar habe ich Sie mit einem zu leichten Rätsel konfrontiert. Aber Großzügigkeit war schon immer eine meiner größten Schwächen.«

Picard schenkte ihm noch immer keine Beachtung und nickte Tasha zu. »Das Wesen soll soviel bekommen, wie es absorbieren kann. Energie.«

Lieutenant Yar betätigte die Auslösertaste und sah auf den Wandschirm. Das Bild veränderte sich, als Data eine andere Darstellungsperspektive wählte, zeigte einen hellblauen Energiestrahl. Er traf das Zentrum des Raumhafenkomplexes, doch die Entladung führte zu keinen Zerstörungen. Irgend etwas schien die geballte Kraft aufzunehmen. Tasha prüfte die Anzeigen ihrer Konsole und sah besorgt auf. »Es kommt zu einem energetischen Feedback, Sir.«

»Phaser aus«, sagte Picard. »*Groppler* Zorn, wenn meine Annahmen zutreffen, wird es bald keine Farpoint Station mehr geben.«

»Sie hatten nur Glück, das ist alles«, brummte *Q* enttäuscht.

Nach wie vor achtete niemand auf ihn. Selbst Zorn, der nicht wußte, um wen es sich bei dem Fremden handelte, würdigte ihn keines Blickes. »Bitte glauben Sie mir, Captain. Wir wollten dem Wesen nichts zuleide tun. Es befand sich in einer Notlage und brauchte dringend neue Energie...«

»Und das haben Sie zu Ihrem eigenen Vorteil ausgenutzt.«

»Aber wir *fütterten* das Geschöpf!« wimmerte der Administrator – als rechtfertige dieses Zugeständnis die Versklavung der exotischen Entität. Sein Volk hatte sich tatsächlich um das Wesen gekümmert, denn andernfalls wäre es gestorben – ohne die Wünsche der Bandi erfüllen zu können. Das änderte jedoch nichts daran, daß sie nur ein Werkzeug darin sahen, ein Instrument, um das zu erreichen, was sie anstrebten.

»Sie gaben dem Geschöpf gerade genug Energie, damit es überleben und die von Ihnen verlangte Form annehmen konnte...«

»Sir«, sagte Data. Picard drehte sich um, und der Androide zeigte auf den großen Bildschirm.

Farpoint Station schimmerte und gleißte, und die Konturen des Raumhafenkomplexes begannen sich zu verflüchtigen. Langsam veränderte sich die Starbase zu einem quallenförmigen, majestätisch wirkenden Etwas, das mit atemberaubender Eleganz in die Höhe stieg. Das andere Raumwesen war wesentlich größer, doch ebenso prächtig, und mit erhabener Ruhe sank es seinem Partner entgegen.

»Sir«, hauchte Troi. »Es ist wundervoll! Ein Gefühl der Freude. Und der Dankbarkeit.«

Zorn, Q und die Offiziere auf der Brücke sahen auf den Wandschirm und beobachteten, wie sich die beiden Präsenzen trafen und die langen, glitzernden Pseudopodien ausstreckten, sich damit berührten – ein Kontakt zwischen Energie und semistabiler Materie. Kurz darauf kehrten beide Geschöpfe Seite an Seite ins All zurück und schwebten an der *Enterprise* vorbei.

»*Große* Freude und Dankbarkeit«, sagte Troi leise. »Von beiden.«

Q schnaufte abfällig, als die beiden fremden Geschöpfe Deneb IV hinter sich ließen und in ihre Heimat zurückkehrten: den interstellaren Raum. »Es ist ja so langweilig, wenn man die Antworten kennt.«

Verärgert drehte sich Picard zu ihm um. »Benutzen Sie andere Lebensformen zum Zeitvertreib?«

»Mag sein. Aber Sie eignen sich leider nicht besonders dafür.«

»Verlassen Sie uns. Wir haben den Test bestanden und zu Ihrer Musik getanzt. Aber jetzt gefällt uns die Melodie nicht mehr.«

Q lächelte beschwichtigend und hob die Hände. »Immer mit der Ruhe, *mon capitaine...*«

Auch diesmal erzielten seine Worte nicht die gewünschte Wirkung. *»Verschwinden Sie aus meinem Schiff!«* donnerte Picard.

Wenigstens schien *Q* zu wissen, wann der Zeitpunkt für einen strategischen Rückzug gekommen war. Spöttisch verneigte er sich vor dem Captain und lachte leise. »Ich gehe nur, weil mir gerade der Sinn danach steht. Aber ich kann Ihnen nicht versprechen, daß wir uns nie wiedersehen.« Der Humanoide verschwand in einem Blitz aus grellem Licht, und Zorn zwinkerte verwirrt.

»Was Farpoint Station angeht...«, begann Picard.

Der Administrator wirkte verzweifelt und hoffnungslos, ließ traurig und kummervoll die Schultern hängen. Er deutete auf den Wandschirm, der nun die Stelle zeigte, an der sich zuvor der Raumhafenkomplex befunden hatte. Die Bandi-Stadt existierte nach wie vor, und die Zerstörungen waren unübersehbar. Daneben wirbelte der Wind gelben Staub über eine leere Felsebene. »Es gibt keine Starbase mehr, Captain. Sie werden melden müssen, daß die Bandi Starfleet nichts anbieten können.«

Picard beobachtete die Darstellung eine Zeitlang, wandte sich dann um und sah den *Groppler* nachdenklich an. »Dennoch ist dies ein geeigneter Ort für die Errichtung einer Basis.«

»Ein geeigneter Ort, ja. Mehr aber auch nicht. Wir

hatten gehofft, mit Hilfe der Farpoint Station dauerhafte Verbindungen zu anderen Welten herstellen und auf diese Weise unserer Kultur zu einer neuen Blüte verhelfen zu können. Aber nun sehe ich ein, daß wir den *falschen* Weg wählten. Dadurch ist unsere Lage noch schlechter als vorher.«

»Bestimmt ist Starfleet nach wie vor an Farpoint interessiert. Wenn Ihr Volk mit der Föderation zusammenarbeitet, könnte Deneb IV zu einem wichtigen Anflugziel für unsere Raumschiffe werden. Nun, was halten Sie von diesem Vorschlag?«

Zorn sah auf, und neue Hoffnung glättete die Sorgenfalten im grauen Gesicht. Seinem Volk kam es in erster Linie darauf an zu überleben, einen neuen zivilisatorischen Aufschwung zu erfahren und durch den Kontakt mit anderen Kulturen zu wachsen. »Eine ganze Menge«, erwidert er langsam und lächelte zaghaft.

»Gut.« Picard erwiderte das Lächeln. »In dem Fall haben wir noch eine Menge zu besprechen.«

»Es wird mir eine Ehre sein«, sagte Zorn. Er verneigte sich, doch der Captain winkte ab und bat den Administrator, ihn zum Kommandosessel zu begleiten.

Riker beobachtete, wie Data ein neues Programm in die Wissenschaftliche Station 1 eingab, ging die Rampe hoch und näherte sich dem Androiden. Data drehte sich um, als er den Ersten Offizier bemerkte. »Ich habe gerade eine Analyse in Hinsicht auf die beiden Raumwesen durchgeführt. Ich finde es höchst interessant, daß bei ihnen die Umwandlung von Energie in Materie so vollständig ist, daß unsere Sensoren sie in jenem Zustand nicht als Lebensformen erkennen konnten.«

»Ja, faszinierend, Commander...«

»Nennen Sie mich einfach nur Data, Sir.«

Riker lächelte. »In Ordnung, Data. Ich wollte Ihnen nur sagen, daß Sie ausgezeichnete Arbeit geleistet haben.«

»Meine Programmierung zeichnet sich durch eine außergewöhnliche hohe Qualität aus, Sir«, erwiderte der Androide ruhig.

»Ja. Was ich wirklich meinte, ist folgendes: Die Zusammenarbeit mit Ihnen war nicht annähernd so schwierig, wie ich zuerst vermutete.«

»Dieses Kompliment gebe ich gern zurück, Sir.«

Riker räusperte sich. »Ich möchte mich in aller Form entschuldigen, falls ich irgend etwas gesagt haben sollte, was Sie als Beleidigung interpretieren könnten.«

Picards sanfte Stimme unterbrach ihn. »Nun, Nummer Eins...«

»Offenbar ist er sehr zufrieden mit Ihnen«, flüsterte Data. »Sonst würde er Sie nicht ›Nummer Eins‹ nennen.«

Riker sah Data an und stellte fest, daß ihn die gelben Augen des Androiden mit auffallendem Ernst musterten. *Ich frage mich, wie er das fertigbringt,* fuhr es dem Ersten Offizier durch den Sinn. Dann verdrängte er diesen Gedanken. Der Captain hatte ihn zu sich beordert, und er kehrte rasch in die Kommandomulde zurück. »Ja, Sir?«

Picard war aufgestanden, um Zorn ins Besprechungszimmer zu führen. »Zweifellos sind Sie auf recht ungewöhnliche Weise an Bord empfangen worden. Aber es gibt noch eine Menge zu tun, bevor wir den Orbit verlassen können.« Er bemerkte den amüsierten Gesichtsausdruck Rikers, als sich der hochgewachsene Mann in den Sessel des Ersten Offiziers sinken ließ. »Stimmt etwas nicht, Commander?«

»Ich hoffe nur, dieses Abenteuer gibt mir keinen Vorgeschmack auf das, was uns bei den nächsten Missionen erwartet.«

Picard erweckte den Anschein, einige Sekunden lang nachzudenken. Dann schüttelte er den Kopf. »O nein, Nummer Eins. Ich bin sicher, die meisten werden weitaus interessanter sein.«

STAR TREK™

in der Reihe
HEYNE SCIENCE FICTION & FANTASY

Vonda N. McIntyre, Star Trek II: Der Zorn des Khan · 06/3971
Vonda N. McIntyre, Der Entropie-Effekt · 06/3988
Robert E. Vardeman, Das Klingonen-Gambit · 06/4035
Lee Correy, Hort des Lebens · 06/4083
Vonda N. McIntyre, Star Trek III: Auf der Suche nach Mr. Spock · 06/4181
S. M. Murdock, Das Netz der Romulaner · 06/4209
Sonni Cooper, Schwarzes Feuer · 06/4270
Robert E. Vardeman, Meuterei auf der Enterprise · 06/4285
Howard Weinstein, Die Macht der Krone · 06/4342
Sondra Marshak & Myrna Culbreath, Das Prometheus-Projekt · 06/4379
Sondra Marshak & Myrna Culbreath, Tödliches Dreieck · 06/4411
A. C. Crispin, Sohn der Vergangenheit · 06/4431
Diane Duane, Der verwundete Himmel · 06/4458
David Dvorkin, Die Trellisane-Konfrontation · 06/4474
Vonda N. McIntyre, Star Trek IV: Zurück in die Gegenwart · 06/4486
Greg Bear, Corona · 06/4499
John M. Ford, Der letzte Schachzug · 06/4528
Diane Duane, Der Feind — mein Verbündeter · 06/4535
Melinda Snodgrass, Die Tränen der Sänger · 06/4551
Jean Lorrah, Mord an der Vulkan Akademie · 06/4568
Janet Kagan, Uhuras Lied · 06/4605
Laurence Yep, Herr der Schatten · 06/4627
Barbara Hambly, Ishmael · 06/4662
J. M. Dillard, Star Trek V: Am Rande des Universums · 06/4682
Della van Hise, Zeit zu töten · 06/4698
Margaret Wander Bonanno, Geiseln für den Frieden · 06/4724
Majliss Larson, Das Faustpfand der Klingonen · 06/4741
J. M. Dillard, Bewußtseinsschatten · 06/4762
Brad Ferguson, Krise auf Centaurus · 06/4776
Diane Carey, Das Schlachtschiff · 06/4804
J. M. Dillard, Dämonen · 06/4819
Diane Duane, Spocks Welt · 06/4830
Diane Carey, Der Verräter · 06/4848
Gene DeWeese, Zwischen den Fronten · 06/4862
J. M. Dillard, Die verlorenen Jahre · 06/4869
Howard Weinstein, Akkalla · 06/4879
Carmen Carter, McCoys Träume · 06/4898

Das Buch

»Vitalie Péniel hatte sieben Kinder zur Welt gebracht, aber die Welt erwählte nur eines von ihnen – das letzte. Alle anderen waren am Tag ihrer Geburt gestorben, ohne sich auch nur die Zeit genommen zu haben, einen Schrei auszustoßen. Das siebente indes schrie schon vor seiner Geburt.« Der Junge, der da zur Welt kommt, wird Flußschiffer auf der Schelde wie seine Vorfahren – ein friedliebender Mensch, den der Krieg von 1870/71 zum Ungeheuer werden läßt. Sein Sohn Victor-Flandrin bleibt etwas Besonderes sein Leben lang. Er hat einen goldenen Fleck im Auge, und sein Schatten ist blond, ein Erbe, das er an seine fünfzehn Kinder weitergibt. Ihn verschlägt es nach dem Tod des Vaters ins abgelegene Vorland der Ardennen. Er wird Landwirt und eine Art moderner Hiob. Drei Frauen sterben ihm, die vierte, die österreichische Jüdin Ruth, wird seine große Liebe, aber sie überlebt den Nazi-Terror nicht. Vor dem Hintergrund der europäischen Geschichte bis zum Ende des Zweiten Weltkrieges erfüllt sich ein Schicksal von biblischer Wucht.

Die Autorin

Sylvie Germain, geboren 1954 in Châteauroux, studierte Philosophie und lebt heute als Lehrerin für Philosophie und Französisch in Prag. Für das ›Buch der Nächte‹ erhielt sie mehrere französische Literaturpreise. Es folgten weitere Romane, ›Bernstein-Nächte‹ (1987), die Fortsetzung der Geschichte der Familie Péniel, ›Tage des Zorns‹ (1989), für den sie mit dem Prix Femina ausgezeichnet wurde, und ›Das Medusenkind‹ (1992).